CALEDRINA CEFYR
e o arauto sujo

GABRIELA COSTA

Editora Quatro Ventos
Avenida Pirajussara, 5171
(11) 99232-4832

Diretor executivo: Raphael Koga
Editora-chefe: Marcella Passos

Editora responsável: Giovana Mattoso de Araújo

Editoras:
Anna Padilha de Moura
Eduarda Seixas

Revisora externa:
Eliane V. Barreto

Diagramação: Suzy Mendes
Capa: Vinícius Lira
Ilustração de capa: Artur Rocha Silva

Todos os direitos deste livro são reservados pela Editora Quatro Ventos.

Proibida a reprodução por quaisquer meios, salvo em breves citações, com indicação da fonte.

Todo o conteúdo aqui publicado é de inteira responsabilidade da autora.

1ª Edição: dezembro 2023
Catalogação na publicação
Elaborada por Bibliotecária Janaina Ramos – CRB-8/9166

C837c

Costa, Gabriela

Caledrina Cefyr e o arauto sujo / Gabriela Costa. – São Paulo: Quatro Ventos, 2023.

(Caledrina Cefyr, V. 2)

312 p., il.; 16,2 X 23 cm

ISBN 978-65-89806-76-9

1. Cristianismo. 2. Jesus Cristo. I. Costa, Gabriela. II. Título.

CDD 230

Índice para catálogo sistemático
I. Cristianismo

SUMÁRIO

CAPÍTULO I	15
CAPÍTULO II	29
CAPÍTULO III	37
CAPÍTULO IV	45
CAPÍTULO V	57
CAPÍTULO VI	67
CAPÍTULO VII	75
CAPÍTULO VIII	83
CAPÍTULO IX	91
CAPÍTULO X	99
CAPÍTULO XI	107
CAPÍTULO XII	117
CAPÍTULO XIII	127
CAPÍTULO XIV	135
CAPÍTULO XV	141

CAPÍTULO XVI	149
CAPÍTULO XVII	155
CAPÍTULO XVIII	163
CAPÍTULO XIX	169
CAPÍTULO XX	179
CAPÍTULO XXI	189
CAPÍTULO XXII	197
CAPÍTULO XXIII	203
CAPÍTULO XXIV	209
CAPÍTULO XXV	215
CAPÍTULO XXVI	221
CAPÍTULO XXVII	227
CAPÍTULO XXVIII	235
CAPÍTULO XXIX	243
CAPÍTULO XXX	251
CAPÍTULO XXXI	257
CAPÍTULO XXXII	263
CAPÍTULO XXXIII	269
CAPÍTULO XXXIV	277

CAPÍTULO XXXV	285
CAPÍTULO XXXVI	291
CAPÍTULO XXXVII	299
CAPÍTULO XXXVIII	305

APRESENTAÇÃO DA AUTORA

O fascínio por histórias inspirou Gabriela da Costa Prates a escrevê-las desde cedo. Começou esboçando alguns textos que logo ganharam forma de poemas, roteiros e até mesmo composições musicais. Aos 17 anos, quando as folhas de seus cadernos não eram mais suficientes para conter tantas criações, ela lançou o seu primeiro livro.

Apaixonada pelo Evangelho, Gabriela é dona de uma escrita potente e criativa, que reflete o Reino eterno de paz, justiça e alegria. A jovem autora é reconhecida como um dos nomes mais influentes da sua geração e já publicou três obras, incluindo o best-seller *A lágrima de vidro*. Atualmente, vive nos Estados Unidos, onde estuda teologia no Christ for the Nations (CFNI).

A TODOS OS COELHOS SEM MENTE,
E AOS QUE AINDA ESTÃO DESCOBRINDO
COMO PERDÊ-LA.

AGRADECIMENTOS

À razão da minha orelha furada.

CAPÍTULO I

Em uma das pontas da mesa que abrigava todo o banquete servido no jantar, Iros mantinha, de maneira exímia, a reputação de carranca fechada. A ponta do dedo indicador do homem, contornando a circunferência fina e suja de vinho à sua frente, energizava a taça de cristal, que devolvia um som quase perfeito, tão tranquilo como o das cordas do violino que era graciosamente tocado, destoando do caos dos pensamentos do monarca responsável pela bandeira preta. Na sala de jantar gelada da corte, o olhar de Iros era firme e frio. Caledrina teve a sensação de que ele sequer piscava ao encará-la como uma intrusa, embora ela já estivesse ali há quase um ano.

Cally questionou em pensamento se, além de exibirem asas fortes e cuspirem fogo como o enorme monstro ao qual se assemelhavam, os cinco irmãos contavam com a façanha — aparentemente supérflua — de não precisarem piscar para lubrificar as córneas. Seria esse outro benefício de ser uma das partes da fênix? A jovem de cabelos acinzentados fingiu bebericar seu vinho sem mistura quando viu Iros, finalmente, piscar. Levando a taça até os lábios fechados, ela inclinou a cabeça, contando com a companhia do líquido que grudou à sua boca, e enganou a todos, engolindo apenas saliva ao fingir que se embriagava como aqueles ao seu redor. Mesmo assim, sua cabeça doía.

Derrubando algumas gotículas arroxeadas sobre o tecido branco que encobria a grande mesa retangular, Anuza ergueu a taça para um brinde e incitou todos a repetirem seus movimentos.

— À garotinha que nos deu tanta dor de cabeça e hoje acalenta nossos corações de gelo. À Caledrina Cefyr e ao seu décimo sexto aniversário!

— À Caledrina! — repetiram os outros quatro irmãos, em uníssono, de forma compassada e apática, destoando do tom daquela que falara primeiro.

Embora estivesse em um contexto celebrativo, com todos citando o seu nome, Cally remexeu-se no assento por não sentir ao menos uma ponta de acalento. Se tivesse quatorze anos, quando tudo o que conhecia ainda se encontrava dentro das fronteiras da Corte dos Sete, ela provavelmente atingiria seu ápice de felicidade pela honra de ter seu nome pronunciado daquela maneira pelos lábios dos reis — mas a menina já havia experimentado sentimentos superiores, inigualavelmente deleitosos, no acampamento dos selvagens.

Com o povo inimigo daqueles com os quais se assentava agora, Caledrina conhecera o amor. Em seu profundo, sentiu o desejo de estar novamente com Kyrios. Sentiu saudades da tagarelice inoportuna de Dwiok. Mas acima de tudo, sentiu falta do Vento. Mesmo quase um ano após seu retorno à corte, ainda não havia se readaptado inteiramente com o clima seco, com a inexistência de água — diante da qual todo o povo dependia do vinho com mistura para manter a lucidez —, e com a precariedade de vida e beleza.

Ainda que estivesse em meio a tanta fartura de jantares, dispostos em mesas abarrotadas de alimentos aparentemente deliciosos, não havia nada fresco. Após a morte de Saturn, ninguém mais era suficientemente provido de conhecimento em poções e magia negra para fazer brotar daquela terra amaldiçoada algo que sequer se

CAPÍTULO I

assimilasse a uma flor ou um vegetal. Soberba, a antiga rainha roxa mantivera para si o segredo da fórmula capaz de simular a vida, a fim de conservar intocável o sentimento de ser ovacionada, não apenas pela coroa sobre a sua cabeça e pelo trono em que se assentava, mas por aquilo que guardava em sua mente.

Às vezes, Caledrina pensava que Iros não a odiava tanto por ter matado a Rainha Saturn. A verdade é que, apesar de serem vistos juntos constantemente e realizarem quase todas as refeições sobre a mesma mesa, o relacionamento daqueles que carregavam as coroas sempre fora extremamente frio. Cally sentia que a principal razão de tamanho ódio era o fato de a garota não ter sido capaz de continuar produzindo os preciosos vegetais. Essa falta era uma das poucas coisas que transcendia o corpo físico dos reis, chegando até o centro da mente de Dunkelheit. Lá no fundo, em alguns momentos, durante as refeições dos monarcas, a escassez dos manjares produzidos dentro da Corte dos Sete despertava uma carência ainda maior, de um tempo distante, trazendo, como um sonho, a recordação dos alimentos que germinavam tão naturalmente da terra quando a ave ainda possuía penas formosas e douradas, tocadas pela brisa suave a cada refeição matinal.

Iros adorava cenouras fatiadas, servidas sobre pães recém-assados. Sem Saturn, porém, não as tinha mais. Embora pudesse se empanturrar até a pele expulsar suor pelo esforço da incansável mastigação — como Gudge bem sabia —, nenhum alimento vindo da corte o satisfazia de verdade.

Sentada sobre a cadeira antes ocupada pela falecida guardiã da bandeira roxa, Cally sorriu, repousando as mãos sobre o encosto que pertencera à rainha morta. Sua expressão se igualou ao nível de amistosidade daqueles que, distraídos demais com seus pratos, encararam-na apenas quando ela começou a falar.

— É uma honra estar aqui.

Esticando os braços para espreguiçar-se, motivado por um bocejo, Prog chamou a atenção de Caledrina com um movimento inesperado das mãos, similar a quem expulsa uma mosca inoportuna.

— E por falar em dor de cabeça — ele retomou o discurso de Anuza —, eu jamais esquecerei quão enlouquecidos meus irmãos ficaram por sua causa, quando entrou na sala dos tronos sem asas e raízes, há o que... três anos? — Prog gargalhou, revelando pedaços de alimentos que ainda não haviam sido engolidos em sua boca. Com a mão no meio do caminho para cobrir o riso, ele parou, sem se esforçar para expressar cordialidade entre as outras coroas, e apenas voltou a segurar o garfo pesado de ouro.

— Faz menos de um ano — corrigiu Anuza, mantendo os olhos focados em remover um tempero indesejado do prato dourado, com a ponta das unhas compridas.

Prog gargalhou mais alto, ainda com a boca cheia. Depois de alguns segundos, Anuza chegou a pensar que o irmão sequer a havia escutado.

— Lembro que você também não ficou nada contente — disse Gudge, cuspindo pequenos pedacinhos umedecidos da massa açucarada que abocanhava. Dispensando talheres, o rei da bandeira laranja segurava o doce macio com as próprias mãos. Antes de terminar sua fala, já havia se entregado a uma nova mordida generosa. Fechando os olhos, deleitou-se profundamente com a comida, a ponto de esquecer, por pouco mais de um segundo e meio, que não estava sozinho. Orgulhoso pela capacidade de diferenciar cada um dos mais de vinte sabores que, ousadamente, apresentavam-se ao seu paladar feito explosões gustativas, cogitou nomear o chefe responsável por seu deleite como seu braço direito — tornando-o menos poderoso apenas do que o próprio monarca em toda a facção laranja.

Sempre que Gudge falava, Cally o observava com atenção. Ele era, de longe, o mais gentil e inofensivo dos reis — segundo o povo —, e o mais amado também, embora ela soubesse que o perigo do

CAPÍTULO I

guardião da bandeira laranja igualava-se ao de seus irmãos. Com os mesmos traços dos outros, que poderiam ser facilmente julgados como esculpidos pelos mais habilidosos serafins, o rei era belíssimo, ainda que bem mais baixo e gordo que seus irmãos, os quais eram altos e estavam sempre em ótima forma.

— Apenas porque não saltei de felicidade, não significa que eu estava tão zangado quanto vocês. Quando se é o responsável pela bandeira verde, ou, em outras palavras, o rei designado a cuidar da agricultura da corte em uma terra amaldiçoada, isso o obriga a manter a virtude da paciência — respondeu Prog, calmamente.

— Sabe — iniciou Anuza com a voz arrastada —, há uma linha tênue entre paciência e segnícia.

Novos pedacinhos do doce que Gudge comia foram cuspidos por entre as suas risadas, que acompanhavam as de Ince. Não era segredo para ninguém que os moradores do lado verde, por vezes, passavam luas sem realizar grande esforço. Devido à falta de vontade de se dedicarem a algo que sabiam não resultar em recompensa alguma — uma vez que viviam em meio à terra morta —, levantavam-se com o Sol já alto no céu, ardendo sobre suas cabeças. Caminhavam pelos campos sacudindo as botas ao arrastarem os pés, apenas até que as primeiras gotas de suor, acumulando-se sobre o topo de suas testas, os motivassem a, assim como elas, irem ao chão em busca de repouso.

Contudo, também é certo que as substâncias soníferas, presentes nas poções que prometiam reverter a maldição da terra seca, eram capazes de transpassar até mesmo as luvas dos trabalhadores. O sono, consequência do contato com os líquidos magicamente alterados, ajudava a sustentar a fama — por mais que comentada apenas por meio de cochichos — de a bandeira verde ser a menos importante da Corte dos Sete.

Desde a morte de Saturn, os moradores do lado roxo buscavam honrar a memória de sua antiga guardiã, determinados a encontrarem por si mesmos a solução que garantiria o crescimento de alguns vegetais — ainda que esses alimentos fossem alterados devido ao alto nível de magia, que dava a eles a perturbadora habilidade de correr por suas vidas ao longo das mesas de jantar, fugindo das bocas que os triturariam. Os pesquisadores fiéis desenvolviam testes diários, e para seu profundo desapontamento, os ingredientes não vingavam na terra, mas serviam apenas para elevar o sono dos trabalhadores da bandeira verde em dezessete por cento — ao menos era isso que os agricultores alegavam.

Prog revirou os olhos para a irmã.

— Eu até bocejei enquanto vocês cuspiam de raiva. Acredito que isso seja um sinal, uma prova suficiente para sustentar o meu argumento: mesmo sem expressarem em voz alta, unanimemente sabem que sou o mais centrado e sábio entre nós.

Anuza soltou um "oh" de surpresa, e rebateu o irmão:

— É claro que tal bocejo se deu devido a tamanha ponderação e equilíbrio de sua parte, e não por um espasmo do corpo sinalizando já ter atingido o quarto nível do mundo dos sonhos, mesmo estando diante de uma possível revolta de seu povo contra a sua própria cabeça. Na verdade, acredito ser capaz de compreender a sua calmaria, querido irmão. Afinal, morrer não lhe soaria má ideia, já que, dessa maneira, seria capaz de dormir eternamente, não é?

Todos caíram na gargalhada, exceto por Iros e Caledrina, que se encaravam das extremidades da mesa. O rei da bandeira preta não falhava por um segundo sequer em manter os olhos fixos na garota. Embora o olhar de Cally fosse firme e intenso como o dele, ao contrário de Iros, ela se desviava em alguns momentos.

— O que eu sei é que nós quase a matamos naquele dia — falou Iros pela primeira vez desde o início do jantar.

A monarca roxa podia ouvi-lo completando a fala, garantindo que ainda a mataria se surgisse a oportunidade. A jovem sabia que ele apenas esperava o menor dos deslizes. O rei da bandeira preta

CAPÍTULO I

não a achava especial o bastante para estar ali. Não era rainha de verdade, ainda que usasse a coroa de Saturn. Mas o ódio que ele sentia transcendia seu desgosto pelo fato de Caledrina não ter parte com eles. Iros sabia que ela era o principal foco do sentimento mais acalentador do Vento, o mesmo ser ao qual jurara obediência no início dos tempos.

A existência da garota lembrava a fênix vivente dentro dos reis que existia outro ser mais poderoso do que ela própria, e o fazia de forma tão vívida quanto engolir espinhos lembraria à garganta de que eles não são comestíveis. Mesmo que Cally sequer se encontrasse com o rei selvagem pelo resto de seus dias, ou que gritasse perante o mais intenso dos vendavais declarando odiá-lo com a intensidade máxima de cada partícula de seu ser, para Iros, nada mudaria. Ter a criação de Arnalém assentada à sua frente, sendo incessantemente desejada pelo Vento, fazia com que o rei se tornasse a mais grotesca das bestas, além de odiar amargamente a si e a cada uma de suas chamas.

Iros tinha de suportar Caledrina dia após dia, com sua mera existência relembrando-o de que não era magnânimo e poderoso como sempre desejou, e de como enganava a todos de seu povo, fazendo-os acreditar nessa falácia. Isso era pior do que a fantasia de sofrer a mais temível tortura já aplicada pelo mais brutal carrasco de sua facção.

Tamanho era o seu ódio pela jovem que, se tivesse a chance, em troca da certeza de que a criatura do Vento não mais teria ar em seus pulmões, Iros mastigaria os malditos espinhos em cada refeição, acompanhados de três taças e meia de vinho gelado sem mistura. E, mesmo que sua boca vertesse sangue, por certo abriria o mais sincero dos sorrisos após engolir o líquido.

Remexendo o restinho de vinho sem mistura na taça de cristal antes de bebericá-lo, Anuza virou-a por completo, e falou:

— É uma pena que tenha precisado perder suas asas antes de se dar conta de que aqui é o seu lugar. Ganhou-as por direito ao acabar com a idiota da nossa irmã, ficou um tempo conosco e, então, traiu-nos ao render-se a Arnalém... O próprio Vento as expurgou de seu corpo, estou certa? — O riso alto de Anuza ecoou pela sala. A rainha se divertia como se introduzisse uma peça, ignorando o fato de que tal história não era comumente comentada entre os irmãos, embora repassada mentalmente a todo instante de cada dia. — Bastou pouco mais de um mês no acampamento, vivendo como uma imunda, para sentir falta do conforto da corte.

— Eu mesmo a teria matado se não fosse tão aclamada pelo povo — disse Iros, com a voz firme, antes de fatiar o alimento em seu prato, ainda sem desviar os olhos de Caledrina.

Assim como o próximo prato a ser apresentado era preparado em uma das cozinhas reais, com diversos ingredientes sendo remexidos em uma travessa funda por um dos cozinheiros — nervoso para alcançar o alto padrão da corte —, uma vastidão de sentimentos foi sacolejada dentro da menina com tanta velocidade, que sentiu náuseas. Ou talvez fosse apenas a intensidade dos diversos aromas que, brigando entre si, dançavam pelo ambiente, competindo por sua atenção.

Ela iniciou uma revolta no povo ao segurar a mão do Vento, e, ao largá-la, iniciou outra revolta dentro de si. Em sua memória, lembrou que a forma como deixara o palácio, alguns meses antes, fora ainda mais digna de suspiros surpresos do que as palavras pronunciadas por sua boca, que serviam de ponte para propagar a excitação de seu coração. No ápice do discurso, a corte de mentiras fora invadida por um vendaval tão furioso, que as vidraças e finas taças dispostas nas mesas e nas bandejas sustentadas por homenzinhos estouraram, e as grossas cortinas coloridas de veludo foram arrancadas de suas hastes. Um barulho ensurdecedor desesperou os presentes. Todos tamparam os olhos para se proteger dos cacos, e tudo o que viram quando o vendaval se acalmou foi que Caledrina deixara para trás apenas o notável impacto de sua fala.

CAPÍTULO I

Ainda submersa em seus pensamentos, deu graças por estar sentada no momento em que sentiu as pernas fraquejarem ao pensar na sensação que teve quando, não mais de quarenta e duas tardes após o seu discurso contra as coroas no salão principal do palácio, retornou à corte.

Recepcionada pela parte do povo que, incitada pelo início de uma revolta e esperançosa por um novo começo, aclamava a menina como salvadora, jurando protegê-la das garras do restante da população ainda obediente às outras coroas, Caledrina percebeu que seu discurso conquistou homens o suficiente para garantir a sua segurança até o palácio, embora o apoio de muitos ainda não fosse o bastante para privá-la da humilhação de ser alvo dos gritos sujos e cuspes ao caminhar até o salão real.

Ao notar ter gerado quase maior movimentação quando ressurgiu pela segunda vez do que pela primeira, Cally buscou ocultar a surpresa. Teve de concentrar-se para garantir que a voz não falhasse ao usar a lei para retomar o seu lugar de direito no trono da rainha cuja vida extirpara. A garota foi capaz de ver de perto o rubor preenchendo os rostos dos reis, contrastando com as veias e raízes negras que saltavam sobre a extensão de suas peles, devido ao ódio que lhes preenchia. Caledrina deleitou-se com a cena, desejando guardar para sempre vívidos dentro de si cada detalhe dos monarcas que, deixando os punhos cerrados para trás, tiveram de coroá-la.

Todavia, por mais que estivesse com as gemas roxas sobre os fios cinzentos de seus cabelos, evidenciando a sua nova posição, havia ainda alguns poucos que ousavam desrespeitá-la, sem conseguir conter os olhares tortos em sua direção. Mesmo com autoridade suficiente para ordenar suas mortes pela afronta a um regente — ou pelo simples capricho de terem feito com que ela se sentisse desconfortável —, Cally optava por olhar para baixo e apenas ignorá-los.

Quase um ano depois, a menina ainda era capaz de notar alguns sussurros combinados com olhares ardendo sobre a sua pele, que diante de todos, estranhamente, passou a exibir raízes numa coloração diferente. Embora acreditassem ter sido pelo fenômeno único de ter recebido as características de dragão e depois voltado à humanidade, ainda não era o bastante para que calassem os cochichos.

A criação de Arnalém não contrariou suas palavras proferidas no salão em momento algum de forma pública. Sua mera presença no trono bastou para calar e desmotivar os poucos incitados pela esperança de sua rebelião contra as coroas em busca de água pura. Com o passar do tempo, alguns até começaram a gostar da garota pela simples razão de distribuir algumas de suas riquezas entre as famílias como pagamento aos mais simples dos favores — cumprimentá-la com um elogio, por exemplo.

Remexendo-se em seu assento, lembrou-se de que não era admiração que conquistara, mas seguidores sanguessugas e avarentos por qualquer migalha que denotasse poder.

Caledrina ergueu o queixo.

— Quem pode ser aclamada por pessoas de diferentes facções? Eu fico fascinada em saber que até moradores do meu lado preferem você a mim. Isso porque ainda foi considerada traidora quando cumpriu as ordens de Saturn, não é? Pelas sete coroas, o que há de errado com esse povo? Quanto dinheiro ou regalias tem dado a eles? Bem, desde que seja da sua parte, faça como bem entender. Você troca riquezas por sorrisos, eu, por outro lado, prefiro que meus súditos tenham os olhos arregalados, cheios de pavor, ao me verem passar. Cada um faz a sua escolha — debochou Anuza, compartilhando seus pensamentos acerca da jovem com os demais.

Pela voz embargada e ainda mais arrastada do que o normal, todos perceberam que a rainha vermelha já estava embriagada.

CAPÍTULO I

Ouvindo-a falar, Caledrina fez a estranha associação do tom adocicado daquela voz à cor vermelha, tão rubra quanto a própria bandeira de Anuza.

Iros abaixou a cabeça para cortar mais um pedaço de carne. Usava tamanha força que quase poderia quebrar o prato se este fosse feito de barro, e não de ouro fino. A carne era dura, uma vez que os animais eram alimentados inteiramente com ingredientes artificiais, sustentados por poções. Se fosse no acampamento, o rei poderia desfiá-la com os próprios dedos. Cally sentiu o coração apertar novamente, mas ignorou o sentimento ao fingir dar outro gole de vinho. Sua cabeça latejava ainda mais veementemente. Lambendo as pontas dos dedos, Iros fez um estalo.

— As pessoas anseiam por espetáculos, por algo que as entretenha. Caledrina Cefyr foi o maior de todos os tempos. A possibilidade de existir uma humana carregando uma coroa na cabeça entre seres evoluídos que são parte homem, parte dragão, enche-os de esperança e identificação. Permitimos que ficasse porque os gritos incitados nas ruas clamavam por ela dentro da corte, mesmo depois de tantas traições contra o seu próprio povo. Você sempre foi um prodígio, um talento inalcançável e de família nobre. — Iros voltou o olhar para a garota. — Caledrina Cefyr virou um símbolo que causa nas pessoas a sensação errônea de que não são tão diferentes de nós, e o conforto que vem com tal ideia medíocre lhes é ainda mais desejado do que o ódio que poderiam sentir por ela. Uma história que as mães contam aos filhos para tranquilizá-los depois de um pesadelo, em uma noite de tempestade — pausando sua fala apenas para levar um novo pedaço de carne calmamente até a boca, todos esperaram em silêncio até que terminasse de mastigar, devido à marcante presença que sempre acompanhava cada uma de suas palavras. — Apenas um passo em falso e eu a enviarei para o lugar de onde nunca deveria ter saído. Voltará a ser uma marionete nas mãos de Heros na facção preta.

Um novo silêncio se instalou na sala. Anuza pigarreou antes de rir e comentar algo maldoso, a que ninguém prestou muita atenção, sobre as vestes da mulher homenzinho à sua frente. Vagarosamente, erguendo a cabeça, Cally olhou Iros nos olhos com o nariz arrebitado e a postura impecável, igualando-se a ele. Como de costume, o rei da facção preta mal piscava, mas a garota também sequer tremia o olhar. Com o tempo, aprendera que a maior afronta era permanecer calada, como se as palavras dirigidas a si, por mais duras e amedrontadoras que fossem, não a atingissem. E assim ela o fez, dia após dia.

Engasgando-se com um pedaço de osso de carneiro, Gudge começou a tossir de forma nada graciosa, aumentando a tensão desconfortável na sala. Sentada ao seu lado, Anuza ria ao abanar a mão, ordenando aos homenzinhos que o socorressem com tapinhas e socos leves.

Alguns instantes depois, ainda sufocando, o rei laranja imitava a cor dos pimentões que cresciam quando Saturn também se assentava à mesa. Iros desviou o olhar dos olhos ameaçadores de Caledrina ao levantar-se da cadeira, arrastando-a de forma brusca, para acudir o irmão.

— Pelas sete coroas, Gudge!

Dirigindo-se até ele, com as mãos fechadas em punho, Iros fez cinco compressões, esbanjando sua força no abdômen mal definido de Gudge que, com um som engraçado, arremessou o pedaço de osso antes preso em sua garganta por cima da mesa de jantar, alcançando o interior de uma vasilha cheia de molho. Sentindo gotinhas respingarem sobre sua face, assim como sobre alguns outros alimentos, e até mesmo ao chão, Cally sequer se incomodou em secá-las.

Mesmo com o violinista tocando sua sinfonia mais estimada, a rainha Anuza, repleta de nojo, cuspiu o que mastigava no prato ao ver a cena grotesca à sua frente.

— Acho que perdi a fome.

— Quando aprenderá a mastigar antes de engolir? — berrou Iros, como se falasse com uma criança.

CAPÍTULO I

— Cuidado com o tom. Não esqueça que também sou rei, e minha posição não fica abaixo da sua! — defendeu-se Gudge. Contudo, por ainda estar buscando recuperar a normalidade de sua respiração após engasgar, sua voz falhou na palavra "rei".

Enquanto Anuza gargalhava, Iros e Gudge brigavam, e Ince anotava cada palavra lançada no jantar, como se capturasse flechas em um campo de batalha e as transcrevesse num papiro amassado — que sempre carregava consigo para poder escrever como escape quando se sentisse nervoso —, Caledrina espreguiçou-se em seu assento, limpando enfim, com o dorso da mão esquerda, as partes de seu rosto nas quais sentia os respingos ainda quentes do molho.

A sala de jantar não oficial, quase sempre escolhida para os jantares informais, possuía o tamanho perfeito para a mesa retangular de sete cadeiras fixas, o violinista e um pouco mais de espaço para o conforto. Encarando o assento vazio ao lado de Anuza, Cally se perguntou mais uma vez o porquê de os reis simplesmente não mandarem tirar o lugar extra. Todos sabiam da história do rei desaparecido — que, pela falsa versão espalhada ao povo, nascera da mesma gestação de Anuza — e de como a rainha vermelha havia unificado as duas bandeiras, assumindo a facção de seu irmão gêmeo como sua própria.

Por vezes, no meio da noite, fazendo companhia a Caledrina quando o sono se recusava a aparecer, surgiam pensamentos sobre onde estaria o outro irmão, uma vez que ela tinha conhecimento da verdade: todos eram parte de Dunkelheit. Às vezes, tão imersa nas tarefas e agendas da corte, até ela se esquecia do fato de que a história contada a todos não passava de um teatro. Por mais que sustentassem a mesma narrativa desde o início da maldição, os reis de fato viviam como irmãos nascidos de homem e mulher, e mesmo que a aparente veracidade gerasse certa distração, no fundo a garota sabia — e eles também — que não passavam de hospedeiros da besta.

Cally entendeu que, por baixo de cada brincadeira entre os irmãos, talvez até julgadas como cortesia e afago por muitos, havia tensão e desprezo. Mas será que eram todos realmente tão frios a ponto de não se incomodarem nem um pouco com o assento livre daquele que já estivera presente de forma tão próxima?

Com o tempo, Caledrina passou a se acostumar com a agitação da corte. Ela mal se espantava com as brigas no jantar, e, há muito, havia decidido permanecer passiva, até quando os argumentos eram direcionados a ela. Enquanto todos gastavam seu tempo discutindo, recatadamente puxou para cima a barra do vestido preto brilhoso, cujos detalhes teve o cuidado de esmiuçar às serviçais, para que se assemelhasse ao céu estrelado do acampamento, e serviu-se novamente de um pouco de cordeiro da terra distante e proibida.

CAPÍTULO II

Encarando o próprio reflexo no espelho — cuja superfície havia acumulado riscos ao longo dos anos —, Caledrina desembaraçava os cabelos cinzentos com um pente esculpido em marfim. Vestindo um pijama de seda branca, aprontava-se para repousar. Seu quarto era enorme, composto por cortinas e mais cortinas roxas, as quais cobriam toda a estatura das altas paredes douradas. A mobília finíssima combinava com a posição da garota na corte. Por vezes, pensava em como seus aposentos cheiravam ao que imaginava ser a fragrância da Lua. O aroma estava em todo lugar: cobertas, travesseiros, cortinas, e até mesmo nos móveis. Era doce, mas frio, como o vislumbre de um sonho que, tal qual as nuvens, poderia parecer perto, mas estava longe demais para ser alcançado. Com o pente em mãos, a menina caminhou até uma das seis poltronas de veludo roxo posicionadas em frente à sua cama, e pensou em como o "quase" poderia ser uma boa definição para aquele cheiro. Quase doce, mas cítrico. Quase verão, mas inverno. Quase sonho, mas, ainda assim, pesadelo.

Usando o mesmo vestido vermelho e justo que exibira no jantar, sentada a três poltronas de distância de Cally, Anuza murmurava a melodia de uma canção conhecida nos limites da corte.

— Sinto que comi um boi inteiro — reclamou, com as mãos na barriga, ao levantar-se de seu assento, chacoalhando os quatro quilos de joias e ornamentos de ouro que sempre usava.

A rainha vermelha levou os braços para trás do pescoço, espreguiçando o corpo até que suas mãos tocassem suas orelhas. Em um impulso assustado, curvou-se à frente quando percebeu que, em uma delas, um brinco parecia faltar. De joelhos, Anuza levou a face ao chão, a fim de recuperar, debaixo de algum móvel do aposento da nova rainha, o adereço perdido; e Caledrina, sem mover um músculo a mais para acompanhar os movimentos da governante da facção vermelha, apenas observou a mulher prostrar-se à procura da joia. De certo, o item era valiosíssimo, mas, na verdade — e Cally achava isso engraçado —, não importava o quanto a rainha tinha, sempre se portava como se sua vida dependesse de cada moeda. Apenas riquezas a preocupavam daquela maneira. Sorrindo, com o objeto que procurava em mãos, Anuza pôs-se de pé e retomou a compostura.

— Peço desculpas por meu irmão e sua língua.

— Sabe que não há razões para se desculpar, já estou acostumada — respondeu a menina, enquanto levantava para guardar o pente níveo junto aos outros artefatos de cuidado à beleza, em um móvel de madeira lisa. Pigarreando, buscou recompor-se do quase imperceptível tremor que surgiu em seu corpo, causado pelo baque inesperadamente alto da gaveta se chocando com a cômoda. Anuza poderia ser uma companhia estimada entre um momento e outro, mas, em seu íntimo, a garota sabia que os desejos da rainha eram vãos, torpes e perniciosos, e suas desculpas, nada além de mentiras corteses.

Aproximando-se de Caledrina, que se dirigia para o seu leito, a rainha vermelha puxou-a pelo braço. A garota pôde sentir o cheiro forte do vinho sem mistura exalando da companhia.

CAPÍTULO II

— Não tão cedo, menininha travessa — cantarolou.

Sorrindo para ela, Cally respondeu:

— Oh não, por favor. Não mais por esta noite. — Ela deu espaço a um bocejo contido. — Estou tão cansada.

Ignorando uma demonstração de exaustão claramente forçada de Caledrina, Anuza puxou a jovem pelo pulso até que pudesse alcançar a grande porta do quarto.

TOC TOC!

— Você terá mais uma surpresinha de aniversário esta noite — disse Anuza, com um olhar malicioso, ao espalmar a porta.

— Outra? Já tive uma na véspera de meu aniversário. Já está bom de surpresas, não?

De forma dramática, Anuza levou a mão esquerda ao peito e, com os olhos ameaçando chafurdar em lágrimas, encarou Cally. Engolindo a saliva de forma exagerada ao tentar conter o falso choro, assim como faria uma criança por ordenança de sua mãe se estivesse em frente a nobres e pessoas de respeito, a rainha vermelha buscou recompor-se antes de voltar a falar, porém manteve a voz arrastada.

— Mas esta é ainda mais especial! Mandei que trouxessem de terras longínquas, junto às minhas novas fragrâncias para banhos relaxantes. Sabe quantos saquinhos de ouro tive de oferecer por este presente? Não me diga que desperdicei minha riqueza à toa. — Ao perceber que seu discurso não obteve o efeito que gostaria sobre a mocinha à sua frente, Anuza chacoalhou-a pelos ombros. — Vamoooos! Você vai gostar. Não faça essa desfeita. Foi muito caro!

Caledrina gargalhou, levando as mãos ao alto em sinal de rendição.

— Está bem! Você venceu. Mande-o entrar.

A menina sabia que Anuza, como rainha, tinha muitas posses e moedas para gastar onde e como desejasse, mas a ganância por aumentar suas riquezas era um traço predominante em sua personalidade. Por vezes, já havia passado noites acordada em luxuosas casas de apostas apenas pelo prazer de possuir ainda mais — e era boa, muito boa, nisso.

Com um sorriso luminoso rasgando-lhe a face, Anuza finalmente permitiu que os serviçais abrissem a porta, revelando sua surpresa para Caledrina. A jovem, fazendo uma careta, imitou a expressão confusa da mulher homenzinho designada a servi-la, ao ver entrando no quarto, conduzido por mais dois homenzinhos, um homem cujo rosto estava coberto por um saco de pano grosseiro. Desviando sua atenção por alguns instantes do mistério encapuzado à sua frente, Cally inclinou a cabeça quando percebeu que os homenzinhos exibiam orelhas bastante vermelhas, provavelmente devido a uma recente perfuração. Ela repuxou o nariz e piscou algumas vezes para voltar a ouvir a rainha saltitante ao seu lado.

Divertindo-se com as feições curiosas que a cercavam, com a ponta das unhas compridas e tingidas de vermelho — sobrepondo uma tintura tão escura, que Caledrina não foi capaz de dizer se preta, roxa ou azul —, Anuza dispensou o homenzinho que, já preparado para puxar o capuz do presente, quase caiu de cima de uma banqueta, desnorteado por um empurrão da rainha. Ela queria ter o prazer de ser quem revelaria a bela face do, até então, misterioso homem.

Um garoto de aproximadamente vinte e quatro anos de idade, com uma beleza exótica e olhos puxados que lembravam os de um lobo faminto, foi desvelado. Ele sorriu para Cally de forma tão desconcertante, que a fez, involuntariamente, desviar o olhar. Encarando a parede, questionou a si mesma se os seus olhos haviam congelado. Mas, apesar de ser atraente, o garoto parecia não passar de uma criança confusa.

Sua pele era apenas um pouco mais clara do que o tom de bronze natural de grande parte dos moradores da corte — o cabelo, no entanto, tão escuro quanto. Mesmo sendo bem mais alto do que ela, a menina notou que ele possuía pequenos pontinhos marrons, feito estrelas, no rosto. Suas pernas longas eram facilmente

CAPÍTULO II

disfarçadas pelo tronco igualmente comprido. Com a vestimenta esverdeada e brilhosa de cetim — que a jovem sabia ter sido meticulosamente selecionada por Anuza para aquele momento —, era notório como os seus ombros eram incrivelmente largos. A clavícula marcada e exposta apenas evidenciava essa característica. De certo, ele não era de dentro das fronteiras. Tão diferentes eram os traços e a beleza do garoto, que poucos segundos bastaram para que Caledrina começasse a questionar se ele realmente não teria vindo da região de um lupino. Até mesmo além das muralhas da corte, encontrar um lobo — ou um rapaz como aquele — era incomum.

— E então? — indagou Anuza, mordendo o cantinho dos lábios inferiores, eufórica como uma criança que espera a aprovação do pai ao empunhar a espada pela primeira vez.

Sorrindo novamente, agora com toda a malícia fajuta que era capaz de expressar, Cally voltou-se para o rapaz, embora direcionasse sua fala para a rainha.

— Encontro-me sem palavras. Você estava certa, eu gostei. Agora deixe-nos a sós, por favor.

Enojada com suas próprias palavras, um rápido alívio invadiu o coração da jovem quando, dando gargalhadas, a rainha vermelha deixou seus aposentos.

Antes que o rapaz tivesse a chance de se aproximar, com um movimento firme de mãos, o estranho foi impedido de dar um segundo passo em direção à Caledrina.

— Não se aproxime! — ordenou ela, de forma incisiva. — Sente-se à mesa.

Seguindo suas orientações, confuso, o rapaz obedeceu.

Com um leve aceno de mão, Cally sinalizou para sua serviçal, que, já ciente de suas tarefas, prontamente atendeu às ordens, levando para a mesa um tabuleiro de alguergue. Cuspindo para o ar, resoluta a expulsar alguns fiozinhos dos longos cabelos azulados de dentro de sua boca, a mulher homenzinho usou os braços como auxílio para mantê-los atrás das orelhas graúdas antes de sentar-se em frente ao rapaz. Sua decisão de ajeitar as madeixas com o antebraço em vez das mãos fez sua cabeça parecer ainda maior quando comparada à finura dos braços tão próximos ao seu rosto.

— É um jogo de estratégia muito bom, irá gostar. — Dando de ombros, Caledrina apontou para a serviçal. — Ela estará disponível para jogar com você até que se sinta sonolento. Lalinda é ótima e, por vezes, já derrotou até mesmo a mim. Depois, pode descansar na poltrona.

— Isso é alguma espécie de piada?

Abrindo o baú que ficava ao pé da cama, Cally removeu de um saco grande algumas moedas, a fim de despejá-las em um saquinho menor. Levantando-se, a garota caminhou até a mesa onde ambos, o presente de Anuza e Lalinda, atentamente a analisavam. Caledrina verteu as moedas de ouro do saquinho em cima da mesa até perceber, no olhar do rapaz, um brilho que entendeu como uma garantia de que ele manteria a boca fechada. Ao voltar para o conforto de suas cobertas, Cally sequer permaneceu diante deles ao falar:

— Não conte sobre esta noite para ninguém. Se lhe perguntarem, certifique-se de que suas palavras serão: "Foi uma noite memorável".

O som das moedas tilintando ao chocarem-se umas com as outras enquanto o garoto brincava com elas, unido às gargalhadas eufóricas daquele que tinha os olhos como os de lobo, rapidamente a tranquilizou, trazendo uma certeza ainda maior de que ele não a delataria.

Ao sentir a coluna cansada se esparramando sobre a cama macia, a garota suspirou profundamente, agradecendo mentalmente por aquela sensação de conforto. Virando-se de lado sobre os lençóis brancos, Caledrina lembrou-se da primeira vez que vira um dos presentinhos de Anuza jogando alguergue com sua serviçal, e de como achara engraçado. Agora, depois de tantas ocorrências, a cena já lhe era normal. Por vezes, julgava ser até mesmo uma distração útil

CAPÍTULO II

para que pegasse no sono. Um entretenimento não mais cômico do que entediante. Deslizando sobre o tecido macio de suas cobertas, esticando o braço em direção ao chão, Cally permitiu que seus dedos tocassem o baú que havia debaixo da cama. Suspirando, deitou-se de volta em meio aos travesseiros, encarando os leves panos esbranquiçados que decoravam o dossel. Imaginá-los esvoaçando já a havia ajudado a dormir outras vezes.

Frente ao rapaz, a mulher de orelhas e nariz pontudos, típicos de sua espécie, vencia mais uma partida. Já bem treinada pela regularidade da atividade, Lalinda murmurava alguma coisa em comemoração quando Caledrina pegou no sono.

CAPÍTULO III

Segurando as botas de couro marrom na mão enquanto andava por seus aposentos na ponta dos pés, Cally desviava de qualquer coisa que pudesse causar barulho. Já trajada com as roupas que havia separado para a sua jornada clandestina, com um aceno de cabeça, despediu-se mais uma vez de sua serviçal — que sabia muito bem como agir e o que falar aos curiosos durante a ausência da garota. Fechando a porta, não pôde conter o riso ao ver, pela fresta, a posição contorcida em que o rapaz galante da noite anterior se encontrava na poltrona. Ele roncava feito um porco velho. Ao menos o som ajudou Caledrina a se levantar da cama sem dificuldades, no horário que deveria.

Cally deixou seu quarto para trás, calçou as botas e percorreu toda a extensão do palácio agora vazio — exceto pelos guardas, que já estavam a par e eram cúmplices das aventuras secretas da garota. Quanto aos poucos que não faziam parte da lista de aliados, eram muito bem pagos para manterem a boca fechada. Ainda que contasse com o apoio de alguns oficiais, a menina certificava-se de jamais deixar seus aposentos com o rosto descoberto, sempre vestindo uma longa capa cinzenta um pouco mais escura que seus cabelos, com o capuz encobrindo-lhe a face.

Ao descer as escadas, Caledrina alcançou o ar livre e puxou o capote de forma que ocultasse ainda mais o seu rosto, não contando com o privilégio de receber o contato da luz prateada que iluminava o cenário. Apenas a Lua e as poucas estrelas testemunharam a jovem abandonando o palácio. De cabeça baixa, sua única opção era encarar os sapatos, uma vez que o tecido de pano grosseiro encobria quase todo o seu campo de visão. Ela repetiu para si mesma cem vezes que correr apenas despertaria atenção indesejada e faria os animais de rua se alarmarem com a sua caminhada noturna pelas vielas. Independentemente da exultação e ansiedade que pudessem borbulhar em seu corpo, não correria. Ainda encarando as botas que revestiam os passos num ritmo controlado, Caledrina julgou-os muito lentos, até mesmo para uma caminhada tranquila; então, com um sorriso de canto no rosto, contrariou seu próprio pensamento e decidiu que acelerar um pouquinho não faria mal.

Uma espécie de fogo gelado invadiu Cally quando pensou no que a esperava. Não sabia explicar. Era como se os seus sentimentos bailassem uma valsa tão esplêndida sobre seu coração, que ela sequer conseguia distinguir se o movimento causado pela dança resultava em frio ou calor. Tratava-se de algo intermediário e, ainda assim, com os extremos atingindo o ápice de intensidade em seu interior. O simples ato de pensar no motivo de sua aventura fazia com que a garota refletisse sobre a possibilidade de possuir por inteiro, dentro de si, o inverno e o verão.

Deixando de vez a marcha passiva para igualar seus passos às batidas apressadas de seu coração, Caledrina alargou o sorriso ao perceber que aquilo que florescia dentro de si não era nenhuma das estações que havia pensado, mas, talvez, a primavera, com todas as suas flores e aromas. Sentindo as mãos, que há tempos não eram enluvadas, suarem devido ao esforço, a menina floresceu ainda mais. Estava quase alcançando os limites da corte para, então, seguir em direção ao destino de sua jornada — o lugar onde encontrou um

CAPÍTULO III

lar. Saber disso expandia seu jardim em largura e profundidade, se é que era possível aumentá-lo ainda mais.

O som de lâminas chocando-se umas contra as outras trouxe Cally de volta à realidade. Ela desacelerou os passos e, levada pela curiosidade, caminhou até a origem dos ruídos que ultrapassavam o barulho da ansiedade dentro de si. Embora venerasse a música entoada pelas espadas, naquele momento a melodia causou calafrios em Caledrina. Ela sabia que aquele ritmo significava a preparação para uma guerra. Mas os homens da facção preta não costumavam treinar na madrugada. Não tantos homens assim. Não de maneira que o cheiro de sangue e suor pudesse ser sentido àquela distância.

Assumindo o lugar de guardiã e protetora da bandeira roxa, leal às sete coroas — ainda que tivesse comprado o povo com moedas de ouro, sorrisos e algumas gentilezas —, Cally sabia que incitara uma rebelião entre dois povos inimigos ao ameaçar os sete tronos da corte em nome do líder dos selvagens. Sabia que, segurando a mão do filho do Vento, instigara uma guerra que, por anos, esperava eclodir. Talvez Iros, de fato, não odiasse Caledrina apenas pelas cenouras.

Sentindo a textura da parede com as mãos, a garota abrigou-se na escuridão antes de levantar o rosto, retirando-o de debaixo do capuz apenas o bastante para perceber ainda mais alto o som das lutas. Ela cautelosamente estreitou os olhos para o campo de treinamento. Sem dúvidas, havia mais de trezentos homens. Jovens, adultos e velhos berravam a ponto de suas veias do pescoço saltarem a cada vocalização.

A menina correu o olhar pelas extensões despidas dos braços dos guerreiros que, mesmo não tão abrilhantados quanto a Lua e as tochas posicionadas ao derredor do campo de areia, ainda refletiam devido à umidade expelida dos corpos quentes e avermelhados. Caledrina notou que pessoas de todas as castas, com os mais variados níveis de ramificações, haviam sido convocadas. Até mesmo aqueles que cresceram na facção de Iros e receberam treinamento até os

14 anos, antes de caírem em outra bandeira no dia de vertigem, retornaram às suas origens. Deixando-se perder enquanto analisava a cena, ela franzia o cenho e estalava levemente os dedos num gesto inconsciente que expressava o conflito em sua mente. Cally não compreendia como tantos indivíduos, de distintas posições dentro das facções, treinavam uns com os outros.

Na corte, aos olhos da massa, a quantidade de raízes já era justificativa suficiente para que os menos habilidosos atravessassem para o lado contrário da rua quando viam alguém em uma posição elevada se aproximar, e para que os mais habilidosos subjugassem seus vizinhos. Aqueles com poucas ramificações eram condenados ao embaraço por não oferecerem nada de útil às suas facções, nem à majestosa fênix dourada como forma de adoração.

Ainda mais do que os bolsos cheios de moedas tilintantes, as raízes ditavam o poder. Era muito raro um homem com um número exorbitante de linhas pretas ser necessitado, mesmo originário de família sem títulos. Uma vez reconhecido por seus esforços em desenvolver suas habilidades e servir sua bandeira com tanta dedicação, rapidamente caía nas graças dos nobres, que, sedentos por visibilidade e interesse, logo tornavam o exímio talentoso um igual.

Por mais que não aparentasse, Cally sentiu as pernas tremerem ao perceber que, embora o treinamento contasse com iniciantes, uma enorme parte dos homens possuía raízes em toda a extensão do braço direito, servindo como um mostruário público do quão engenhosos e experientes eram nas artes de suas bandeiras. Caledrina tentou engolir um pouco de saliva para hidratar a garganta que, de repente, passou a incomodá-la, mas sua boca estava seca.

Em cadência perfeita com a estridulação inesperada de um grilo, provavelmente desesperado para chamar a atenção de alguma fêmea próxima a ele, os pensamentos da jovem — até então suficientemente alinhados — tornaram-se um caos ao avistar Heros apoiado em uma lança, observando seus homens no canto do campo

CAPÍTULO III

de areia. Ali estava o tão respeitado e temido líder da facção preta, em uma posição inferior apenas à de Iros. Fazia muitas luas que Caledrina não via seu pai. Essa palavra já lhe soava estranha, por mais que houvesse aprendido com o Vento que deveria perdoá-lo. Cally lambeu os lábios rachados. Sua respiração era pesada, mas ainda assim, silenciosa — ou talvez seus pensamentos estivessem tão altos, que ela sequer distinguia seu ritmo ofegante.

Encarar o líder da facção preta recordava-lhe de todos os anos de crueldade que vivera. Com gosto de sangue e ferrugem na garganta, a garota sempre indagadora passou a questionar-se por qual motivo Heros decidira treinar seus homens mais habilidosos na calada da noite, inclusive os que foram designados a outras bandeiras no dia de vertigem. Por que tão de repente? Há quanto tempo aquilo vinha acontecendo bem debaixo de seu nariz? Será que planejavam atacar os selvagens antes do que ela esperava? Mesmo ocupando a posição de rainha guardiã do lado roxo, havia deixado informações tão cruciais e importantes como essas escaparem por seus dedos feito água da fonte.

Balançando a cabeça na tentativa de afastar tais pensamentos, Caledrina buscou concentrar-se em sua próxima tarefa. Mesmo que seus devaneios estivessem certos e os homens de Iros planejassem iniciar a guerra antes do momento que ela havia deduzido baseando-se em informações passadas, não havia tempo para pensar em tais conjecturas. Não naquela madrugada. Pessoas esperavam por ela. Mais do que isso, o Vento esperava por ela, e um horário criterioso deveria ser obedecido.

Ajeitando o capuz sobre o rosto até que estivesse escondida pelas sombras mais uma vez, Cally voltou a correr. Com os fenos na entrada da cavalariça feito um tapete preparado para recebê-la como um cortejo, a garota tomou para si um dos vários pedaços de madeira dispostos no canto do estábulo e o levou ao fogo de uma chama já acesa, criando para si uma tocha. Os cavalos relincharam pelo súbito contato com a luz e o calor, mas Caledrina os deixou em suas reclamações e esperou até que alguém aparecesse. Poucos segundos bastaram para que, seguindo a luz que se movia conforme o combinado, duas famílias receosas — uma de humanos, da facção de Iros, e outra da espécie Homenzinho, da facção de Prog — aproximassem-se da garota.

Ela poderia descrever com minúcia os comportamentos que entregavam o nervosismo daqueles à sua frente, tais quais as mãos suadas, tez pálidas, os olhares perdidos e lábios que se moviam mesmo sem pronunciar uma palavra. Em sua mente, era como se eles andassem até a menina em câmera lenta.

— Estão todos aqui? — perguntou a jovem, ainda arfando pela corrida. Embora já tivesse feito o mesmo trajeto com os mesmos perigos tantas outras vezes, seu coração ainda acelerava devido aos acontecimentos do percurso.

— Estamos prontos para ir, minha rainha — respondeu o chefe da família de homenzinhos, em nome de todos.

Ele parecia engolir alguns de seus longos fios de cabelo suavemente azulados ao falar, e, observando-o, Cally sorriu sem mostrar os dentes, incapaz de ignorar completamente o ocorrido.

— Não me chame mais de rainha. Somos todos irmãos agora.

A mulher homenzinho, com madeixas ainda mais longas do que as de seu esposo presas em um coque trançado de forma exacerbadamente volumosa, segurava uma bebê menor do que a mão de Caledrina, com nariz e orelhas pontudos como os de seus pais. A pequenina sorriu por debaixo do véu que lhe protegia do calor da corte.

— Vamos! Não temos mais tempo a perder — disse a garota de cabelos acinzentados, de olho na Lua, consciente de que o tempo passava depressa.

Seguindo seus direcionamentos, todos entraram na carroça disposta ao lado da cavalariça e, montando no cavalo negro como a noite, Cally

CAPÍTULO III

suspirou de alívio ao pensar que, depois de mais uma longa semana, estaria novamente prestes a chegar "lá", no acampamento.

Próxima às muralhas que ditavam os limites da corte, um simples sinal de mão bastava para sinalizar ao guarda aliado a hora de abrir a passagem. Alguns oficiais só o faziam por moedas e boas recomendações, mas havia outros, ainda que poucos, os quais auxiliavam a menina pelas riquezas que acumulavam em seus corações ao se sentirem pertencentes a uma causa nobre.

Deixar a corte para trás era sempre um refrigério. Caledrina sentiu falta de quando as fronteiras do território sem água ou vento ainda eram compostas por cercas facilmente ultrapassáveis, e não apenas muralhas e portões. Nos dias antigos, não importavam as facções ou as castas, o povo vivia com um medo crescente e constante dos misteriosos sanguinários selvagens — até mesmo a menção de sua existência os assustava — e dos perigos desconhecidos da floresta. Mas, desde o dia em que Cally retornou berrando aos quatro cantos do palácio o quão deleitoso era o outro lado das cercas, cada vez mais e mais pessoas passavam a ansiar por tal descoberta, inflamadas pela mais alta dose de curiosidade e esperança.

Os cinco reis levantaram as muralhas de pedra em tempo espantoso. De acordo com os monarcas, as muralhas serviam para proteger seus súditos dos perigos, tanto os de fora da corte quanto os de dentro das próprias mentes — uma vez que o povo se encontrava em um estado de confusão, incitado pelo que os regentes alegavam ser apenas mentiras de uma garotinha tola e perdida. Todavia, Cally sabia que, no passado, o que segurava a todos dentro dos limites territoriais não eram as cercas, mas o medo. Sem ele, muros mais altos e resistentes foram necessários, não apenas para manter os selvagens fora, mas para que o povo se mantivesse dentro.

Moldando sua estratégia com adornos espalhafatosos e palavras bem colocadas, os reis criaram uma grande prisão e a embrulharam em um pacote de presente com desenhos de segurança e liberdade baratas. Claro que alguns ainda serviam às sete coroas com devoção — a maioria, na verdade —, mas poucos remanescentes, despertados por Cally há muitas luas, eram consumidos diariamente pelo desejo de conhecer o lugar que ela aprendera a chamar de lar.

O povo não estava contente; não como antes. E enquanto muitos se preparavam para uma guerra, Caledrina estava determinada a fazer com que outra, ainda mais avassaladora, fosse desencadeada dentro de mais e mais indivíduos da Corte dos Sete.

CAPÍTULO IV

A umidade que envolvia o corpo robusto do cavalo transpassou o tecido da calça de Caledrina devido ao calor. A jovem inclinou o tronco até se deitar sobre a crina do animal, a fim de estender a mão e acariciá-lo no pescoço. Enquanto o fazia, teve pena de seu companheiro de jornada que, provavelmente, estava ainda mais cansado do que ela.

— Quase lá — sussurrou a menina, antes de, com duas novas batidinhas na nuca do equino, endireitar a postura.

Embora sentisse certo nível de exaustão física decorrente das horas de viagem, seu corpo era constantemente atingido por choques energéticos, provocados pela mais pura exultação. Com mãos firmes, contrariando a fraqueza para a qual não se renderia, a garota de olhos cinzentos puxou as rédeas. O barulho contínuo das rodas da carroça quebrando pedrinhas de terra pelo caminho finalmente cessou, e o precioso silêncio foi devolvido aos ouvidos saturados pelo som ininterrupto. Cally desceu do cavalo.

Erguendo os braços para cima, espichou-se como quem deseja alcançar algo no alto e inspirou fundo. Então, expelindo as últimas gotas de cansaço por meio de uma expiração pesada, permitiu que cada uma de suas vértebras relaxasse. Sem outro par de olhos para acompanhá-la na contemplação da paisagem, Caledrina tomou o seu tempo e desacelerou o passo. Não que desejasse impedir que as companhias de viagem se juntassem a ela; pelo contrário, estava ansiosa para que, juntos, alcançassem o destino. Mas, para cumprir sua missão diária, tinha de conviver constantemente com o barulho da corte e, com isso, aprendera a deliciar-se com as melodias presentes no silêncio quando o encontrava.

Apesar de ocasionados pelas solas duras de suas botas, e não mais pelas rodas, os ruídos voltaram a acompanhá-la enquanto caminhava até a parte de trás da carroça. Rasgando a face em um sorriso, abriu as pequenas portinhas de madeira e sentiu o coração acelerar ao ver a cena já habitual: as duas famílias com os olhos inchados como se tivessem acabado de acordar. Eles piscavam pelo contato repentino com a claridade, e era de se esperar que houvessem despertado há pouco.

— Chegamos — disse Cally, enquanto ria baixinho de seus passageiros que exibiam caretas misturadas à euforia e ao medo por estarem no lugar o qual, durante toda a vida, fora cenário de tantas histórias monstruosas que ouviram. — Não há o que temer, vocês serão bem recebidos aqui. Todas as coisas tristes que sentiram e até mesmo as ruins que fizeram ficam para trás a partir de agora. Aqui, o passado não importa mais. As nossas leis não nos permitem acusar ninguém, especialmente antes do primeiro encontro com a fonte. Vocês poderão recomeçar, seguros, com uma nova vida. Sejam bem-vindos.

Empinando a pontinha do nariz ao mesmo tempo que bocejava, fazendo o maxilar esticar enquanto olhava para cima, Caledrina fingiu se espreguiçar outra vez, embora apenas desejasse encontrar uma desculpa para olhar para o céu. Talvez fosse somente um traço de sua imaginação sempre borbulhante, mas poderia jurar que naquela região as nuvens eram diferentes. Ao contrário das que via na corte, essas vertiam água, e não fumaça. Para a criação do Vento, encarar a imensa extensão azul era como uma certeza que conferia ao seu próprio corpo, como se o abraçasse, a segurança de estar... em casa!

CAPÍTULO IV

— Não se preocupe — disse Cally, quando seus olhos se encontraram com os do homenzinho, que exalavam ondas de pavor.

Ele aproximou o corpo das portinhas de madeira dos fundos do veículo até que seu rosto fosse alumiado pela claridade dos primeiros suaves raios de sol daquele dia, e colocou-se de joelhos frente à menina que, de pé, o encarava.

— Mas... e se for um erro?

A jovem que, até aquele momento, sequer havia percebido o rosto tensionado, aliviou a feição e abeirou-se ainda mais ao homenzinho, apoiando a mão na borda da carroça e mantendo o rosto a apenas poucos centímetros da enorme cabeça cheia de cabelos azuis.

— E se não for?

Devolvendo o sorriso de forma tímida à garota, o homenzinho, até então receoso, decidiu encher-se de esperança. Ele se virou para trás e puxou a esposa e os filhos para perto de si, a fim de descerem da carroça. Já no chão, segurando seu primogênito por debaixo dos braços, ajudou-o a saltar, no mesmo instante em que Caledrina auxiliava o outro irmão a fazer o mesmo.

Abismado, descrente do que seus olhos testemunhavam, o segundo mais novo começou a gritar e a correr em todas as direções de forma tão entusiasmada, que fez Cally o associar a um coelho traquina. Igualmente surpresos pelas cores até então atípicas, seguindo os passos do pequeno e movidos pelo mesmo sentimento, os irmãos começaram a correr, proferindo sons estranhos de exultação.

Desesperada com a aparente falta de segurança para suas preciosas crianças, a mulher homenzinho ainda temia o desconhecido, a ponto de não conseguir seguir o exemplo de seus filhos e entregar-se aos prazeres das cores. Tentando protegê-los de possíveis perigos da vegetação viva e colorida, em um passo acelerado, a zelosa mãe tentava conter os pequenos, segurando pelos longos cabelos aqueles que exprimiam grande alegria. Apenas o pai sobrou ao lado da carroça. Por cima do nariz pontudo, fixou os olhos na menina que o havia retirado do cenário de seu passado cercado de maldições, e, com baixa voz, indagou:

— Não será, não é?

Cally compreendeu que a pergunta era, na verdade, uma resposta dele ao próprio questionamento, e notou os olhos marejados do senhor homenzinho. Ela ofereceu conforto ao tocá-lo no ombro. Pressionando-o firmemente e captando sua atenção, a jovem que os resgatou respondeu, enfatizando cada palavra em um tom sério, da maneira mais gentil que era capaz:

— Não, não será.

Em vez de uma risada de alívio, ele deixou escapar um som engasgado, e limpou com o antebraço o nariz e as lágrimas que passaram a escorrer desobedientes sobre a extensão da face alongada, enquanto, segurando seus filhos pelos cabelos, a mãe trazia o restante da família para perto novamente.

Caledrina estendeu a mão para os humanos, que ainda se abraçavam nos fundos da carroça, e os auxiliou a descer em segurança. Embora tivessem uma estatura convencional, o espaço usado para transportar cargas era considerado alto, principalmente para as crianças, que, em tamanho, assemelhavam-se aos homenzinhos.

Observando-os caminhar na direção indicada, Cally achou que, fosse lá o que estivesse sentindo em seu coração, poderia, a qualquer momento, borbulhar e explodir a ponto de escorrer pela boca. Ela mordia os lábios e dava pulinhos de alegria ao seguir as duas famílias. Enquanto isso, sentia-se leve, como imaginava que fossem as nuvens do céu. Certamente, a satisfação de proporcionar deleite era uma das partes favoritas de sua missão; sabia estar mudando a vida de todos que adentravam o território do Vento. Em seu íntimo, havia a certeza de que era a escolha certa a ser feita, e que todo aquele que se encontrasse com o líder dos selvagens, ouvindo suas palavras, sentir-se-ia perdidamente encontrado e vorazmente visto, assim como ela.

— Mais duas famílias — sussurrou para si mesma, contente.

CAPÍTULO IV

Ela estava em casa.

A jovem avistou Gosaueb e Hiuae se aproximando com cestos fartos de frutas, e passou por elas, dando-lhes leves tapinhas nas costas.

— Agora é com vocês — disse, sabendo que se encarregariam de cuidar de todos.

Cally ainda caminhava quando, de costas, ouviu os cumprimentos afáveis aos novos moradores do acampamento. As moças possuíam um tom de voz doce, e provavelmente fariam as duas famílias se sentirem muito mais bem-vindas do que ela poderia. A menina gostava disso; apreciava o fato de as pessoas possuírem aptidões específicas para determinadas funções. Com o tempo, descobriu-se ótima em levar indivíduos ao acampamento, enquanto Gosaueb e Hiuae eram muito boas em cuidar dos novatos, e isso não tornava uma maior ou menor do que a outra. Cada uma era importante em suas respectivas tarefas e, no fim, essas se conectavam de alguma maneira, como um corpo em perfeito funcionamento: há o braço, a perna, os pés e as mãos, e todos são imprescindíveis.

No início de sua missão, Caledrina achava que, para expandir a força dos selvagens e os limites do acampamento, consequentemente alegrando seu novo líder, espalhar a respeito da veracidade da fonte perdida era o suficiente. Entretanto, conforme aumentavam os dias vividos na soma de seus anos, crescia o entendimento a respeito de como verdadeiramente um reino se ampliava. Não fazia sentido levar pessoas ao acampamento sem alguém lá para auxiliá-las. Compreendeu que, a fim de chegar genuinamente a algum lugar, outros eram necessários. E assim, ainda que calçando diferentes sapatos, todos caminhariam na mesma direção.

Desde pequena, Cally fora educada a associar a riqueza e o poder às coisas visíveis. Para ela, autoridade era equivalente a raízes longas e vestes suntuosas, e aqueles levados de um lado ao outro por seus próprios cocheiros eram os afortunados, cujos pés nunca se cansavam de caminhar debaixo do sol quente da corte, pois não o faziam; os mesmos que possuíam fartos banquetes sobre a mesa de uma grande casa quentinha. No entanto, contrariando todas as suas crenças, no acampamento não havia tais ostentações, tampouco era um lugar copioso e fastuoso. Ainda assim, Cally sentia nunca ter estado perante um povo tão rico. Peregrinos, eram os mais simples e puros sinônimos da real grandeza.

 Arnalém não costumava exibir uma coroa sobre a cabeça, e ainda era a figura mais nobre que os olhos cinzentos da menina já haviam contemplado. Ele exalava o esplendor que as joias dos sete tronos não alcançavam apenas com a brisa que acompanhava a sua presença. Sua voz era a força que não seria batida nem mesmo por um exército temido e vitorioso, sempre em um tom que poderia unir uma tempestade ao frescor suave do fim de tarde. Um tipo de riqueza que Cally antes não conhecia era o que agora mais a impressionava.

 Deixando que seus pés a conduzissem, ao mesmo tempo que as vozes dos mais novos moradores do acampamento iam diminuindo, deslizou os lábios para um sorriso de canto suave ao pensar que, além de ouvirem histórias sobre o ser misterioso, líder dos selvagens, os recém-chegados poderiam conhecê-lo pessoalmente e viver suas próprias histórias com ele. A garota sabia que a família homenzinho que trouxera servia às casas da facção azul. Embora estivessem acostumados com o drama, desde as vestimentas até as atitudes e espetáculos, Caledrina Cefyr permitiu-se sorrir, certa de que eles encontrariam ainda maior esplendor oculto na singeleza do acampamento.

 Ela deixou o capuz cinzento cair sobre suas costas, permitindo que o sol cumprimentasse cordialmente sua face pela primeira vez em horas, e estalou os dedos das mãos antes de acenar um curto cumprimento para cada um que encontrava a caminho do campo

CAPÍTULO IV

de treinamento. Mesmo a vários passos de distância, o som alto de homens e mulheres treinando já se fazia claro. Notando a euforia crescente que borbulhava em si, ergueu uma das sobrancelhas como em um curto espasmo ao receber a mensagem ilusória de seu cérebro de que era possível perceber o cheiro de suor e ferro. A garota apressou o passo. Sentia falta das espadas. Na corte, por mais que tivesse de portar-se como rainha, encontrava, entre uma brecha e outra, uma desculpa para ir até o campo privado do palácio e treinar com os bonecos que mal aguentavam o seu segundo golpe. Por ter se livrado da estampa negra de Iros em suas vestes, substituindo-a por uma coroa púrpura em sua cabeça, não havia ninguém que arriscasse machucá-la em um duelo, mesmo em um treinamento.

Com o tempo, vivendo a realidade da corte, onde todos dedicavam-se a apenas um ofício, soube que, se insistisse que um dos homens de Iros se juntasse a ela em um combate, poderia perder a regalia de sustentar em suas mãos a lâmina que tanto amava. O conhecimento das artes da luta limitava-se quase que exclusivamente à bandeira preta, salvo os que, no dia de vertigem, supostamente foram designados por Dunkelheit a uma facção diferente daquelas em que nasceram, e ainda mantinham, em alguma parte de seus corpos, um pequeno nível do conhecimento adquirido quando eram crianças.

Como rainha, a regra que direciona cada um a exercer exclusivamente o seu papel é ainda mais rigorosa. Se a menina chamasse muita atenção, o rei da bandeira preta com certeza seria o primeiro a reivindicar o domínio sobre as armas e escudos, impedindo os treinamentos de Caledrina e mandando-a de volta às poções. Dentro das paredes do palácio, ainda precisava fingir estar empenhada nos conhecimentos mágicos e na criação das fórmulas para o bem da corte, embora estivesse lá apenas para cumprir uma missão — resgatar mais pessoas de dentro das fronteiras. Motivada não pelo passado que compartilhava com seu antigo povo, mas pelo futuro com que, em sua mente, sonhava. Unidos não pela maldição que assolava os seus habitantes, mas pelo que viveriam após a sua quebra.

Sem estampar mais o preto em suas vestes, com um novo desígnio entregue em suas mãos, Cally sentia que cinco dias longe de Arnalém e seu filho eram como cinco anos. Parecia perdida em um túnel sem cor, como era sua vida antes de os conhecer.

Andando ainda mais rápido, prestes a alcançar o lugar no qual a origem do som concentrava-se, pouco distante de onde estava, ela o viu.

Kyrios vestia seus trajes de guerra, que o faziam parecer quase duas vezes maior e mais velho. Ela torceu o nariz ao notar isso. Desviando de seu oponente, o rapaz abaixou-se e manteve o corpo curvado próximo ao solo, contrastando com a disposição da espada de seu adversário, que a erguia em zênite. O filho do Vento, ainda rente ao chão, numa fração de segundos girou sobre seu joelho esquerdo e atingiu o adversário nas costas com a sola do pé direito. O golpe que o encontrou a meio caminho fez com que suas mãos enfraquecessem, deixando cair a pesada espada; Kyrios havia desarmado o opositor. A lâmina do jovem estava tão próxima ao pescoço do rival, que este chegou a sentir a ponta gelada em sua pele quente, e erguendo as mãos, rendeu-se ao filho de Arnalém.

Com modéstia, o guerreiro desconsiderou os aplausos que surgiram motivados pela vitória no duelo, e, mesmo em meio à balbúrdia que o cercava, foi capturado como se por um grito familiar. Kyrios virou a cabeça rapidamente em direção à menina que, a passos largos, caminhava rumo aos campos de treinamento.

Cally, percebendo a atenção repentinamente direcionada a ela, esforçou-se para não parecer afoita demais. Ela ignorou a vontade de correr até o rapaz em sua armadura, e buscou desviar o olhar para qualquer outro ponto ao longo de seu percurso, impedindo que seus olhares se encontrassem. A jovem fingiu não ter sentido tanta falta da companhia do filho do Vento nos últimos dias, mas a presença

CAPÍTULO IV

de Kyrios era como um portal que permitia o Sol brilhar mais próximo à Terra. O jovem resplandecia em tamanha intensidade, que a simples percepção de sua presença fazia com que Caledrina sentisse seu coração queimar, e nem era preciso encará-lo.

Um novo som de lâminas se chocando fez a menina entender que o garoto não olhava mais em sua direção. Ciente de que o foco do guerreiro não estava mais nela, Cally ergueu levemente o queixo e voltou a observá-lo em ação. Ele era ágil, um lutador tão bom, que talvez sequer houvesse alguém do lado negro da corte que se igualasse. Com muita precisão, não gastava energia em golpes errados. Sabia exatamente o que estava fazendo.

Por vezes, a garota esforçava-se para não encarar tão profundamente aqueles olhos. Não era como se fossem feitos de água e ela não soubesse nadar; mas como se, feitos do líquido, ainda que neles pudesse adentrar, fosse inundada pelo azul e se esquecesse de como se manter na superfície. Aquela cor tornou-se, para a menina de olhos acinzentados, a mais bela.

Ao longe, ainda atenta aos movimentos daquele em quem concentrava a sua atenção, a jovem gargalhou. Em alguns momentos, suspeitava que era o próprio Vento quem sussurrava ao seu filho estratégias de luta e o tempo perfeito para executá-las, já que tamanha destreza em campo era, no mínimo, surpreendente. A habilidade admirava até mesmo a ela, nascida na facção preta.

Próxima ao campo, o som inconfundível da gargalhada de Cally, que soava a Kyrios como a mais divertida de todas, chegou aos ouvidos do rapaz, fazendo-o virar-se para trás mais uma vez. O oponente jogou a espada em direção ao garoto, que, distraído com a criação do Vento, quase não agarrou a arma a tempo. Ainda de costas, caminhou em direção a Caledrina, abandonando a luta — por mais que o adversário carregasse uma lâmina afiada e vestisse uma armadura, não era mais alvo de atenção alguma.

Apoiando os braços sobre o cercado de madeira e concentrando todo o peso de seu corpo em apenas uma das pernas, sorriu para a amiga de cabelos cinzentos. Ela teve, naquele momento, ainda mais certeza de que Kyrios era, verdadeiramente, filho do Vento pelo sangue, dono da água pelos olhos, amigo íntimo do Sol pelo sorriso.

Absortos à tensão da guerra que, tal qual na corte, crescia dentro do acampamento, os jovens se calaram por um momento, e Cally relaxou a musculatura ao concentrar-se nos olhos do rapaz que um dia a salvou. Aquele infinito azul lhe causava uma sensação de paz e familiaridade, como ao observar os círculos que aparecem na água dos lagos quando pedrinhas são arremessadas neles.

Ao notar que estavam em silêncio por estrambóticos e longos quatro segundos e meio, ela franziu as sobrancelhas como se houvesse visto algo grotesco.

— Vencer um guerreiro tão despreparado é fácil. Você jamais conseguiria desviar daquela espada se eu a tivesse lançado. Admita!

Kyrios riu enquanto encarava os próprios pés do outro lado da cerca, antes de observá-la novamente.

— Também senti a sua falta.

O rapaz subiu o gramado, ainda ofegante pela luta, bagunçou os próprios cabelos com as mãos sujas de terra e suor, e disse de um jeito brincalhão:

— Que bom que está em casa, criança.

Sem se preocupar em ajeitar as madeixas sempre lisas, porém desarrumadas, a garota revirou os olhos ao ouvi-lo chamá-la da mesma forma que o Vento — já havia completado seus dezesseis anos! A poeira e o suor não causavam incômodo algum à menina, uma vez que fora criada dentro de uma área onde tais coisas eram mais comuns do que um cumprimento.

Cansado, seguindo a intuição pós-treinamento, Kyrios permitiu que o corpo se expressasse de forma despreocupada, lançando-se no gramado. Esticou os braços antes de posicioná-los debaixo da cabeça,

CAPÍTULO IV

e soltou um suspiro aliviado. Sem dizer nada, Cally sentou-se ao seu lado. Ambos usufruíam da sombra da figueira, e gastaram alguns minutos apenas observando os lutadores treinarem.

Caledrina Cefyr esboçou um meio sorriso movido apenas pela força de seus pensamentos ao admirar, mais uma vez, o quão rico em diversidade estava o povo do acampamento. Outrora, era comum identificarem um habitante do lugar pela cor dos cabelos, agora homens e mulheres com toda variedade de cabelos, tons de pele, tamanhos e formas, além dos homenzinhos com seus cabelos azuis e baixa estatura, lutavam e andavam por entre as tendas. Os que antes eram propriedade da corte hoje lutavam por Arnalém. E, embora alguns discípulos do Vento, como Cally, também tivessem recebido ordens para permanecer dentro das fronteiras da Corte dos Sete — a fim de espalharem as verdades que escutavam e levarem mais vidas ao acampamento —, muitos dos que naquele dia lutavam foram trazidos pela menina, sozinha, à carroça.

Cally se orgulhava disso.

Foi para isto que fora chamada como selvagem: voltar ao lugar para onde, por sua própria vontade, jamais voltaria, ainda mais como rainha roxa. Mas, com o intuito de resgatar aqueles que ainda não conheciam o Vento nem desfrutavam da fonte, continuava retornando.

Amava a tensão que seu corpo sentia cada vez que revelava a verdade a alguém, esquivando-se dos guardas e organizando suas particulares caravanas clandestinas na calada da noite, guiando famílias até a fonte não mais perdida para os que decidiam ir ao seu encontro. Apreciava escolher as ferraduras suaves para os cavalos mais silenciosos e velozes para tal tarefa. E, ocultamente, gostava de despistar os reis, estampando a mesma surpresa em sua face ao ver os números do povo diminuírem a cada recenseamento.

CAPÍTULO V

Com lambidinhas pegajosas e patinhas apoiadas sobre a sua bochecha, Caledrina acordou de seu repentino cochilo no gramado. Esboçou uma careta involuntária ao aperceber-se da situação em que estava: deitada em plena colina, rodeada por guerreiros e guerreiras que, mesmo em meio aos barulhos desgraciosos de espadas e brados, caíram em sono profundo devido ao cansaço e à familiaridade com os sons estridentes do campo de treinamento. Avistando Kyrios, também adormecido, Cally não pode deixar de pensar que, apesar de chamá-lo de amigo, parecia que eles jamais haviam criado um vínculo profundo de intimidade. Ela chegara ao acampamento como uma criança, e, por vezes, ainda sentia que não era vista como a guerreira que sabia ser.

Voltando à realidade, agarrou seu lêmure fujão, que já corria para longe após despertá-la.

— Volte já aqui, seu pestinha! Senti sua falta. — Ignorando a pequena estatura do animal, que agora vivia no acampamento, apertou-o tão forte em um abraço, que ouviu a barriguinha minúscula projetar um som engraçado. Devolvendo o ato de afeto, Ince, assim que se viu livre dos braços ao seu redor, voltou a lamber a dona, causando-lhe cosquinhas que a fizeram gargalhar. — Na verdade, acho que não senti não.

CALEDRINA CEFYR E O ARAUTO SUJO

A voz de Cally alcançou algum ponto profundo na mente de Kyrios, que, como se recepcionado por um abraço da realidade, foi resgatado de seus sonhos. Confuso, ele apertou os olhos com o dorso das mãos. Ainda desnorteado, o rapaz sentou-se. A garota riu baixinho. Mesmo após ter sido nomeado líder de uma das tropas de guerra por seu pai, o mais novo general ainda arrumava tempo para deitar-se sobre o pasto verdejante. Tal atitude lhe servia como um hábito, praticado ao lado da menina ou não. Por vezes, ela o havia visto pegar no sono em espaços que, em seu lugar, sequer ousaria tentar. Não importava o caos ao seu redor, o filho do Vento sempre encontrava tempo para simplesmente... descansar.

Uma de suas lições mais repetidas era: antes de dar a devida atenção àquilo que demanda olhos bem abertos, deve importar-se com ato de fechá-los.

— Feliz novo raiar, dorminhocos! — disse uma voz, aproximando-se deles.

Era inegável que o som rouco — e um tantinho grave — possuía certa doçura. Custando para virar-se em direção àquela que os chamava, e ainda mais para sorrir em resposta, Cally pensou em como jamais cogitaria, nem em suas mais intensas imaginações, que, entre todos da corte, Lenima Heckles se tornaria uma simpatizante dos selvagens. Agora, era carinhosamente apelidada de Enim.

A menina, portando em suas mãos uma bandeja de prata de tamanho considerável, carregava pedaços de bolo quase tão alaranjados quanto o tom de seus cabelos, já famosos no acampamento. Ela parou ao lado daqueles que estiveram esparramados no gramado.

— Olá, Enim! — sorriu Kyrios, sem esforço.

Caledrina duvidava que ele encontrasse algum nível de dificuldade em simpatizar-se com Enim e suas receitas deliciosas. A mais nova boleira entre os selvagens gritava aos quatro ventos sobre como havia encontrado considerável paixão em servir as pessoas — dizia até ser a sua vocação. Talvez por isso Kyrios aparentava gostar tanto

CAPÍTULO V

dela, afinal. Ele, mesmo carregando tamanha autoridade em seu nome e em sua posição, atraía-se por humildade. Era comum que conversas a respeito de um coração servo estivessem presentes aqui e ali em suas falas, durante as refeições matinais ou os banhos no rio.

Cally, por vezes, achava a palavra servidão muito forte para se referir à humildade e ao amor em submeter-se, mas o rapaz, pacientemente, tentava mudar esse pensamento. Ele ensinava à garota que ser uma serva era entender a sua dependência em algo maior do que si, e que apoiar-se em algo tão raso quanto o "próprio eu" era perigoso. Buscava instruir Caledrina de que ela não era o centro, mas, assim como os outros, uma espécie de ponte para levar pessoas até quem, de fato, era a essência de tudo: o Vento. A garota não representava o destino, mas a direção. O jovem líder ilustrava seus ensinamentos para a guerreira dizendo que, quando ela se sentisse confusa, bastava olhar para a Lua e buscar ser semelhante; o corpo celeste não possui brilho próprio, mas reflete o do Sol. Não há nada mais belo ou poderoso do que compreender que a luz não surge de si, mas de algo que resplandece veemente, vigorosa e impetuosamente, e vai muito além daquele que a contempla.

— Fiz um de seus favoritos, Cally. Acho que vai gostar desse. Tentei alguns ingredientes diferentes desta vez — disse Enim, sem perceber o nevoeiro tempestuoso presente nos pensamentos da menina à sua frente.

A simpatizante dos selvagens flexionava os joelhos com os pés no chão, sem sair do lugar, como se o seu corpo expressasse a animação com a nova receita.

Caledrina, mordendo os lábios rachados ao sentir a fragrância magnífica do bolo ainda quente, feito de laranjas fresquinhas — seu sabor predileto —, abocanhou, num impulso, a maior fatia que encontrou na bandeja.

— Obrigada, Enim. Estão deliciosos — falou entre os dentes, com a boca cheia, buscando lembrar-se do que havia dito horas atrás aos novos moradores: "As nossas leis não nos permitem acusar ninguém".

Infelizmente, era mais fácil falar do que praticar. Na corte, Lenima havia sido traiçoeira, inoportuna e invejosa, e, embora tudo aquilo tenha sido antes de conhecer o Vento, para Cally, ainda era difícil associá-la à dócil e saltitante cozinheira de bolos. Deixar de lado o fato de que a garota de cabelos alaranjados já havia direcionado a ela, tantas vezes, palavras sujas e golpes cheios de ódio, era um desafio. Na época, as ofensas transcendiam um mero treinamento, mas, agora, isso era passado.

Ainda sentindo os sabores em seu paladar arrebatando-a da realidade, teve vontade de morder a língua em punição ao pensamento inoportuno. Exatamente como a menina que acusava em sua mente, a garota de olhos cinzentos também havia feito coisas as quais não se orgulhava. Caledrina sabia que estava diferente, que o Vento havia soprado para longe muitas de suas vergonhas. Não era mais a mesma de luas atrás. Apenas não sabia como era incapaz de conceder a outra pessoa a mesma graça que lhe fora dada.

Algo em Enim ainda incomodava Caledrina tão profundamente que nem mesmo todos aqueles bolos a libertariam de sua desconfiança.

Cobrindo a boca com o dorso da mão, sentindo a urgência de elogiar Enim antes mesmo de engolir o que mastigava, Kyrios falou:

— Você se superou mais uma vez. Seu coração é doce como suas receitas. Obrigado por tê-los trazido até aqui.

Enim respondeu o elogio com risinhos e uma cabeça tão inclinada a ponto de a orelha esquerda alcançar o ombro, e deixou os dois que estavam esticados na grama para trás, caminhando para oferecer bolinhos a outros que, nos arredores do campo, também descansavam, exaustos pelo treinamento.

Após sentirem a brisa do fim da manhã vagarosamente abrir espaço para os raios quentes de sol — ainda que em nada se

CAPÍTULO V

comparassem ao calor e mormaço da corte —, Kyrios levantou-se, oferecendo sua mão para ajudar Caledrina a ficar de pé.

Ela prontamente aceitou a oferta, e, no instante em que suas mãos se tocaram, sentiu o furo na palma do rapaz. Cally remeteu-se à tortura que o filho do Vento sofrera em seu lugar. Encostar naquelas mãos mantinha a memória do ocorrido sempre viva dentro da menina.

Por trás de suas próprias feições ensimesmadas, notou certa surpresa no rosto do general.

— O que foi?

— Essas são reais, não são? — perguntou o jovem, apontando para uma ramificação que subia pelo braço de Caledrina.

A partir do dia de vertigem, quando os moradores da corte recebiam sua primeira ramificação, arrancada do braço do próprio rei ou rainha de sua nova facção, todos passavam a possuir raízes crescendo feito veias escuras sobre os braços, e Cally, já tendo passado pelo ritual, não poderia voltar ao lugar onde crescera sem elas, uma das coisas mais importantes para seu antigo povo. Desde o momento em que iniciara sua missão, com a ajuda da serva homenzinho, passou a grudar raízes de falsa-seringueira sobre a pele. Tudo para passar despercebida, já que mantinha presença assídua na tradição da fonte junto aos outros selvagens. Como uma espécie de rito litúrgico, a noite após o retorno à corte era dedicada a olhos bem abertos e longas horas doloridas e desconfortáveis, com os pequenos artigos da natureza sendo artificialmente agarrados à sua pele. Todavia, embora o demorado trabalho, realizado uma vez por semana, fosse minucioso, Cally sempre tinha o cuidado de não se delongar com os membros à vista, e geralmente optava por mangas compridas.

— São — hesitou, notando as novas raízes pela primeira vez ao olhar, mais de perto, o braço ainda apoiado na mão do general. — Eu acho que sim.

Puxando-a para ficar de pé, Kyrios começou a andar.

Não era necessário entoar novas palavras para que se fizesse entendido pela menina. Bem ciente do caminho, ela o seguiu, embora já estivesse segura o bastante de seus passos para ir sozinha se fosse preciso. Permitindo que a brisa limpasse seus pulmões, expulsando de seu corpo, em quietude, todo o ar não mais favorável, sentiu que flutuava enquanto andavam, sabendo que estava, finalmente, em casa.

Ainda soava impressionante a Cally como, independentemente da hora do dia, sempre havia pessoas ao pé da fonte. Por alguns instantes, recordou-se dos seus primeiros pensamentos quando tentaram lhe explicar sobre aquele lugar.

Enquanto esperava sua vez de passar pela dor física e receber a recompensa — calar o barulho dentro de si —, ela encarou a pedra enraizada, base da fonte, com as mãos juntas frente ao corpo. Ao som de um novo grito controlado, que, arranhando a garganta de um dos soldados do Vento, era expurgado do corpo cansado, Caledrina foi levada mais uma vez por seus pensamentos constantes. A fonte não prometia eterna vida terrena, como as narrativas contadas às crianças na corte diziam, mas abundante. Mesmo após o contato com as pedras, ainda era possível morrer. Entretanto, tão grande era a serenidade que invadia os corpos, como uma energia eletrizante de calmaria, que as pessoas se submetiam à dor, certas de que o prazer em seguida a excederia em mil vezes. Tratava-se de um frescor, e se apresentava como um vício; todavia, era bom. Decerto, todo aquele que o experimentasse, queria sempre mais.

A fonte limpava por completo, mas sempre existiam novas coisas a serem limpas. Sendo assim, seus efeitos não eram eternos; não por falta de poder em arrancar as raízes, mas porque, na pele de seus hospedeiros, rápida ou vagarosamente, tornavam a crescer. Isso criava um ciclo, uma história de dependência da espurcícia com a origem das águas puras.

CAPÍTULO V

Cerrando os punhos até que as unhas arranhassem as cicatrizes nas palmas das mãos, devido ao susto do repentino vendaval que passou a ganhar forma ao lado da fonte, Cally arregalou os olhos para atentar-se ao espetáculo que já havia presenciado inúmeras vezes, e que nunca, nunca mesmo, perdia o êxtase intensamente sereno ao assistir. Notando, pela primeira vez, que as sobrancelhas estavam franzidas, como se acompanhassem a força de seus devaneios, a menina deixou que descansassem no contorno do rosto de forma suave, e iluminou a face com um sorriso tímido. Para Cally, o Vento era a figura mais miraculosamente bela e preponderante que existia, e ela havia sido pensada por ele, ideia dele. Ela era criação do mais fascinante ser.

— Arnalém — sussurrou a garota, dando voz aos seus impulsos.

Assumindo a forma humana, como se soubesse o lugar exato onde a jovem estaria, Arnalém já a olhava antes mesmo que seus olhos pudessem ser avistados por todos, e, a passos firmes, caminhou até aquela que fora criada por suas próprias mãos.

— Criança.

No momento exato em que pronunciou a forma carinhosa que escolheu para chamá-la, Kyrios, prevendo a fala do pai, sussurrou a mesma coisa, fazendo a garota, já envolvida pelos braços do Vento, rir.

— Senti sua falta — disse ela, baixinho, com a sensação de quase tocar algo.

— Eu sei, mas sabes que, mesmo na corte, eu estou. Nunca estás sozinha, Cally. Mesmo que não me sintas soprar em sua pele, ou nas árvores ao seu redor, uma vez que não sou bem-vindo pelo povo daquele lugar, ainda estou lá, e corro vivo... dentro de você.

— Dentro de mim — completou a jovem, ao mesmo tempo, fazendo-o sorrir com os olhos. — Às vezes penso o quanto seria mais fácil e vantajoso manter-me aqui, servindo dentro das fronteiras, com os meus amigos — disse, e engoliu em seco. Sabia muito bem que, assim como precisavam de pessoas dentro dos limites do acampamento, desesperadamente careciam de algumas fora dele. Uma guerra se aproximava, e a menina se sentia honrada por cumprir a sua parte ao exercer sua missão, mesmo distante daquilo que, tão rapidamente, passou a ser-lhe confortável. Não podia evitar algumas vezes, porém, de sentir-se excluída quando olhava para aqueles que permaneciam dentro.

— Se todos estivessem fora, quem cuidaria dos que chegam? E se todos cuidassem dos que chegam, quem os traria até aqui? — respondeu Arnalém, sem perder o sorriso dos olhos, conhecendo os pensamentos daquela que voltou a franzir as sobrancelhas. — Você carrega algo especial, criança. Sabe como falar com os do outro lado. O campo não é apenas aquele onde os soldados sangram em guerra, mas cada lugar ao qual o guerreiro é enviado pelo general, seja dentro ou fora dos limites da zona de batalha. O que torna um ambiente em um lugar de batalha não é a areia e o sangue, mas os pés dos lutadores. Mesmo em silêncio, pode trazer mais valor para esse conflito do que muitos que permanecem gritando aqui dentro. Mantenha seus olhos abertos, suas palavras sagazes. Seja esperta. Preciso de você lá. Não se sinta menos parte do meu povo se fui eu quem a designou para algo. Se os outros verão a grandiosidade e a beleza da missão que lhe confiei, não importa; nós dois saberemos. Fui eu quem lhe direcionei, lembra? Não tenha medo, minha pequena espiã da corte, tenha coragem! Estarei contigo enquanto estiver comigo.

Sem palavras, como se Arnalém houvesse respondido até mesmo seus pensamentos mais intrínsecos, os quais ela sequer seria ousada o bastante para exteriorizar, Cally o abraçou mais forte, sentindo o calor do Vento sobre sua pele fria e cansada.

— Serei corajosa! Tem a minha palavra — disse a jovem guerreira, tão baixo que quase não pôde se ouvir; mas estava segura de que nenhum de seus gemidos passariam despercebidos por ele.

CAPÍTULO V

Desprendendo-se dos braços do líder dos selvagens, nove passos bastaram para levar Caledrina até a fonte e, ajoelhando-se aos pés das pedras esverdeadas, sem hesitar, apoiou a mão sobre a rocha fria. Num grito de dor, permitiu, mais uma vez, que tudo aquilo preso em si se agarrasse à fonte. Naquele momento, compreendeu que havia glória na servidão, afinal.

CAPÍTULO VI

— *Pssst!* Aqui!

O sussurro fez Caledrina olhar para trás. Sem ver nada, manteve seu ritmo na fila que levava todos os selvagens até uma das várias áreas abertas e floridas do acampamento.

— *Pssst!!!!!!!!!*

Determinada a encontrar a origem do som perturbador, Cally parou, e virou-se de costas para a fila desorganizada, enquanto as pessoas passavam tagarelando por ela. Com os braços cruzados como os de uma mãe furiosa, estreitou os olhos na expectativa de apurar a visão, esperando que a vista funcionasse tal qual um cristal talhado e polido, com propriedades de amplificação. A pouca iluminação vinda do céu dificultava suas intenções em trazer forma à fonte do som, uma vez que havia passado do entardecer. Pouco distante, acobertado pelas sombras de uma árvore de tronco largo, Kyrios Logos ria para ela — ou dela — enquanto esperava que o olhasse. Quando a garota relaxou os braços ao lado do corpo, ele teve certeza de que fora avistado, e fez um sinal com a cabeça, indicando que o seguisse.

Obedecendo-lhe, Caledrina andou despretensiosamente até o rapaz, na tentativa de disfarçar sua empolgação.

Ir à floresta próxima ao acampamento para buscar lenha para a fogueira já era quase uma tradição entre os dois amigos. Os selvagens tinham o costume de se reunir várias vezes por semana apenas para trocar experiências, encontrar-se com Arnalém e cantarolar ao redor do fogo. Geralmente, buscar as ripas de madeira era uma tarefa que todos os selvagens deveriam cumprir. Cada um era responsável por manter a sua parte do fogo acesa, dizia o Vento. Não era um trabalho exclusivo de Kyrios, mas ele sempre insistia em levar a maior parte — também as melhores lenhas. Cally gostava dessa característica do garoto, e de como, para ela, aqueles momentos eram uma desculpa para passar mais tempo com ele. O jovem general era imensamente diferente dos reis com quem a menina se assentava na corte, e o seu povo era diferente daquele de dentro dos muros. Tudo ali constituía-se diferente.

Caledrina sentiu o coração parar quando, olhando firme em seus olhos, o rapaz estendeu a mão para ela. Percebeu que deveria sorrir ou ao menos fazer algum movimento, esboçar uma careta, fazer alguma piada, qualquer coisa... mas nada. Estava paralisada. Por vezes, já havia tocado nas mãos de Kyrios quando ele a ajudava a se levantar, ou em outras situações específicas, mas, ainda assim, eram poucas e curtas ocasiões. Após tais frívolos episódios, consequentes da necessidade de a menina se apoiar em alguém ou não tropeçar, via-se distante para tocá-lo sem nenhuma razão aparente. Não era como segurar a mão de Dwiok ou abraçar seu lêmure. Ele era um general, enquanto ela tentava ser vista como uma líder, e não uma criança. Era como se apenas um passo a separasse dele, entretanto, ao olhar para baixo, todo um abismo parecia os distanciar, e isso a mantinha em seu lugar.

Rindo, o rapaz jogou uma mecha do cabelo loiro para trás da orelha.

— Não vai aceitar minha mão de novo?

— De-de novo?

CAPÍTULO VI

Ele riu ainda mais alto, e com a palma esquerda, sustentou o braço direito, sinalizando estar cansado de mantê-lo estendido. Fazendo uma careta de dor, incitou Caledrina a revirar os olhos em comicidade.

— Quase todas as vezes em que viemos pegar lenha, você acabou tropeçando em algum galho ou tronco caído, e eu tento, vez após vez, ajudar-lhe. Estou sempre disponível, mas é agitada demais, menina! Sempre caminha à minha frente. Hoje, poderia olhar para mim e deixar que eu a guiasse pela floresta... Por que não me permite direcionar o caminho? Aprecio a sensação de protegê-la, garotinha tempestuosa — disse ele, novamente imitando as palavras de seu pai.

Engolindo em seco, Cally abriu a boca, mas as palavras não saíram. Então, paralisou novamente. As palavras do jovem general foram tão simples, não havia revelado um grande segredo, apenas queria guiá-la e impedir que tropeçasse. Por que Kyrios fazia até o singelo ato de tocar seus dedos parecer algo tão grandiosamente assustador? Estaria ela exagerando? Ignorando a si mesma e a bagunça que borbulhava em sua mente, estendeu a mão de volta para o garoto, notando os furos mais uma vez.

Como se pudesse ver além da escuridão da floresta, o filho do Vento a direcionou para um trecho que ela desconhecia. Geralmente, Cally se incomodava com a ideia de não estar no controle da situação, não gostava de não saber onde estava colocando os pés, e ainda tinha certa dificuldade em confiar — até mesmo em seus amigos —, mas ali, enquanto ele segurava sua mão, estranhamente se sentiu segura. Como nunca na vida, achava-se certa de onde deveria estar, mesmo sem saber qual seria seu próximo passo.

Ela nunca fora medrosa, aprendera a ser ousada e resoluta desde garotinha, mas o súbito som de um animal que sequer poderia nomear, vindo do meio de algumas árvores próximas, fez com que seu cérebro mandasse um sinal inconsciente ao corpo.

Sentindo seus dedos serem apertados pela mão da garota a qual guiava, Kyrios comentou por cima dos ombros, num tom brincalhão:

— Os animais da floresta a assustam?

Devido ao tom de voz do garoto, desconfiada de que o jovem havia identificado nela uma fragilidade, Cally desprendeu-se daquele que a segurava. Assumindo sua típica postura, com as mãos na cintura e o nariz apontando para as nuvens que sabiam chover, fez um biquinho de incerteza.

— É claro que não. Nada me assusta.

— Está tudo bem amedrontar-se às vezes, mas, se isso a tranquilizar, posso cantar para você.

Arregalando os olhos, Caledrina levantou as mãos em sinal de rendição.

— Oh, não! Isso certamente não será necessário e...

Antes que tivesse a chance de terminar a frase, Kyrios começou a cantarolar. Suas habilidades com o canto, entretanto, eram contrárias à graciosidade de seu coração.

Rindo por tamanha desafinação, Cally suplicou que parasse.

Sem acatar o pedido obstinado da jovem, o filho do Vento a tomou novamente pela mão, cantarolando ainda mais alto. Entre os animais da floresta, surgiram boatos de que, naquela noite, nenhum bicho próximo a eles fora capaz de dormir devido às gargalhadas e cantorias desafinadas que ecoaram por entre as árvores durante longos e tortuosos minutos.

Com a voz mais alta do que o som de qualquer animal, Kyrios fez a menina se esquecer de seus temores.

— Para onde estamos indo? — perguntou ela, quando percebeu que já estavam distantes do acampamento.

Reconhecendo algumas árvores com a intenção de se lembrar da direção, ele respondeu, por fim:

— Bem aqui.

— O que tem de tão especial aqui?

CAPÍTULO VI

— Este ponto específico, senhorita Cefyr, abriga nada mais nada menos do que a maior quantidade de lenha cortada da floresta.

Arregalando os olhos ao ver à sua frente uma imensa pilha com muitos pedaços de madeira, Cally compreendeu a intenção do garoto, e teve a certeza de que ele era louco.

— E para que precisa de tantas madeiras assim, Kyrios? — disse, deleitando-se no sentimento de pronunciar a frase da mesma forma que uma mãe faria com seu filho sobre os palcos da facção azul, provocando-o para continuar a brincadeira. — Não seria muito mais fácil levar galhos finos como todos os outros selvagens fazem? Aliás, você nos trouxe tão longe, que, a essa altura, já devem ter iniciado o festejo.

Com uma careta pensativa, Kyrios soltou um "oh" de surpresa com as mãos na cintura, imitando a postura habitual da menina.

— Você realmente tem um ponto — disse, enfatizando sua fala com as mãos. — Mas se a lenha mais fina queima mais rápido, e hoje quero cantar até perder a voz, precisamos de muita lenha e de pedaços robustos, capazes de queimar por horas a fio.

— Céus! Você conseguiu unir uma bênção e uma maldição na mesma sentença — gracejou Cally.

Confuso, Kyrios perguntou:

— Qual seria a maldição?

— Cantar a noite toda.

Levando a mão dramaticamente ao coração, ele julgou que a pior parte havia passado.

— E a bênção?

A garota mordeu os lábios, segurando o riso.

— Perder a voz...

Kyrios estampou, em cada ponto de seu rosto, a surpresa decorrente da resposta da menina, ao mesmo tempo que Caledrina passou a gargalhar.

— Ora, quer dizer que temos aqui uma boba da corte, sim? — respondeu ele, fazendo cócegas na barriga da menina.

— Você não vai conseguir me deter! — gritou Cally, em meios a risos. — Eu não vou sucumbir! — disse, gargalhando ainda mais alto. Sentindo os pulmões pressionarem seu peito pela falta agonizante do ar, um pânico invadiu a garota, que, de ímpeto, empurrou o responsável por seu riso incontrolável, afastando-o com uma cotovelada na barriga. — Pare!

O menino, instantaneamente, parou.

Silêncio.

Caledrina encarou o jovem general com a respiração pesada e os braços soltos ao lado do corpo, não sabendo exatamente se o havia machucado. Após alguns novos segundos, o rapaz riu ainda mais alto, e, motivada pelo som, aos poucos, ela riu também, até que o tom de sua risada se igualou ao de Kyrios.

Tamanho era o alvoroço, que as árvores se atentaram para o assunto. Sonolentos e desejosos por sossego, os animais correram e voaram para ainda mais longe.

As mãos da menina quase escorregavam por debaixo dos pedaços de lenha escolhidos por Kyrios, devido ao seu peso. Julgadas perfeitas para o festejo e encontradas graças à caminhada, as madeiras foram carregadas até o espaço aberto onde os selvagens estavam reunidos. Assim que avistou o fogo, Cally desejou erguer as mãos aos céus em alívio, e o faria se elas não estivessem ocupadas. Em um compasso síncrono aos seus passos, sentia pequenas gotinhas de suor despedirem-se de sua testa e unirem-se à terra frutífera.

Como previsto, todos já cantavam ao redor da fogueira. As vozes, quando juntas, formavam um conjunto em perfeita sintonia, como se comandados por um maestro de outro mundo, em perfeita harmonia com a sua orquestra. A intensidade parecia perfeitamente organizada, e cada vocal podia ser ouvido distintamente.

CAPÍTULO VI

No início, Cally sentia-se desconfortável com toda aquela cantoria, mas certo tempo depois, passou a ser uma de suas partes favoritas do acampamento. Sentando-se na roda, próxima aos outros que cantavam e dançavam ao redor da pira, a garota observou Kyrios ajoelhar-se diante das labaredas para ajeitar toda a lenha escolhida na floresta e outros gravetos que tentavam escapar. O rapaz notou que demoraria demais para realizar tal função sozinho, e, prontamente, alguns de seus homens o ajudaram a alimentar as chamas.

Um povo que amava cantar e se movimentar ao redor da fogueira.

Um líder que amava servir.

Além de contarem histórias e aproveitarem a presença de Arnalém, os selvagens se reuniam ao redor do fogo também como forma de dar boas-vindas aos novos moradores do acampamento. Os poucos que não se aventuravam na cantoria e dança, ao menos riam animados daqueles que o faziam. Era uma celebração que os lembrava de estarem vivos.

Do outro lado das chamas, Cally notou que Kyrios olhava para ela. Encarando-o de volta, com o queixo erguido, ela o observou desviar rapidamente os olhos para encarar, feliz, um casal que bailava eufórico, uma criança que se divertia dando saltos sobre os gravetos que sobraram, e uma família que cantava animada bem próxima ao general; antes de voltar a pousar as íris azuis sobre a menina.

Ele fitou a jovem de longos cabelos cinzentos, que, iluminados pela luz quente e alaranjada, cintilavam, destacando-se de tal maneira na escuridão da noite, que poderiam ter o brilho confundido com o da própria Lua. Kyrios notou que os olhos da menina aderiam a um reflexo diferente quando iluminados pelo fogo. Algo neles o fez sorrir.

Com os punhos cerrados sobre as pernas tensas, Caledrina torceu para que o rapaz não a tirasse para dançar, e sentiu-se aliviada quando ele não o fez, mesmo sabendo que tal convite sempre estaria à porta.

CAPÍTULO VII

Feito um destemido cavaleiro com rédeas em mãos, Ince agarrava-se aos cabelos de Cally, brincando com os longos fios cinzentos enquanto, em direção ao campo de treinamento, ela caminhava suavemente sobre a grama molhada pelo orvalho da madrugada. Era possível ouvir as vozes daqueles que ainda permaneciam ao redor do fogo. Trajando-se de forma semelhante à Caledrina, Enim a acompanhava, carregando seus bolos costumeiros. Ao lado delas, Kyrios vestia seu uniforme de batalha.

Sempre abarrotado de homens e mulheres que, esquecendo-se de que estavam em meros treinos, atingiam seu ápice de adrenalina, o campo, quando não soltava fumaça pelo calor do Sol, levantava areia pelas botas de couro a cada pulo, ataque e desvio dos soldados em meio aos treinamentos. E, naquele momento, composto por aqueles que haviam deixado a fogueira para praticar antes mesmo do dia amanhecer, o cenário encontrava-se como a segunda opção, enxameado pelo pó amarronzado.

Em meio à concentração de pessoas, Dwiok Minerus manuseava habilidosamente duas espadas ao mesmo tempo. O garoto usava os cachos negros, mais longos do que nunca, presos para trás de forma rudimentar com uma tira de couro. As roupas largas o faziam parecer ainda mais ágil para quem o observava de longe, visto que as variadas faixas soltas das vestes pareciam flutuar por alguns segundos após cada um de seus movimentos.

 Caledrina ainda não conseguia acreditar como o ex-prodígio da facção laranja, mestre das panelas, havia descoberto tamanha aptidão na arte das lâminas. Até mesmo Dwiok serviria como prova viva das mentiras da corte. Sob o governo dos sete, o povo estava convicto de que a fênix distribuía, para cada criança, uma habilidade necessária para o bom funcionamento do reino. Até o ato drástico de, no dia de vertigem, alguns participantes terem o seu sangue bebido pela areia quente da arena era visto como uma bênção, uma vez que tudo acontecia de acordo com o planejado pela ave dourada, que recolhia algumas crianças para capacitá-las antes de retornarem à forma humana e poderem se dedicar a uma entre as sete aptidões que fariam a corte mais forte. Diferentemente da crença, a realidade esboçava uma criança antes prometida a Dunkelheit exclusivamente para o preparo de poções treinando para atacá-lo com uma espada em cada mão.

 Cally não vira Dwiok ao longo de todo o dia, mas não havia mais tempo. Na semana seguinte, tentaria encontrá-lo e passar alguns momentos com ele, determinou. Arfando, riu silenciosamente de si mesma ao pensar no poder das estações da vida, já que os anos, movidos por um humor caótico, decidiram torná-los bons amigos, justamente os que mais irritavam um ao outro. Por alguns instantes, a menina pensou na hipótese de caminhar até o jovem lutador para se despedir, mas sabia que ele havia adquirido uma de suas manias ao lutar — a capacidade de anular a existência de qualquer coisa ao redor senão o oponente.

 Enim, naquela noite, após encontrar-se presa nos braços da insônia, largou seus pratos. Com o auxílio do luar e de algumas tochas que iluminavam o gramado ao redor do campo, tomou para si apenas uma cortana que descansava junto a algumas outras armas.

CAPÍTULO VII

Gritando, correu em direção a um guerreiro, posicionando-se rapidamente frente a ele. Lenima Heckles, a mocinha que agora atendia por Enim, havia crescido na facção preta, liderada pelo temível Heros, pai de Caledrina Cefyr. A guerreira já havia sido a razão de severas dores de cabeça para a jovem de cabelos cinzentos. Era irônico como os caminhos do Vento, soprando fortemente de maneira inimaginável, eram capazes de unir rivais e fazê-los deixar de lado suas desavenças.

A sós com Kyrios, Cally o observou olhar para baixo, já ciente do que a garota falaria ao voltar-se para ele.

— Está na hora, não está? — perguntou, erguendo o rosto.

Depois de responder com um curto aceno de cabeça, ela voltou sua atenção ao campo outra vez. Bastante próximo ao lugar onde Enim decidira lutar, avistara Arnalém. Ele lutava com a fúria de uma tempestade. O Vento era impetuoso. Ao longe, a menina sentiu-se estranhamente preciosa por ter sido formada por alguém como ele.

— Vamos — finalizou o rapaz.

Ao chegarem até o cavalo negro que Caledrina decidira chamar de Décius, Kyrios deu apoio aos seus pés para ajudá-la a subir no animal, por mais que não precisasse de auxílio. Com suas trouxas já bem guardadas na carroça vazia, a garota se preparou para partir. Cumprir o horário era imprescindível, sempre no ponto mais alto da Lua, já que a falsa rainha precisava alcançar os muros da corte no momento exato da troca dos guardas. Aqueles que eram fiéis à coroa saíam para dar lugar aos aliados do acampamento.

Quando a jovem estava prestes a partir, o jovem general segurou as rédeas.

— Cally — chamou-a, simplesmente.

— Sim? — redarguiu, espantada.

— Eu só queria que soubesse... quero dizer, acho que já sabe, mas gostaria de lembrá-la de algo — disse. Contando com a atenção da companheira de missão à sua frente, Kyrios prosseguiu, corajosamente. — Por muitos anos, organizamos apenas espécies de excursões de busca dentro dos muros da corte, as quais o seu antigo povo chamava de invasões ou ataques. — Cally concordou cautelosamente com a cabeça, lembrando-se de seu passado na facção preta, e esperou o rapaz completar seu ponto. — Mas hoje, o sonho do meu pai, de termos infiltrados lá dentro, é real, e você faz parte disso. É uma das pessoas corajosas que disseram sim; então, obrigado. Só queria que soubesse o quanto a apreciamos.

Franzindo o cenho, a menina sentiu o desejo de sorrir, mas o conteve.

— O prazer é todo meu. Você sabe.

Por um momento, ela achou ter visto um brilho diferente no olhar do general, semelhante a um lacrimejo, mas concluiu ser o efeito da luz prateada do luar nos olhos irritados pelas brasas de algumas horas atrás. Provavelmente era...

— Eu sei — respondeu com a voz levemente embargada.

Pigarreando para limpar a garganta, ele endireitou a postura e deu uma batidinha na coxa de Décius. Caledrina entendeu que era sua deixa para partir. Sem dizer mais nada e sem companhia alguma, não parou de cavalgar até alcançar os muros de onde, há alguns dias, havia saído.

Mesmo com o coração no acampamento, aquela que ocupava o lugar de rainha roxa passava a maior parte do tempo na corte. O estrondo dos altos portões se abrindo sempre a faziam trepidar, era sinal de que a longa semana se iniciava. Apesar disso, o risco fazia com que se sentisse viva. Com o capuz já lhe acobertando a face e, assim, sua identidade, Cally passava despercebida pelas ruas, escondendo-se com a ajuda de uma carroça comum de camponeses, a qual habitualmente deixava ao lado da cavalariça para que outro selvagem infiltrado pudesse buscar. Então, a garota levou Décius à sua baia, onde o animal aguardaria sua próxima aventura juntos. A menina seguiu o caminho para o palácio carregando apenas uma bolsa em seu ombro.

CAPÍTULO VII

Antes mesmo de ter as asas que ganhara ao cortar a cabeça de Saturn — já expelidas de seu corpo por Arnalém —, Caledrina havia descoberto que todos os quartos reais do castelo possuíam passagens subterrâneas que levavam a algum ponto para fora dos limites do palácio. O caminho secreto para o seu aposento, em particular, iniciava-se dentro de uma das padarias mais famosas da cidade e se estendia até um pequeno portãozinho de madeira abaixo de sua cama. Pela emoção, a garota gostava, até mesmo, da sensação de ter de engatinhar para sair de lá.

A padaria era chamada Koystra Ferhor, e encontrava-se bastante próxima ao campo de treinamento. Era parada obrigatória após as mais árduas lutas, fazendo com que brutamontes se esquecessem de seu tamanho ao renderem-se a pequenos pedaços de massas quentinhas. O lugar servia os melhores pãezinhos da cidade, e mantinha todo o exército bem nutrido e de barriga cheia. Ao menos uma vez por semana, Iros cobria os gastos para que Gudge ordenasse os padeiros a alimentarem os guerreiros que, segundo Heros, líder da facção preta, destacavam-se.

Por duas vezes, Cally já havia pegado alguns pãezinhos no caminho até o seu quarto para distrair o estômago vazio, mesmo que isso implicasse colocá-los na boca e deslizar até a superfície onde poderia mastigá-los com calma, deitada em seus lençóis de seda pura, importados do mesmo lugar de onde viera o garoto com olhos de lobo. Ainda que os pães parecessem inofensivos e saciassem seu apetite momentaneamente, a massa que antes fazia a menina deleitar-se agora apresentava-se sem gosto e pastosa demais, depois de ter experimentado a culinária do acampamento. Naquela noite, a garota engatinharia ouvindo os roncos de seu estômago, julgando ser melhor a ausência de alimento do que qualquer coisa que pudesse vir de Koystra.

Para os funcionários da padaria que sabiam das aventuras de Caledrina, as moedas de prata substituíam os elogios. Entre todos eles, Herlius Minerus, o padeiro-chefe, designado por Gudge como líder da facção laranja, foi, sem dúvidas, o mais difícil de persuadir. Ele não era um dos simpatizantes dos selvagens, muito menos de Cally, uma vez que o nome da menina aparecera ao lado do de seu filho, Dwiok, em quase todas as folhas publicadas pelos membros da facção amarela, quando, pouco depois do dia de vertigem, os dois partiram da corte. O cozinheiro nutria o pensamento de que a menina era desprovida de escrúpulos, além de vê-la como principal culpada por ter desvirtuado insanamente seu filho. Ele questionava como o garoto resolvera largar o futuro promissor na facção roxa por uma vida miserável num acampamento repleto de selvagens sanguinários.

A garota não tinha suas visitas semanais propriamente apreciadas pelo dono da padaria, que não entendia por qual razão ela comparecia ao estabelecimento, mas não consumia nada. Às vezes, quando não escapava pelo buraco na parede, Caledrina sentava-se em uma das mesas de Koystra e fingia alimentar-se de um de seus doces, exatamente como fazia com os manjares reais perante as coroas, apenas para manter o líder da facção laranja dentro dos trilhos do seu controle.

Com as narinas transportando-a para um paraíso distante ao sentir a fragrância da massa assando no forno, Cally alcançou a panificadora, repetindo para si mesma que os pãezinhos não eram tão saborosos quanto prometiam ao olfato. Sabia que eram tentadores apenas porque estava com fome, e sorriu ao lembrar-se de que tinha algo ainda melhor na bolsa pendurada em seu ombro.

Sempre que ia ao outro lado das fronteiras, certificava-se de levar uma bolsa vazia para que pudesse voltar cheia de delícias, as quais a fariam sobreviver por uma nova semana. A menina tentou ignorar o pensamento — e o aroma fresco e delicioso que vinha de sua bolsa — e esquecer-se dos alimentos que estavam logo ali, ao seu alcance. Por mais que ela carregasse novas guloseimas frescas, sabia que deveriam ser destinadas à semana que estava prestes a começar.

CAPÍTULO VII

Então, lembrou-se do baú vermelho que, em sua imaginação, prometia solucionar a fome. Embaixo de sua cama, bem escondida em um recipiente avermelhado a que somente Caledrina e Lalinda, sua fiel serva homenzinho, tinham acesso, a jovem mantinha a reserva de alimentos vindos do acampamento. O pouco de comida da semana anterior que restara no baú teria de ser o suficiente para acalmar os anseios de seu estômago. Poucos minutos separavam a garota de uma barriga cheia.

Antes de entrar na padaria, garantiu mais uma vez que sua face estava encoberta, correndo as mãos ligeiramente pelo tecido grosseiro de sua capa. Calma, com passos calculados, caminhou até os fundos isolados de Koystra. Lá, moveu algumas madeiras específicas de lugar, abrindo a passagem secreta. Passados de geração em geração, muitos estabelecimentos não eram inteiramente conhecidos por seus donos, posto que estes se concentravam em, especificamente, uma função, fosse o preparo de pãezinhos ou a impressão de fofocas.

Ainda que pudesse ouvir as risadas embaralhadas ecoarem pelo corredor, percebeu estarem tão embriagadas pelo vinho sem mistura que não poderiam notar sua presença nem se estivesse a cinco centímetros de distância. Caledrina assegurou-se de que estava sozinha e segura, entrou pelo túnel e fechou a passagem. Arrastando-se, chegou ao fim do caminho escuro e permitiu que seus olhos voltassem a ver a leve claridade ao abrir o pequeno alçapão debaixo da cama.

A primeira coisa que contemplou foi o baú que invadira seus pensamentos durante toda a viagem e por todo o desconfortável percurso do corredor estreito. Cally colocou a língua para fora, ofegante, e pensou em sair logo daquele espaço apertado, a fim de compensar os minutos de calor com qualquer coisa minimamente próxima ao frescor que demoraria mais cinco dias para tornar a ter. Com as mãos sentindo a textura do chão, impulsionou-se com cuidado para não chocar a cabeça nos ferros presentes abaixo do leito, e, elevando o corpo, permitiu que seus olhos tivessem uma visão mais completa da grande caixa avermelhada.

Caledrina fechou o postigo e arrastou-se para fora. Ao largar sua capa, estava pronta para voltar para debaixo da cama, na esperança de encontrar algo que pudesse solucionar os roncos de seu estômago, e guardar os alimentos frescos do acampamento. Mas, logo à frente, Lalinda fez com que a menina mudasse de ideia. A homenzinho aguardava a recém-chegada com uma banheira de leite de burra e um dos bolos de laranja remanescentes, retirado do estoque do baú.

Prestes a banhar-se, com a ajuda das mãos ágeis de sua serviçal que, já acostumada com a correria, preparava os últimos detalhes para o banho, Cally tremeu ao ouvir a porta do quarto se abrindo.

CAPÍTULO VIII

Antes que pudesse dar tempo ao seu córtex cerebral e encontrar uma solução rápida, Cally jogou-se para debaixo das cobertas em sua cama, puxando para junto de si a bolsa cheia de comidas e a capa que antes a cobria. Após as batidas eufóricas na porta não serem respondidas, a visita inesperada entrou sem ser convidada. A menina pôde ver, pelo canto do olho, a expressão desesperada de sua serva.

— O dia já nos espera para enchermos de moedas reluzentes os nossos sacos! — exclamou Anuza, agitando as mãos como se encenasse uma peça no velho anfiteatro da corte. A rainha exibia-se em um novo vestido carmesim aberto nas costas. O detalhe era justamente para que ela fosse capaz de abrir suas asas sem dificuldades caso precisasse ou sentisse o desejo de chamar ainda mais atenção, uma atitude nada incomum. A mulher jamais perdia a chance de uma boa entrada triunfal, ainda que fosse presenciada por ninguém além de si mesma. Para ela, sua própria presença já era o suficiente para levar certa dramaticidade a qualquer ambiente. E não estava errada. Notando a expressão amuada daquela à sua frente, Anuza espremeu os olhos ao cruzar os braços. — Que cara é essa? Parece que viu uma assombração!

— Não, é só que... ainda me sinto cansada — disse Cally, apresentando sua melhor imitação de um bocejo.

— Cansada? Não entendo porque precisa de dois dias inteiros a cada semana para ficar trancafiada no quarto. Esse descanso deveria ser o bastante para a encher de energia e fazê-la vir curtir comigo em todos os cassinos da cidade, não?

— Já lhe disse mil vezes — iniciou a garota, enquanto esboçava uma careta de dor. — Minhas enxaquecas são fortes, e tudo o que eu peço são dois dias para repousar e cuidar da minha saúde.

— É, eu sei, eu sei. Mas já teve seu momento de autocuidado, agora podemos sair e dar a cara aos vivos! — respondeu a mulher, tentando puxar Cally por cima dos cobertores.

Desesperada, tentando ocultar a roupa que vestia e a falta de ramificações em sua pele, Caledrina recorreu à sua serva com uma rápida olhadela.

— Ah, a mi-mi-minha senhora ainda se sente indisposta nesta manhã — gaguejou a mulher homenzinho, que usava as típicas vestes finas de todo serviçal real. Seu vestido era roxo, como forma de honra à cor da bandeira a qual servia.

Parando de súbito, Anuza largou as cobertas daquela que, ainda deitada, lutava contra ela, e enrijeceu o corpo, virando-se para a direção oposta à cama.

— Está bem, mas sairá comigo mesmo indisposta.

Entendendo a nova onda de olhares lançados por sua soberana, Lalinda buscou no mais profundo de seu ser uma resposta rápida e corajosa.

— Deixe-me apenas limpar a minha senhora para que possa sair de maneira mais apresentável. Eu a devolverei sem a tez pálida e o olhar caído num instante, Ma-Ma-Majestade — finalizou, abaixando a cabeça por julgar seu tom de voz muito alto e as palavras rápidas demais para serem direcionadas a alguém com uma coroa sobre a cabeça.

CAPÍTULO VIII

Surpresa, Cally apenas olhou para Anuza, aguardando sua resposta. Homenzinhos não eram conhecidos, em sua maioria, por ser uma raça astuta na arte de guardar segredos ou inventar histórias. Com um grunhido de irritação, a rainha vermelha caminhou em direção à porta.

— Tem dez minutos — disse.

— Ela estará fora do quarto em menos do que isso, senhora — respondeu a serviçal, prontamente.

Já de costas, com a mão na maçaneta, prestes a, finalmente, retirar-se dos aposentos da rainha roxa e deixá-la a sós com a mulher homenzinho, Anuza parou, levando certa tensão ao quarto, a qual dividia-se entre Cally e sua serva, que se entreolhavam.

— Estão sentindo um cheiro de pão?

Caledrina engoliu em seco. Com a mão direita debaixo das cobertas, apertou a bolsa cheia de guloseimas. Conseguiu ignorar aquele aroma por quase todo o percurso até o palácio, de forma que se acostumou com ele, e esqueceu-se de que a rainha vermelha, desabituada a um cheiro como aquele, poderia percebê-lo.

— Pão? — Lutou para trazer o maior nível de dúvida à sua entonação forçada. — Ah, sim. Pedi para que trouxessem, assim poderia me alimentar sem sair da cama — Cally respondeu, torcendo para que Anuza também não notasse, próximo à banheira, o bolinho de laranja, felizmente não tão fresco a ponto de exalar o mesmo aroma delicioso de quando saíra do forno.

— Tão cedo? A cozinha sequer abriu. Nem Gudge deve ter feito seu desjejum esta manhã, e olha que conhecemos muito bem o apetite insaciável de meu irmão.

— São da noite passada. Pedi que os trouxessem ontem.

Concordando com cada palavra, a mulher homenzinho estampava confusão em seus olhos graúdos.

— E onde estão?

— Onde estão o quê? — questionou a jovem, sentindo a cabeça girar como se a enxaqueca que sempre alegava sentir se tornasse real.

— Os pães! Onde estão? Pelas sete coroas, Caledrina! Suas dores de cabeça devem ser realmente tortuosas.

— Oh, não sabe o quanto! — respondeu a menina, prontamente. — Eu os comi, pouco antes de você chegar.

Desconfiada, Anuza murmurou alguma coisa que pôde ser entendida apenas por ela mesma, e viu, antes de sair do quarto, a jovem deitada dar um sorrisinho amarelo.

Com a porta fechada, a garota sentiu o corpo relaxar pela primeira vez em alguns minutos, e levantou-se para alcançar o bolo ao lado da banheira. Dando uma mordida, deixou um ruído sair por sua garganta, expressando sua satisfação pelo sabor maravilhoso.

— A fechadura deve sempre ser trancada, Lalinda — disse Cally à sua serva, enquanto mastigava.

Assim como ela, a mulher homenzinho havia sido enviada à corte para recrutar pessoas e levá-las até o acampamento. Por vezes, a aliada selvagem era o único ser com quem Caledrina conversava de modo genuíno, para além da simplória troca de palavras que tinha com quase todos ao seu redor.

— Sim, minha senhora, sinto muito. Esta noite me esqueci e...

— Não se preocupe. — A menina engoliu o último pedaço de bolo. — Só não podemos deixar que aconteça novamente. Se entrasse aqui alguns segundos antes, Anuza veria algo difícil de explicar — respondeu, apontando com a cabeça para os cobertores que ainda escondiam a capa e a bolsa.

A serva homenzinho assentiu e foi em direção à porta para trancá-la.

Cally largou o pratinho e, ajoelhando-se no chão ao lado de sua cama, guardou os alimentos frescos dentro do baú, esvaziando a

CAPÍTULO VIII

sacola novamente, como fazia semana após semana. Também escondeu o manto no fundo do guarda-roupa.

— Minha senhora, seu ritual de purificação... — disse Lalinda.

— Sim, eu sei.

Desde que conhecera a água e as inúmeras coisas que podia fazer com ela, todas as vezes que alguém da corte mencionava algo sobre o rito, a menina sentia crescer, no âmago do seu ser, o desejo súbito de rir. Caledrina permitiu que suas vestes imundas deixassem o corpo antes mesmo que as toalhas, encharcadas pelas mais variadas fragrâncias, estivessem preparadas para abraçá-la, e desculpou-se com a mulher homenzinho por ter sujado os lençóis e cobertores com as roupas da viagem, cheias de pó e barro, quando intentava esconder-se de Anuza.

Enquanto Lalinda passava os panos na pele macia de Cally, a menina decidia o que vestir. Escolheu um vestido que a deixava com uma imagem agradável aos próprios olhos. O tecido era dourado, misturado com um pigmento chamado pelos estudiosos da corte de antocianina; o tom era encontrado nas flores que lembravam levemente a cor da facção da rainha.

Após batidinhas de pó de arroz na face e o uso de algumas tintas naturais que a garota sempre pedia para serem aplicadas na menor quantidade possível, a serviçal rapidamente tratou de transformar os fios cinzentos e sempre escorridos em cachos graúdos, com a desculpa de realçar tanto os belos traços do rosto da jovem quanto a coroa de diamantes e safiras arroxeadas que deveria exibir sobre a cabeça. Com as mãos ágeis devido ao ritual já corriqueiro, utilizando algumas colas especiais misturadas a especiarias para levar uma essência perfumada ao corpo da menina, usou raízes já pré-selecionadas para recriar as ramificações nos braços de Caledrina.

Sua versão de quatorze anos não se orgulharia da sensação que ela, aos dezesseis, tinha ao ver-se em um belo vestido e com uma tiara carregada de pedras preciosas enfeitando sua cabeça. Desde o dia em que descobriu que era fruto do melhor dia de inspiração do Vento, vista com admiração por ele e por seu filho, sempre que observava a própria imagem refletida nos espelhos da corte, riscados pelo tempo, não se irritava mais com o cinza de seu cabelo, nem com o restante de sua aparência. Agora, em suas cores, via a excelência de Arnalém, via as tintas usadas pelo filho do Vento no topo da montanha. Ela enxergava arte.

Deixando seus aposentos, Cally encontrou Anuza esparramada sobre uma das muitas poltronas dispostas no corredor frente à porta. Com a cabeça para baixo e os cabelos alcançando o chão, a rainha vermelha, de olhos fechados, mantinha apenas o tronco recostado sobre o assento de veludo.

Penduradas no pescoço de Anuza, as dezoito correntes de ouro, lotadas de pedras valiosas, chocavam-se umas nas outras ao serem movimentadas pelos dedos daquela que as carregava, e emitiam um tilintar. A menina aguardou sua presença ser percebida. A rainha odiava esperar, e Caledrina sabia disso. O retinir dos colares proporcionava conforto à mulher. Por vezes, ela já havia dito que tal passatempo lhe acalmava. Quando seus nervos chegavam à flor da pele, era como se suas joias caras entoassem melodias cujas letras eram sempre: "Dinheiro, dinheiro, dinheiro!".

A jovem pigarreou deselegantemente. Dando-se conta pela primeira vez da garota à sua frente, abrindo um sorriso voraz, Anuza prontamente colocou-se de pé, ajeitando as longas e sempre impecáveis tranças negras. Era como se até os fios de sua cabeça a temessem, de maneira que não ousavam sair do lugar. A escolhida pela fênix dourada era enfeitiçante.

— Espero que nenhuma mecha tenha se esbranquiçado com tanta demora.

Gargalhando ironicamente ao revirar os olhos, aquela que já possuía os cabelos cinzentos gracejou, buscando comportar-se de forma que sabia ser a expectativa de Anuza em relação à companhia:

CAPÍTULO VIII

— Quer dizer então que já está velha demais para sair?

Tomando Caledrina pelo braço, a rainha vermelha respondeu ao dar o primeiro passo:

— Nunca! Nem mesmo se tudo isto aqui — disse ela, apontando para as correntes — apodrecesse, e eu não tivesse mais joias para usar!

Embora estivesse rindo para manter a postura, Cally sentiu um gosto de ferrugem e sangue na boca. Lembrou-se do grande livro de profecias e maldições que encontrou na casa de Isi. A menina sabia que Anuza havia brincado a respeito de seu envelhecimento despretensiosamente, por ser uma criatura impetuosa e que não sofre os efeitos do tempo. Mas também tinha conhecimento da verdade que permeava a conversa das duas, uma vez que a guardiã da bandeira vermelha, mesmo sem saber, estava sob a sentença de um relógio e morreria ao seu badalar, justamente pelas mãos daquela a quem convidou para sair.

CAPÍTULO IX

—Mais uma rodada para as suas rainhas, honroso barão — gritou Anuza, bebericando a sua décima taça de vinho da manhã, enquanto despejava outro saco de moedas sobre a mesa.

Cally a olhava admirada pelo fato de que, mesmo embriagada, a rainha vermelha ainda mantinha o jogo em seu total controle. Era como se o dinheiro surtisse mais efeito em seus olhos do que o vinho em sua cabeça. Apesar da fala solta e da risada gradativamente mais alta, Anuza ainda mantinha o olhar firme e manipulador. As sobrancelhas, arqueadas de maneira desafiadora, formavam uma espécie de moldura perfeita para os olhos que brilhavam sem esforço algum. Aquele olhar parecia amarrar até o mais habilidoso de seus oponentes.

Corando rapidamente pelo título exagerado que lhe fora atribuído, embora fosse proprietário de um dos cassinos mais luxuosos da Corte dos Sete, Cogus Snerms engoliu a saliva, enquanto sinalizava para que todos na mesa realizassem novas apostas.

Desde o desaparecimento de seu dito irmão Leugor, separado para cuidar dos estabelecimentos que promoviam deleite na futilidade e no entretenimento, Anuza teve a geniosa ideia de unir os afazeres do rei azul aos seus. Responsável por quase toda a movimentação bruta e líquida do dinheiro da corte, a administradora das duas bandeiras levou alguns lupanares para dentro dos cassinos de alta e baixa classe, agradando, assim, a todas as suas maliciosas estirpes.

Enquanto os jogadores faziam suas novas apostas e contavam as moedas, era possível ouvir as risadas dos casais e os sons emitidos por aqueles que saboreavam o bom vinho sem mistura, além do barulho alto da banda de bêbados que cantava e tocava violinos, flautas, tambores, alaúdes, harpas, tamborins, gaita de foles, e vários outros instrumentos.

Além de serem a maior diversão dos moradores da Corte dos Sete, os cassinos representavam um ponto de encontro entre as cores e raças, um lugar onde, após três copos, todos eram iguais, e a rainha vermelha, a mais venerada.

Certificando-se de piscar vagarosamente, de forma que até mesmo os seus cílios somavam à sua pompa escarlate, distraindo os presentes que, respeitando o código de vestimenta, tinham a honra de assentarem-se em sua mesa, a mulher jogou novamente os dados tetraédricos feitos com ossos de algum pobre animal.

Com máxima atenção no lance — apreensiva como os outros jogadores —, Anuza mal respirava à espera de os dados confirmarem que estava ainda mais rica do que da última vez que havia se sentado à mesa. Com os dados revelando a vitória esperada, a rainha soltou gritinhos eufóricos enquanto os apostadores da partida, chacoalhando as mãos em frustração, como se estivessem encharcadas de vinho, reclamavam por outra perda. Por vezes, homens haviam arriscado suas casas e cavalos apenas pelos comentários invejosos que conquistariam se, por desejo de Dunkelheit, vencessem a insuperável criatura com asas de dragão. Anuza, por outro lado, sem jamais demonstrar um traço de clemência e piedade para com seus adversários, tomava todas as moedas para si com um sorriso caloroso.

CAPÍTULO IX

Transbordando uma felicidade exagerada, a rainha voltou-se para Cally, que, com as mãos entrelaçadas frente ao corpo, aguardava ao lado, em pé.

— Tem certeza de que não quer jogar?

— Não tenho suas habilidades — respondeu a menina, limpando a garganta.

— Ninguém tem — contrapôs a rainha, ajustando o vestido carmesim em seu corpo, a fim de manter o visual impecável. Toda estratégia era válida quando se tratava da vitória. — Ao menos beba um pouco, então. Você é mais entediante do que o velho bode do curral.

Motivada pelas gargalhadas calorosas daqueles que estavam próximos, Anuza riu ainda mais. Caledrina suspirou de forma pesada, e, sem mostrar os dentes, deu um sorriso torto.

— Você é sem graça — continuou a monarca de duas facções —, mas não posso compará-la ao meu irmão gêmeo, seria injusto. Ninguém se divertia como ele.

Embriagada ou não, a rainha nutria o costume de insultar a garota algumas vezes por dia, mas, pela primeira vez, Cally teve pena de Anuza. Talvez pela expressão abatida estampada em sua face, feição a qual a mulher raramente deixava transparecer. Devia ser difícil perder alguém com quem se tinha tamanha conexão, até mesmo para uma criatura poderosa como a rainha vermelha.

— Desculpe-me — respondeu a menina, num impulso, sem saber exatamente o que dizer.

— Não... não se desculpe! — explodiu Anuza. — Será que você não entende nada? — Respirando calmamente para relaxar os músculos cansados, ela retomou a compostura. — Veja, é isso que deve fazer — disse, arrastando todos os sacos tilintantes da mesa para perto de si. — É isso que deve amar!

Gargalhando novamente, unindo-se aos bêbados do cassino que, levantando suas canecas, a aclamavam, Anuza incitou algo em Cally que era, até então, desconhecido pela garota. Não sabia ao certo se estava sendo movida pelo repentino sentimento de pena ou pela fascinação ao observar a superfície reluzente de cada moeda. Tudo o que sabia era que, por alguma razão desconhecida, em seu íntimo, desejava alguns daqueles sacos barulhentos para si.

Não queria ser fútil; entendia que nada daquilo era necessário. Já havia vivido seus dias mais felizes com nada mais nada menos que a companhia do Vento. Ainda assim, o som das risadas da mulher deliciando-se com os olhares pousados sobre ela parecia simplesmente... certo. A rainha parecia invencível. Caledrina era feliz, conquistara a confiança dos reis e a paz necessária — mesmo que mínima — para viver entre eles, mas, ainda assim, desejou sentir-se como Anuza. E, vagarosamente, movida pela comicidade do ambiente, Cally passou a rir também.

— Tenho sorte nos jogos de azar, querida — falou a monarca, mais para si mesma do que para a garota ao seu lado, embora Caledrina estivesse atenta às suas palavras. — Sou a dor de cabeça da Terra — gargalhou, antes de dar outro gole na taça que segurava com três dedos. — E é justamente por esta razão que sou tão fascinante. É na escuridão onde mais resplandeço, absoluta.

Analisando o líquido púrpura chacoalhar no cálice da rainha vermelha, Caledrina sentiu sede.

◆

Com a ponta dos sapatos perfurando a terra seca, Anuza caminhava sobre os campos dos agricultores sem olhar para baixo, acompanhada da menina que tinha os cabelos tão cinzentos quanto o solo, e de alguns guardas carrancudos. Abaixo de uma tenda ao ar livre, Prog era abanado por dois escravos, enquanto repousava sobre um banco comprido com as costas altas, amaciadas por tecidos finos. Aproximando-se dos rapazes que, posicionados um em cada lado do rei, exerciam concentradamente suas funções, Cally notou a orelha

CAPÍTULO IX

furada de um deles. Esboçando uma careta de dor, a menina pensou na agonia sentida pelo servo de cabelos ruivos quando a sovela lhe atravessou a pele. Era comum que, após cumprirem suas penas, alguns escravos desejassem permanecer com seus senhores, fosse pela bondade de seus patrões ou pela certeza de que não conseguiriam nada melhor fora do lugar onde serviam. E, uma vez que optassem por ficar, furavam a orelha em sinal de escravidão eterna e deliberada.

Subitamente, Cally sentiu que estava sendo sufocada pela terra seca sobre a qual caminhava, como se seus pulmões estivessem sendo enterrados, ainda que permanecessem em perfeito funcionamento. Isso apenas pelo rápido pensamento de ser subjugada até o fim de seus dias. Certamente preferiria comer pão das ruas, de cabeça erguida, do que manjar, com a cabeça baixa.

De acordo com as leis da corte, os escravos comprados poderiam servir aos seus senhores por apenas sete anos — cada ano representava uma das sete coroas, embora os servos permanecessem em uma única facção e, geralmente, na mesma função. Após o término do tempo de escravidão, eles seriam, então, livres, e teriam a chance de construir suas vidas. Porém, sem outros conhecimentos além do serviço, visto que, geralmente, eram filhos, netos e bisnetos de outros escravos, a grande maioria morria de fome mendigando pelas ruas, e os poucos que sobreviviam criavam raízes de uma maneira diferente do restante do povo da corte, uma vez que distantes do dia a dia de uma facção. As linhas pretas, por não crescerem com base nas habilidades e prestação de serviços às coroas, brotavam desordenadamente e, de tão apertadas, sufocavam-nos aos poucos.

Por isso, para o povo, as sete facções eram mais do que orgulho geracional, elas representavam o único jeito de viver. Esse era o motivo pelo qual a maioria dos escravos furava a orelha em sinal de eterna devoção aos seus senhores, sabendo não haver melhor escolha do que a servidão. O ato indicava que seriam eternamente pertencentes e dependentes de seus patrões, abdicando o seu direito de escolha para viver com seus donos. Dessa forma, encontravam uma maneira de garantir sustento e segurança.

Voltando à realidade, conforme a onda de calor vagarosamente deixava seu corpo, em compasso perfeito com a força de seus pensamentos, Caledrina viu, ao aproximar-se do rei verde, um fio de saliva escorrendo do canto da boca aberta do homem, cobrindo a linha seca de baba que já se encontrava ali. Roncando tão alto que espantava as moscas que o rodeavam, ele sonhava com sua cama.

Batendo palmas, Anuza o despertou. Olhou para a ponta dos sapatos empoeirados e praguejou:

— Terra maldita! Se ao menos Saturn estivesse viva... — Com a voz arrastada pelo efeito da bebida, a rainha virou-se para Caledrina. — Ah é, você a matou!

Mesmo entre a nobreza da corte, a jovem buscava respeitar as tradições e princípios orientados por Arnalém, mantendo-se fiel aos costumes do acampamento — o que incluía o desgosto às poções e aos feitiços. Por meses, a garota havia sido bem-sucedida em designar todos os seus pré-estabelecidos afazeres como líder da facção roxa ao seu antigo professor, Jamar Sefwark. Ele tratou de organizar todas as poções solicitadas pela corte, e permaneceu dando aulas aos recém-chegados dos dias de vertigem que sucederam a morte de Saturn. Porém, Sefwark não demonstrara conhecimento o suficiente para fazer algo minimamente parecido com o germinar de vegetais na terra amaldiçoada. Flores e frutos também não cresciam, nem mesmo com aparência ou gosto detestáveis. Desde a morte da antiga rainha roxa, nada mais brotou além da altura da terra.

Cally mantinha sua tão alta posição sustentada pelo povo esperançoso, e conseguia contornar os olhares que, esperando que a rainha demonstrasse sua desenvoltura, queimavam sobre si enquanto ela apenas dava ordens aos seus subordinados. Mas a cada dia ficava mais difícil manter as aparências. Relaxando os músculos sempre contraídos quando na presença dos reis, a garota apenas deixou o

CAPÍTULO IX

comentário de Anuza passar, como sempre fazia. Entretanto, suas unhas arranharam a pele da palma das mãos.

Bocejando, Prog parecia um tanto zangado por ter sido acordado. Aquele que menos falava entre os cinco reis remanescentes, que se consideravam irmãos, apenas encarou Anuza antes de cruzar os braços e fechar os olhos novamente.

Caindo com os joelhos e as mãos no chão, a guardiã da bandeira vermelha abriu as asas quando, num impulso, vomitou sobre a terra seca. Até mesmo ela poderia alcançar seu limite.

Prontamente, Cally cuidou para que os seus sapatos não fossem molhados pelo líquido quente.

— Muita bebida, Anuza. Até para você. — Sem se preocupar em entender os murmurinhos da mulher prostrada, a menina fez um sinal e pediu que os guardas a auxiliassem, e a levassem para um lugar onde pudesse descansar. Enquanto os observava cumprir suas ordens, cobrindo a boca com o dorso da mão, Caledrina tossiu. Odiava como os cassinos eram frios, isso apenas para que os nobres pudessem usar suas vestes luxuosas, sempre tão quentes e pesadas. Mesmo com o Sol esquentando seus cabelos agora que estavam ao ar livre, o resfriado deu as caras mais uma vez — ele nunca tardava em retornar. Bufando, Cally o cumprimentou.

CAPÍTULO X

Após uma revigorante noite de sono, Caledrina já se sentia melhor. Ela caminhava pelos corredores do palácio com passos leves e olhos atentos, procurando por alguém a quem pudesse apresentar o acampamento, e dizer para que se preparasse, pois seria a melhor decisão de sua vida. Seriam outros serviçais os escolhidos naquela manhã? Talvez um guarda ou, ainda, um cozinheiro... poderia ser até uma criança! Ela exultava de alegria com as possibilidades. Sentia que estava pisando em nuvens ao pensar que todos ali se encontravam profundamente sedentos, mesmo que não soubessem disso ainda, e ela seria a responsável por levá-los até a água. Sua felicidade com o Vento era tão grande, que queria que todos sentissem o mesmo. A menina estava obcecada por aumentar o exército dos selvagens, e desejava que o seu nome fosse o responsável por ter acrescentado, a todo custo, o maior número de pessoas a ele. Arnalém era quem deveria vencer a guerra, e o faria porque Cally estava levando mais indivíduos até ele. A vitória do Vento dependia dela.

No corredor, uma criança de cabeça baixa ultrapassava a garota. Provavelmente acompanhando os pais no trabalho, caminhava obedecendo aos comandos ouvidos, em casa, de nunca encarar os olhos de um monarca. Envergonhado, o garotinho raquítico apurava o passo para não mais permanecer no campo de visão daquela que se assentava junto à família que ele crescera aprendendo a temer.

Com a euforia bailando vigorosamente dentro de si, a jovem rainha deu o primeiro passo em direção ao garotinho. Sabia que não existia uma versão diminuta de Arnalém. O Vento era o Vento e se manifestaria como tal para todas as idades. Certamente aquele menino poderia apaixonar-se pela água e pelo vendaval assim como ela o havia feito.

Devido à pequena e magra estatura do garoto, Caledrina julgou que aquela família não contava com um celeiro abastado. Imaginava como uma criança que mal tinha pão para comer se sentiria perante um manjar de frutas e verduras fresquinhas. À medida que pensava, seu sorriso se alargava. O que ele acharia dos bolos de laranja de Enim? Será que gostaria de cozinhar como Dwiok, ou lideraria os selvagens em batalha como Kyrios? Será que se tornaria um daqueles homens que pescam os animais que vivem na água? Ah, os peixes! Cally por vezes ainda se esquecia do nome daquelas criaturinhas escorregadias. Eram tantas as possibilidades. A menina sentia-se valiosa. Tinha nas mãos a chance de apresentar ao garoto uma nova vida, e tudo o que ele precisaria dizer era "sim".

Prestes a alcançar o ombro da criança, ao virar o corredor seguindo a pequena figura tímida à sua frente, uma alta silhueta cobriu a visão da garota, assustando tanto ela quanto o menino, que saiu correndo para onde os olhos da rainha não mais alcançavam.

— Minha senhora, sei que disse para não a importunar, mas estive pensando em novos ingredientes para as poções e... e acho que desta vez obterei êxito na germinação do legume batata.

Controlando-se para não esganar Sefwark ali mesmo, Cally sentiu as veias do pescoço saltarem ao forçar um sorriso.

CAPÍTULO X

— Sem problemas, professor — disse, lutando para encontrar as palavras. — E como posso lhe ajudar?

— Apenas quero sua permissão para importar novos ingredientes das terras do norte, minha senhora.

— Você a tem — respondeu, já dando o primeiro passo adiante no corredor para se livrar daquele que a fizera perder a chance de falar com o garotinho de cabelo alaranjado.

— Bem, hum... Majestade? — chamou Jamar, coçando a barba, fazendo com que Caledrina interrompesse sua caminhada, mas ainda permanecendo de costas para ele. — Quando Vossa Alteza nos honrará com uma visita e uso de suas habilidades? Seria um prazer ver a rainha realizando as poções que tenho...

— Estou ocupada para isso agora — interrompeu a responsável pela facção roxa, ao tornar a caminhar, desesperada para fugir da conversa, gozando do poder da coroa. Não poderia negar que a posição que ocupava lhe concedia uma liberdade proveitosa.

Sozinho no corredor, com um gosto amargo na boca, professor Sefwark esboçou uma careta em desdém e falou entre os dentes cerrados.

— Sim... Majestade.

Contando apenas com sua própria companhia, Cally dirigiu-se à sala de jantar não destinada a grandes festejos para espairecer, torcendo para que o ambiente estivesse vazio. Ao notar não ter sido a única a ter tal ideia, revirou os olhos e caminhou até a grande mesa, com a intenção de seguir por ela até a porta dos fundos que levava à cozinha.

Enquanto lia o jornal, Ince bebia um chá tórrido em sua xícara de porcelana predileta. O líquido translúcido, disposto ao lado das folhas amareladas, repletas de notícias da corte, resplandecia com o reflexo dos candelabros da sala. Após pousar seus olhos sobre a garota, lambendo a ponta dos dedos, ele folheou a página. Ao seu lado, despreocupado — embora isso não o deixasse menos intimidador —, Iros encarava aquela que entrara de súbito no cômodo.

Prestes a atravessar a pequena sala de jantar, Cally voltou-se para o rei da bandeira preta.

— Iros? — chamou, surpreendendo a si mesma pela firmeza resoluta de sua voz.

Com um levantar de sobrancelhas, ele indicou que estava ouvindo, e também o seu desinteresse em fazê-lo.

Arrebitando o nariz, ela prosseguiu, desinibida:

— Gostaria de saber se planeja atacar os selvagens antes do previsto.

Iros estreitou o olhar.

— Por que se importa?

— Porque já fui a promessa de liderança da facção preta quando criança, ainda me importo com as estratégias e pessoas de minha antiga casa — respondeu, feliz por seu raciocínio rápido, torcendo para ter sido o suficiente. Sabia ter mantido a voz firme, mas, diante de Iros, o cérebro a sabotava, fazendo-a se questionar se o rei havia notado alguma falha em sua postura, ou um tremelique sequer em seus olhos, que pudesse incriminá-la. Torturando-se internamente, pareceu esquecer-se, por alguns segundos, de como manter a coluna ereta, e, devido ao esforço, sentiu a espinha arder.

Iros deu de ombros.

— O tempo de ataque é incerto, assim como o dia em que Dunkelheit nos presenteará com uma terra que produza vida. Da mesma forma que, sem perder a esperança, os lados roxo e verde se dedicam à germinação, nós do lado preto nos preparamos para lutar contra aqueles ratos, ainda que sem uma data. — Calmamente, o monarca virou a cabeça para encarar Caledrina, e, pela primeira vez, sustentou o olhar na garota por mais de dois segundos. Sua voz soava arrastada, como se tivesse acabado de abrir a boca após acordar de um dia inteiro de descanso. — Pode até dizer que está ao nosso lado, mas a ameaça que fez em nome dos selvagens perdura. A única coisa que revelarei a você é que não há melhor defesa do que o ataque.

CAPÍTULO X

Iros podia ser astuto, mas às vezes esquecia-se de que a garota que o encarava, com o laranja das luzes do lustre tremeluzindo no reflexo dos olhos cinzentos, também contava com certos conhecimentos na área de estratégia de guerra. Ela sabia que, em volta da resposta nula, habitava a urgência de iniciar um ataque. Precisava alertar o acampamento. Desejava correr até Décius e cavalgar tão depressa que seus ossos doeriam, mas ainda faltavam quatro dias para a troca de guardas. Quatro longos dias até que pudesse deixar os muros novamente. Fechando o punho, prestes a pressionar as unhas contra a carne das palmas das mãos, com um choque suave, seu corpo a lembrou que o recente corte, causado pelo mesmo ato, ainda estava sensível.

Com a informação que precisava, Cally não encontrou mais razões para permanecer ali. Após observá-la atravessar a sala, o monarca de coroa amarela voltou sua atenção para o jornal em suas mãos.

— O jantar em breve será servido.

— Eu sei. Vou apenas beliscar algo antes da refeição oficial — respondeu a menina, dirigindo-se até a cozinha.

A sós com Ince, Iros cuspiu no chão ao lado da mesa ao esboçar uma careta, sentindo gosto de mel e ferrugem na boca. Caledrina o perturbava mais do que qualquer guerra sangrenta seria capaz. O rei não confiava na ex-moradora de sua facção. Para ele, era apenas mais um rato de rua, embora suas entranhas o lembrassem que, mesmo suja diante de seus olhos, ela abrigava a pureza do Vento dentro dos pulmões.

A ocupante da posição de rainha roxa entrou na cozinha. Com os mais variados aromas a fazendo delirar, esperava pelo momento certo para falar com um servo concentrado que tratava de jogar algumas especiarias numa grande panela de metal.

— Que falta não lhe faz um líquido mais puro do que vinho para cozinhar, não? — questionou Caledrina, aparentemente sem pretensão alguma, fingindo prestar atenção na cozinha ao, com dois passos curtos, aproximar-se do homem.

— Rainha — disse, largando a colher e a reverenciando imediatamente.

— Não seria bom acrescentar alguns ingredientes mais frescos? Como aqueles que nascem da terra, por exemplo?

— Seria sem dúvidas deleitoso, minha senhora. Mas como Vossa Majestade bem sabe, há muitas luas não temos nada novo. — Por cima dos ombros, ele a atingiu com um brilho voraz no olhar ao deixar a visão das panelas para encará-la. — Mi-minha senhora, está a me dizer que descobriu a fórmula para a germinação dos vegetais?

— E se eu lhe dissesse que há um jeito de conseguir algo ainda melhor do que jamais tivemos nesta cozinha?

— Minha rainha? — indagou o homem de olhos brilhantes. Tamanha era a euforia do rapaz, que Caledrina pensou ter visto o coração afoito saltando na pele devido a intensidade dos batimentos.

— Caledrina Cefyr?! — exclamou Gudge, do outro lado da cozinha. — O que faz aqui?

— Vim apenas prestigiar seus deliciosos pratos, querido rei.

Sorrindo para ela, o monarca da facção laranja a chamou para mais perto. Se havia algo que não resistia, era alguém elogiando seus pratos. Por mais que ele mesmo dificilmente cozinhasse, uma vez que sentia os músculos cansarem depressa devido ao peso elevado, era inegável sua criatividade em citar a junção de ingredientes e especiarias exóticas, mantendo sua cozinha em perfeito e louvável funcionamento.

Enquanto caminhava para mais perto do rei gordo, Cally mordia a língua. Não podia distrair-se. Havia cuidadosamente posicionado algumas lenhas de curiosidade na mente do cozinheiro, e quando estava prestes a atear o fogo, convidando-lhe para conhecer o lugar da terra fértil — onde verdadeiramente teria o seu talento apreciado —, fora interrompida. Outra vez. Deveria resgatar o máximo possível de vidas da corte antes que a guerra iniciasse, e havia pouco tempo.

CAPÍTULO X

Embora prazerosa e, teoricamente, simples, não era fácil fazer parte da missão de resgate que recebeu de Arnalém.

Um homenzinho berrava para outro pedindo que lhe alcançasse uma colher específica, enquanto, gesticulando espalhafatosamente, enfatizava o pedido com ambas as mãos. Passando pela discussão, Cally imediatamente reconheceu um deles como o esposo de sua serviçal. Ele, diversas vezes, recusara-se a ouvir sobre a fonte. Enquanto Lalinda era cúmplice da missão, seu marido afirmava que o vinho era melhor do que a água. Caledrina temeu por ele.

Durante os minutos seguintes, teve de experimentar tantos pratos, que receou vomitar tudo o que havia ingerido. Mas temeu ainda mais que Gudge desejasse arrancar-lhe fora a cabeça caso aquilo acontecesse. Embora a comida local fosse deliciosa ao paladar, havia muitas luas que a menina se alimentava apenas dos alimentos do acampamento armazenados em seu baú. Mesmo alertada pelo Vento dos malefícios dos manjares da corte, a jovem espiã não viu problema em provar algumas iguarias, já que era, justamente, em prol da causa dos selvagens. Contudo, em poucos minutos, o corpo que ameaçava suar frio devido ao impacto grotesco dos alimentos enfeitiçados sobre o estômago limpo, antes satisfeito apenas por comida fresca, acostumando-se, passou a saborear com deleite as novas colheradas de massas e doces.

Devido à voracidade de sua degustação, o jantar que se seguiu foi uma tortura. Observando novamente a cadeira vazia ao lado de Anuza, Cally mastigava calada enquanto, outra vez, os ditos irmãos brigavam. Ela só pensava em seu povo e na guerra que em breve aconteceria.

CAPÍTULO XI

Caledrina surgiu em meio a duas silhuetas, quando uma terceira caminhou em sua direção, empurrando-a para trás. Ela não caiu graças ao amontoado de corpos que se espremiam, apressados por seus próprios motivos. Todos pareciam ocupados e distraídos demais, como se o lugar onde mais havia pessoas olhando para todos os lados fosse justamente onde seria mais difícil de ser vista.

Com os cabelos bem presos num coque, sob a capa de capuz alongado, a menina mantinha longe de comentários a cor facilmente identificável de seus fios, a fim de que não notassem que caminhava entre o povo — como se fosse apenas mais uma entre eles. Faria o possível para evitar um tumulto ainda maior. Sentindo o cheiro forte exalado pelos corpos tão próximos uns dos outros, debaixo dos raios solares que castigavam a pele como castigavam o solo infértil, Cally mantinha uma mão frente ao rosto, protegendo-a de alguns tapas acidentais, ao mesmo tempo que a outra segurava o tecido que encobria sua face.

Uma pequena explosão vinda do lado esquerdo da rua fez os mais próximos do local darem um passo para trás ao tentarem fugir da fonte de calor. Assustados, muitos ao redor bateram palmas e esboçaram alguns sons admirados ao notarem a origem do alarido.

CALEDRINA CEFYR E O ARAUTO SUJO

Contando com a atenção de alguns, um homem cuspia fogo enquanto segurava dois bastões em mãos. Cally sequer sabia que tal habilidade era possível de ser praticada por qualquer outro que não fossem os sete monarcas. Certamente bateria palmas unindo-se aos espectadores se não tivesse de manter a identidade em segredo.

Apertando o tecido do capuz abaixo do pescoço, manteve as sombras próximas de sua face, como um lembrete à mente facilmente deslumbrada, para que focasse no porquê de estar tão distante de seus aposentos. Espremendo-se entre a multidão, a garota continuou a caminhar. Sons de cantorias e proclamações dramáticas pareciam vir de todos os lados, e, com eles, vaias, aplausos e ovações. A rua estava um caos. Vestidos dos mais variados tons de azul, cantando ou recitando suas falas decoradas em um tom mais alto que o outro, vários indivíduos esforçavam-se para atrair o maior número de par de olhos sobre suas habilidades. Máscaras espalhafatosas e fantoches pareciam pular, explodindo suas cores sobre os olhos sensíveis, por entre os gemidos surpresos da plateia. Tudo era alto e vibrante. Os rostos pintados pareciam distorcer os traços humanos, e as roupas chamativas faziam os artistas se apresentarem à curiosidade do público como se fossem espécies vivificadas por poções perigosas do lado roxo. Tudo no lado azul parecia... mágico.

Cally, por vezes, já havia comparecido aos teatros acompanhada pelas outras coroas, junto de, aproximadamente, vinte guardas reais, mas nunca havia estado onde o povo se reunia. Nunca nas ruas, e especialmente, nunca sozinha. Nem quando ainda vivia com seus pais, como herdeira da liderança da facção preta, havia perambulado desacompanhada por outras bandeiras. Não que fosse exatamente perigoso, mas nada parecia realmente seguro quando se tratava de qualquer casta inferior à sua. Uma nova explosão causada pelas chamas expulsas da boca do homem com bastões fez as pessoas mais próximas se empurrarem outra vez ao andarem para trás ainda mais depressa, como impulso ao susto da proximidade das chamas.

CAPÍTULO XI

Mas, ao mesmo tempo, buscavam espaço entre os corpos espremidos, a fim de garantirem um lugar melhor para o próximo espetáculo. Em meio a tudo isso, Caledrina caiu. Com as mãos no chão, na tentativa de aliviar a queda, levou os dedos para puxar o capuz — já caído em seus ombros — tão depressa quanto as batidas do seu coração, que palpitavam disparadamente. Não encontraria ninguém ali, não disposto o suficiente para ouvi-la. Não havia espaço no barulho para que ela contasse sobre os sussurros do Vento.

"Vamos, conte os seus passos. Continue encarando os seus pés", repetia Caledrina em seus pensamentos, ao ultrapassar as pessoas, uma por uma. Embora a bandeira azul abrigasse a maior parte das casas de entretenimento sob seu território, e isso a tornasse a mais visitada por não moradores, ainda era incomum que outras cores vagassem por suas vielas mais distantes da movimentação de cassinos, casas de show ou manifestações artísticas.

Mesmo em uma rua não muito movimentada, não havia nada que verdadeiramente a proibisse de estar fora de sua facção de origem, ou do palácio, concluiu a rainha. À medida que seus pensamentos avançavam, Cally vagarosamente relaxava a postura enquanto erguia o olhar. O canto de um edifício de dois andares sem pintura, feito com pedras bruscas, chamou sua atenção. Por alguma razão, ela tinha certeza de que o barulho cessaria ao virar aquela esquina. Sabia que, do outro lado, distante das distrações, alguém a esperava, sedento por suas palavras. Conforme se aproximava, o prédio apresentava-se mais alto e o som em suas costas parecia estar sendo abafado por um tecido que, a cada novo passo, apresentava uma nova camada, tornando o estardalhaço mais e mais ameno.

Tomando para si quase toda a capacidade de visão da garota, ao tê-la bastante próxima de suas paredes, a grande estrutura de pedras criou um suspense antes de revelar o que escondia. Destoando das risadas desmedidas e informações imoderadas vindas de todo lado, a viela era opaca, parecia morta. Como se todas as tintas tivessem sido gastas nas ruas principais, aquela possuía as suas construções finalizadas com pedra crua. O chão servia de espaço para que a terra maldita exibisse sua infertilidade. O lugar fedia a desesperança. O silêncio embalava a cena com um som sepulcral.

    Caledrina respirava pela boca, de forma que o ar encontrasse seus pulmões, passando antes pelas amígdalas desgastadas devido ao vinho fermentado que havia provado nas receitas de Gudge no dia anterior. Ao relaxar, ela sentiu o couro cabeludo coçar devido ao longo período em que o capuz esteve roçando sobre a cabeça que ameaçava fritar debaixo do Sol escaldante. Ele parecia arder de forma diferente dentro dos limites da corte, como um gracejo para lembrar aos moradores de que seus monarcas brincavam com fogo. Até mesmo o astro parecia contribuir para subjugar o povo.

    A menina julgou estar segura quando notou que era, além de alguns mosquitos que rodeavam um grande baú de madeira a alguns metros de distância, o único ser vivo naquele lugar. Deixou que suas mãos abaixassem o capuz até a altura de seus ombros. Gozando de grande alívio ao massagear, de olhos fechados, o topo da cabeça com a ponta dos dedos, Caledrina seguiu caminhando lentamente pela viela do lado azul. O barulho de algo caindo a fez congelar. Ainda com as mãos tocando a raiz dos fios cinzentos, subitamente arregalou os olhos para avistar, bem à sua frente, um garoto de não mais de quinze anos que, de costas para a rainha roxa, revirava algo no lixo atrás da caixa marrom.

    Abaixando os braços tão calmamente, como se estivesse calculando seus movimentos para alcançar o arco perante um veado na floresta, Cally observou o jovem. Nunca, na soma de seus dias, havia visto alguém tão magro. Demorando o olhar sobre o menino, percebeu que a pele fina demonstrava o desejo de atravessar os ossos, grudada nos mesmos como se verdadeiramente fosse capaz de realizar seu desejo. Com nada mais do que uma pequena lâmina na

CAPÍTULO XI

mão esquerda, o menino raquítico furava um e outro saco, fazendo com que as sobras caíssem sobre a terra amaldiçoada, justificando a presença de tantos mosquitos.

Ao observar o garoto abocanhar um dos restos que abrigavam vários insetos e pequenos vermes que também banqueteavam a carne apodrecida com o menino, Cally expulsou um som involuntário de sua boca, pela gastura momentânea que atingiu algo há muito dormente em si mesma, e o som o fez olhar para trás.

Com a boca aberta, vertendo um líquido escuro, que Caledrina não soube desvendar a origem, e os olhos envoltos numa tonalidade avermelhada, o menino de pele amarronzada e cabelos cor-de-fogo passou a gritar tão alto que fez a jovem rainha sinceramente questionar-se de onde ele ainda encontrava forças dentro do corpo diminuto para fazê-lo.

Do outro lado da esquina, encontrando os olhos arregalados de espanto do jovem, um homem de alta estatura, com os cabelos tão escuros que quase pareciam o tom exato de azul dos mantos noturnos do céu, parou ao reconhecer a garota.

Engolindo em seco, uma nuvem de preocupação a envolveu, expondo sua alma subitamente a uma gradação da tranquilidade da luz para a inquietação das sombras. Cally torceu para que aquele homem fosse um de seus poucos simpatizantes. Com a força estridente do silêncio de cada palavra — as quais jamais alcançaram seus pensamentos —, a menina levou a mão direita até a cortana presa em seu cinto.

— Pelas sete coroas, Caledrina Cefyr...

A lâmina foi sacada, enquanto a jovem se posicionava de maneira a estar pronta para qualquer eventualidade. A garota atentava os ouvidos, buscando compreender de qual lado o som daquela voz revelava estar o homem.

— A criancinha maldita bem na minha frente — continuou ele, empunhando uma espada. Seu olhar não deixava Cally nem por um instante sequer.

Ao discernir a informação que procurava, Caledrina flexionou os joelhos, aguardando a iminente aproximação de seu oponente, enquanto passava a cortana de mão em mão. Ela não havia se equipado para uma luta, estava despreparada. Embora tivesse aprendido a jamais deixar um lugar seguro sem ao menos uma lâmina, imaginou que encontraria em seu caminho ouvidos ávidos pela esperança, e não mãos sedentas por sangue.

— Eu só quero conversar. Se me ouvir, tenho oportunidades que podem mudar a sua vida.

Gargalhando, o homem parou. Após retomar a compostura, permitiu que a ponta de sua espada tocasse o chão, e, tornando a caminhar, arrastou a terra a fim de criar uma linha sobre ela.

— E o que Vossa Majestade deseja conversar? Sobre a comida que transborda de suas mesas ou a que falta nas nossas? Ou será que lhe atrairia mais discutir sobre como a penalidade sentenciada à minha esposa, desesperada por alimento, fez suas mãos serem perfuradas por estacas ao roubar um bolo de uma das centenas de padarias do lado laranja? Suas mãos se tornaram tão inúteis quanto a habilidade de saciar a nossa fome. Eu mesmo tive de amputá-las para que mantivéssemos algum nível de calor em seu corpo. Nenhum grito expurgado das gargantas que urram nos campos de sangue me soou mais alto do que o de minha mulher quando, olhando para mim, berrou em meio às lágrimas. Ela teve sorte de sobreviver àquilo, ao menos agora pode morrer por fome.

— Sinto muito. Não sabia que o povo carecia tanto de mantimentos. Eu mesma cuidarei para que...

Parando novamente apenas para empunhar a espada outra vez, ele passou a berrar como um homem embriagado por entre gargalhadas banhadas de sarcasmo.

CAPÍTULO XI

— Acha que meu ódio é pela comida que nunca tive? Não, garotinha maldita, é pelo afago que não mais terei! Você fez minha esposa acreditar nas mentiras que contou no dia em que retornou ao palácio. Por sua culpa, ela acreditou na água e no soprar do Vento. Você a fez sonhar com flores e a deixou sangrar faminta e sedenta. Mas depois de algumas luas, voltou a sentar-se no trono, alegando estar arrependida de suas palavras. Não! Suas moedas podem comprar alguns sorrisos, mas não poderão comprar os carinhos de minha mulher.

— Lamento por ela, senhor, mas uma mulher adulta ainda é capaz de suportar alguns dias sem alimento. Sei que devem viver em situações precárias há anos, mas posso mudar isso se me permitirem levá-los até...

— Sua tola. Ela esperava meu filho! Suas mentiras não o trarão de volta! — berrou o homem, novamente.

De repente, o sangue de Caledrina passou a ferver. Sabia que possuía grandes riquezas enquanto parte do povo vivia em realidade destoante da sua, mas o que justificava todo o rancor ser depositado nela? Não era como os outros, nem sequer fazia parte da corte, e precisava mostrar isso ao homem. Talvez ele pudesse ser o escolhido do dia. Talvez seus caminhos tivessem se cruzado, não para que seu oponente lhe roubasse a vida, mas para que ela o roubasse da morte.

— Por favor, eu lhe imploro, escute-me. — Flexionando os joelhos calmamente, abaixou-se até largar a cortana no chão. Desarmada, ergueu-se com as mãos estendidas frente ao corpo e os olhos fixos no homem sofrido. — Sei que o poder dos reis o incomoda, uma vez que não é usado para cuidar do povo, mas...

Interrompendo a menina outra vez, com gargalhadas ainda mais fortes, aquele que a desafiava com o olhar girou o cabo da espada, fazendo o pomo roçar no punho.

— Realmente não faz ideia do que fez, não é? — Observando-a franzir o cenho, viu a garota imergir em confusão. Abaixando a voz em respeito às memórias, voltou a falar. — Naquele dia, quando retornou à corte espalhando suas histórias, elas se propagaram rápido por todo o povo. Pessoas das sete facções inflamaram-se com a sua ideia de resgate. Você nos fez encontrar uma beleza fresca na vida mais uma vez, e foi esse encanto que iniciou o caos. Escravos e senhores se rebelaram. Carroças, casas e pessoas foram queimadas. Iros enviou seus homens para tentar controlar o povo. Desde então, não houve um único dia sem patrulha, impedindo a qualquer custo que todos aqueles que desejaram abandonar suas posições, pudessem retornar a elas. Até mesmo escravos perderam o direito à orelha furada e à proteção de seus antigos senhores. Estávamos certos de que você nos guiaria para fora desse inferno, mas nos deixou para queimarmos aqui. O rei da bandeira negra matou alguns de nós para sustentar o temor pelo seu nome, mas logo decidiu que nos privar de sermos humanos seria uma punição melhor. Não temos mais serventia a nenhum dos sete lados, tampouco cor alguma, apenas o vermelho do sangue que espera para ser vertido dentro de nós. Estamos todos famintos, morrendo, sendo perfurados por estacas apenas porque tentamos sobreviver de alguma forma, e é tudo culpa sua.

Foram poucas as vezes em que Caledrina sentira as pernas tremerem. De repente, como se agredida no estômago por mãos de pedra, estava prestes a vomitar todos os seus pensamentos, mantendo apenas um completo breu gélido dentro de si, e com todas as forças desejou que fosse possível... não sentir. Embora se preparasse para atacar os selvagens, Iros estava enviando seus homens para ferir o próprio povo. O rei estava matando, rápida ou vagarosamente, os indivíduos que demonstravam a mínima intenção em juntar-se a Arnalém. Dunkelheit nunca se importou com aqueles que chamava de seus. Sua questão nunca foi quantos tinha para si, mas quantos tirava do Vento. Depois de anos, tudo ainda se tratava de seu orgulho. Esperando pela guerra, Caledrina não sabia que, por sua causa, a batalha já havia começado.

Por conta da velocidade do movimento que, por pouco, não a atingiu, a menina raspou as unhas das mãos na terra infértil.

CAPÍTULO XI

Desviando do golpe da lâmina que clamava por perfurar sua pele, Caledrina espantou-se com a repentina proximidade do homem alto. Estava tão absorta em seus devaneios, que sequer notou o avanço do oponente.

Percebendo que sua cortana estava longe demais para ser alcançada, Cally correu para trás, de costas, a fim de não deixar de encarar aquele que berrava.

— Não quero machucá-lo. Imploro por sua atenção! Posso levá-lo até lá!

Ela compreendeu que, coberto de rancor, o dono daqueles olhos estava longe demais para ouvir a voz desesperada em trazê-lo de volta. Caledrina avançou em direção a ele.

Mais próxima, notou que, assim como o menino, o homem também estava fraco. A pele movimentava-se de forma brusca sobre os ossos saltados, e sua finura pôde ser vista pela jovem rainha por meio das partes despidas, como mãos e pescoço. Sabia que não poderia parar aquele que se voltava contra ela. Ele exalava o que a menina tantas vezes já havia carregado durante as lutas. Sabia que aquela adrenalina era irreversível. Um dos dois haveria de morrer.

Aproximando-se ainda mais do homem, confundindo sua mente com a distância entre eles, pequena demais para um combate com espadas, Cally colocou-se tão perto de seu oponente que quase poderia abraçá-lo, até o momento em que, virando o seu corpo de costas para ele, segurou-o pelo braço que empunhava a espada. Numa fração de segundos, Caledrina contorceu o braço direito do homem com movimentos ritmados por seus gritos e, quebrando-lhe os ossos já um tanto enfraquecidos, usou a espada de seu oponente para perfurá-lo. Antes que o indivíduo se prostrasse, ficando, assim, com a metade do tamanho da garota, a rainha roxa sentiu um toque vindo por detrás dos ombros. Instantaneamente, removeu a lâmina ensanguentada do homem que matara, para, sem sequer virar para trás, enfiá-la na figura desconhecida que a surpreendera pelas costas.

CALEDRINA CEFYR E O ARAUTO SUJO

Ofegante, com o novo silêncio instaurado garantindo que estava sozinha outra vez, Caledrina virou-se para trás.

Ainda em pé, contrariando a fraqueza que Cally jurava ser tão intensa que o impediria até mesmo de caminhar, o jovem a encarava com as mãos apertando a lâmina que lhe atravessava a barriga. Com as vestes azuladas sujas como todo o resto da viela, ele pingava carmim.

Num impulso, ao vê-lo despencar, em choque pelo que havia feito, o corpo trêmulo da menina respondeu com mãos ágeis para segurar o menino, como se tal ato gentil pudesse reverter os últimos cinco segundos.

Sentada no chão com o jovem que, vítima de sua falta de zelo, não ouvira sobre a fonte, Cally permaneceu com o menino largado em seus braços, e sentia o corpo chacoalhar forte, como se alguém a balançasse. Os lábios da menina se entreabriam em curtos intervalos pela força dos dentes que se chocavam uns nos outros, como se o corpo sentisse frio. Embora suas expressões, pelo assombro, permanecessem neutras, e as sobrancelhas não se elevassem ou franzissem, Caledrina chorou profundamente.

CAPÍTULO XII

Relinchando de forma pesada, Décius demostrava o seu cansaço.

Ao correr os dedos pela crina tão escura quanto os pelos negros, Cally tentou acalmá-lo.

— Estamos quase lá, garotão. Só mais um pouquinho.

A menina não conseguia decidir se desejava ir mais rápido ou manter o galope em ritmo desapressado, então simplesmente deixou os cílios superiores se juntarem aos inferiores. Com os olhos fechados, em sua imaginação pôde ver, num número surpreendente de detalhes, o rosto do general a encarando. Da última vez em que estiveram juntos, ele havia feito um discurso comovente à garota sobre a importância de sua missão; agora, no entanto, ela chegaria com nada além de sangue inocente em suas mãos. Havia se sentido demasiadamente cansada e desmotivada nos últimos três dias para tentar recrutar mais pessoas para o acampamento, principalmente após o episódio na facção azul. Era como se a urgência em espalhar a verdade houvesse tomado a sua mente; queria atingir os números que planejava a qualquer custo, mas, ao não conseguir, parecia ter sido invadida pela exaustão.

Em uma tentativa de não se deixar abater pela vergonha, Cally adentrou os limites do território selvagem com a cabeça erguida.

Apesar de não ter levado uma nova família na carroça barulhenta — que sequer a acompanhava desta vez —, e, por outro lado, ter descoberto que era a causa de tanta miséria e destruição na corte, a urgência da guerra ainda era uma constante preocupação que fazia a barriga da garota embrulhar. Com os olhos atentos, ao desmontar-se do cavalo, ela correu à procura do filho do Vento. Ao tempo que apressava o passo, sentia como se eles tivessem mais impacto do que nunca. Não saberia dizer, todavia, se o choque abrupto gerado em seu corpo se dava pela pressa ou pelo peso que esmagava o seu coração. Há luas, Caledrina não feria um jovem... nem ninguém, até a visita à bandeira vizinha. Ela estreitou os olhos e lutou para afastar as imagens que, desde o dia em que estivera na facção das artes, não mais a haviam deixado.

Farta das mesmas respostas que sempre lhe ofereciam na chegada ao acampamento, cheias de desculpas por não saberem o paradeiro de Kyrios ou Arnalém, a criação do Vento parou para acalmar o próprio coração, recostando-se em um tronco velho e bastante largo, com as mãos apoiadas sobre os joelhos. Ao parar pela primeira vez em um bom tempo, Caledrina sentiu a respiração pesada perfurar-lhe os pulmões como uma lâmina gelada, e, repousando ali, percebeu, de repente, um choro.

Na realidade, era mais como um gemido melodioso. Recompondo sua postura, Cally seguiu o som; a curiosidade parecia chamar-lhe pelo nome. Ao contornar a árvore velha, ao pé do tronco, uma garotinha de pele negra e longas tranças chorava debruçada no gramado. Movida por uma íntima compaixão, ela decidiu que havia tempo e disposição suficientes para ouvir a criança. Ao ajoelhar-se em frente à menininha, protegeu do sol o rosto daquela que chorava, chamando-lhe a atenção. Vagarosamente, ao passo que a pequenina erguia a cabeça, a jovem pode ver seu rosto já inchado e os olhos avermelhados.

CAPÍTULO XII

Caledrina inclinou levemente a face e abriu espaço para que sua companheira de tronco chorasse suas mágoas. Motivada por tal atitude, a pequena menina desabou.

— A mamãe disse que o papai vai morrer na guerra e nos deixar sozinhaaaaaas!

Ouvindo a criança arrastar a última vogal da palavra e emendá-la a uma nova onda de lágrimas e gritinhos, sem saber direito o que fazer para consolá-la, a guerreira se perguntou que tipo de mulher diria algo tão sem escrúpulos a uma criança. No mesmo instante, repreendeu a si mesma. Pior do que desestabilizar emocionalmente uma pequenina como aquela, era tirar a vida de alguém.

Achegando-se ao corpo diminuto, Cally o envolveu num abraço forte, ainda que desajeitado; sentia que era o certo a fazer naquela situação. Uma de suas mãos a segurava nas costas, enquanto a outra cobria o rosto da garotinha de maneira desajeitada. A menina, ainda em lágrimas, sequer se importou com a inabilidade do aconchego.

Cally custou a sentir-se suficientemente desinibida para abraçar Arnalém, mas, em sua mente, havia sido muito mais fácil, já que ele era feito de vento. O calor humano ainda a desconcertava.

— Ninguém aqui vai morrer, está bem? — murmurou baixinho, alcançando pela primeira vez, com a ponta dos seus dedos, o cabelo da criança. Notando os finos bracinhos diminuírem o espaço entre os dois corpos, ao apertarem ainda mais forte o abraço, a menina sentiu-se perdida, como se não soubesse mais o que fazer com as mãos ou onde posicioná-las. — Sua mãe com certeza não teve a intenção de dizer aquilo. Provavelmente só estava chateada.

— Estou com medo, Cally.

Embora não conhecesse aquela pequena criatura que chorava à sua frente, certamente a criança conhecia a criação do Vento. Todos no acampamento sabiam quem era Caledrina — a eleita para matar as sete partes de Dunkelheit, segundo a profecia e desejo do grande livro.

Algo no tom de voz da garotinha remeteu à May. Há tempos não pensava em sua irmãzinha. Com um nó na garganta, a jovem guerreira sussurrou:

— Eu sei, mas não precisa mais temer. Estou aqui agora.

Com os olhos fechados, ela permitiu que os seus dedos se enroscassem novamente naquelas trancinhas compridas, imaginando serem os cachos negros da irmã. E por aqueles curtos instantes, Cally esqueceu-se de que haveria uma guerra. Esqueceu-se até mesmo de seus erros. Seu coração parecia estar vagarosamente construindo uma fortaleza de tijolos de barro, cada um cuidadosamente posicionado, e sentia um novo peso sendo adicionado naquele momento. Pensar em May era doloroso, porque, para Caledrina, pensar era diferente de apenas lembrar.

Não muito tempo depois, com passos perdidos, ela tornou a caminhar em busca do general, ainda com a sensação dos cachos volumosos da irmã sobre cada parte dos seus dedos. Sem sucesso em encontrá-lo, deixou alguns homens avisados para que, ao avistarem Kyrios ou o seu pai, dissessem a eles que ela os procurava. Buscando fugir dos olhos curiosos dos selvagens, cruzou os braços, abraçando a si mesma, e mordeu os lábios enquanto decidia que era uma boa hora para estar submersa nas águas e não ser vista. Além da tensão, que já era razão suficientemente convincente para levá-la às águas, a poeira da viagem, unida aos seis dias tendo de realizar o ritual de purificação da corte — composto apenas de panos umedecidos com fragrâncias derivadas do vinho —, serviriam como argumento para que se banhasse.

Como o rio era liberado a todos no acampamento, não era permitido despir-se de todas as vestes antes de entrar nas águas. Olhando para os lados com os braços para cima, fingindo estar

CAPÍTULO XII

espreguiçando-se, a garota garantiu que estava sozinha. Há muitas luas, descera ao rio de madrugada, num horário em que sua companhia eram apenas os insetos noturnos, responsáveis pela trilha sonora da aventura. Sozinha, a não ser pelos animaizinhos cantores, ela manteve sobre o corpo nada além de sua roupa de dormir, e decidiu que tal atitude havia sido libertadora. Cogitando repetir o ato — o qual a Lua, como uma boa amiga, decidira guardar segredo —, com as mãos já prontas para retirar a vestes mais pesadas do corpo, assim como as botas de couro, para manter-se apenas nas inadequadas vestimentas de dormir, Caledrina parou quando, surgindo por entre os arbustos, uma voz se fez ouvir:

— O que pensa que está fazendo?

Jurando ter recebido de presente a habilidade de virar uma estátua de pedra, e desejando com todas as forças ser invisível, a menina fechou os olhos, espremendo-os com força antes de tomar coragem e virar-se para Kyrios.

— Parece que cada vez que a vejo está mais fora de si.

— Eu só estava, só estava... — falou a garota, planejando colocar o próprio cérebro de castigo após o episódio, já que ele não havia demonstrado eficiência em pensar uma resposta rápida.

— Sei o que estava pensando em fazer. — Espremendo os lábios, o rapaz não se conteve e soltou um riso por entre eles antes de fechá-los novamente, buscando manter certa seriedade. — Isso é perigoso, Caledrina. Alguém poderia chegar a qualquer momento, como aconteceu agora. Eu apareci, mas prezo por sua segurança, então a deixei ciente de que estava aqui. E se fosse outra pessoa? Algum estranho que se mantivesse em silêncio e não a alertasse de sua presença assim como eu o fiz.

Cally se indignou com a repreensão que recebera.

— O acampamento não deveria ser um lugar seguro? Ninguém me faria mal aqui, não é? Eu não deveria estar em constante estado de alerta, como na corte. Meus dias aqui deveriam ser mais leves do que os em que estou em missão. É exaustivo estar alerta o tempo todo, pensar nas intenções e reações de pessoas que sequer conhecem as minhas motivações.

— Diante da sua resposta, parece-me que os últimos tempos não têm sido muito fáceis.

— Fáceis? Querido general, você não faz ideia de como foram as minhas últimas semanas... os meus últimos dias! Quem me dera poder ficar aqui e liderar o treinamento dos selvagens. Mas eu sou a criação de Arnalém, aquela que deve trazer o alívio da morte dos pedaços de Dunkelheit aos selvagens, e cumprir a missão entregue a mim pelo próprio Vento. Eu preciso viver uma vida dupla e tentar me camuflar. Lá fora, eu deveria representar as belezas do acampamento, mas não é fácil deixar de cometer erros quando se está cercado por criaturas sem escrúpulos.

Tremendo, Caledrina encarou os próprios pés, tentando não olhar nos olhos do jovem general. Aquela que foi até o rio em busca de água agora lutava contra o líquido que se esforçava para escorrer de seus olhos.

— Cally? — disse Kyrios, aproximando-se para tentar acalmar a menina, mas ela o afastou mais uma vez.

— Não adianta. — Colocando as mãos no rosto, ela suspirou.

— Se você me contar o que houve, eu posso...

— Não! — insistiu a menina.

Caledrina sentiu seu coração bater tão forte, que parecia querer sair pela boca e dizer ele mesmo ao general o que havia acontecido. Mas a garota impediu que qualquer palavra fosse dita a respeito do ocorrido na facção azul. Ao encontrar Kyrios, a jovem de cabelos cinzentos entendeu que, se contasse a ele sobre o ocorrido, estaria assumindo que havia fracassado. Logo, ela, sozinha, era a única que poderia lidar com a situação — o filho do Vento não precisaria emitir

CAPÍTULO XII

nenhuma palavra, nenhum conselho. Sua simples presença já era mais que suficiente para ajudar a menina. Cally queria o conforto, não a confissão.

— Diga-me, qual foi a melhor padaria que já conheceu? — disse Kyrios, depois de um longo suspiro.

O rapaz agora se apoiava no tronco de uma das árvores que circundavam o lago, desfrutando da brisa suave. Há muito tempo Caledrina aprendera a não tentar encontrar sentido na forma como ele ou o seu pai decidiam conduzir uma conversa ou luta. Sabia que ele ainda lhe daria uma lição de moral.

— Antes de conhecer as delícias do acampamento, provavelmente diria que a Koystra Ferhor. Ela tem os melhores assados da corte — respondeu, colocando uma mecha do cabelo cinzento atrás da orelha esquerda.

— Se em alguma das vezes em que esteve lá, você se deparasse com um garoto expelindo o alimento do estômago para o pé da mesa, julgaria que as massas estariam, repentinamente, tornando-se deploráveis?

— Não.

— Por quê?

— Elas poderiam não ter relação com a saúde do rapaz. Talvez já estivesse doente.

— Então voltaria até essa tal... Koystra?

Cally riu pelo beicinho engraçado que o jovem general esboçou ao tentar pronunciar o nome da famosa padaria.

— Sim, Kyrios. Certamente voltaria lá — respondeu a menina, dando os seus primeiros passos em direção à água, tentando se desviar do inquérito do general.

Enquanto observava o comportamento evasivo da garota, o rapaz continuou:

— Está tentando me dizer que não podemos julgar um ambiente com base apenas em algumas pessoas que o frequentam, certo?

Entendendo o ponto do general, e o encarando dentro dos olhos, ainda que à certa distância, Caledrina sorriu.

— É, acho que tem razão.

Mesmo já distante, Cally pôde ver quando o jovem repousou os braços sobre a cintura, imitando a pose que ela costumeiramente fazia. Por vezes ele a imitava porque sabia que a garota sorriria, e gostava de vê-la feliz. Motivada pela expressão pensativa dramatizada pelo general do exército dos selvagens, a jovem gargalhou.

— Quem vai até a fonte, Cally? — prosseguiu o rapaz.

— As pessoas que têm raízes em si e desejam se desprender delas em troca de vida abundante — respondeu prontamente, gostando de como aquele jogo caminhava.

— Quem vai até a cozinha?

— Aqueles que têm sede ou fome. — A menina sentiu sua barriga roncar ao pensar nos bolos de laranja de Enim e nos refrescos de morango, e torceu para que Kyrios não tivesse percebido o som alto.

— E quem vem se banhar no rio?

— Os que estão sujos ou cansados?

Olhando para as águas, o filho do Vento prosseguiu:

— Este é o acampamento dos selvagens, Cally. Feito para os enraizados, famintos, sedentos, sujos e exaustos. Pode ser que encontre alguém que não aja de forma apreciável aqui dentro e, claro, ainda assim, não deve julgar todos os selvagens por tão inoportunas atitudes. Mas, como você mesma disse, talvez o rapaz da padaria já estivesse doente. Então... sim! Este lugar é o mais seguro que encontrará, contudo, mesmo com toda segurança, ainda é preciso manter-se coberta... e em alerta! Até mesmo aqui. Por isso, não use roupas inadequadas nem cogite isso outra vez, está bem?

CAPÍTULO XII

Franzindo o cenho, Cally ficou desconcertada pela maneira que aquele rapaz era capaz de lhe revirar a mente e alterar a ordem dos seus pensamentos, como se fossem penas sobre uma coberta que ele estendia e chacoalhava. E tudo isso falando apenas de jovens doentes, cozinhas e padarias. Caledrina engoliu em seco.

— Está bem.

Vendo-a pensativa ao encarar o rio, como se nunca houvesse contemplado sua correnteza, Kyrios, sorrindo arteiro, com um dos pés num movimento de vai e volta, fez a água acertar a menina, despertando-a do seu transe.

Abrindo a boca com os olhos fechados, num misto desesperado de recuperação do fôlego e de choque pela atitude daquele que sempre a pegava de surpresa, Cally gargalhou alto antes de esguichar água no general como resposta, declarando assim uma guerra de água.

Durante os minutos seguintes, a garota esqueceu-se do conflito real, de sangue. A preocupação deu lugar ao deleite de apenas permanecer naquela pequena disputa criada por eles, em que as lanças eram feitas de água, e as vítimas, atingidas pela mais pura gargalhada.

CAPÍTULO XIII

Com o cabelo ensopado e as pontas pingando, servindo de alerta, Cally temeu não estar nem um pouco apresentável. Se ao menos Kyrios houvesse avisado desde o início sobre o grande momento que aconteceria no acampamento, ela teria evitado a pequena batalha à beira do lago, e certamente compareceria ao evento de forma mais aprazível. Garantiria não estar feito líquido que se esvai de uma vasilha de barro quebrada. Mas, em vez de alertá-la, Logos decidiu permanecer na guerra infindável de água contra sua oponente, a qual era orgulhosa demais para pedir trégua da brincadeira, e não lhe disse nada até a hora da grande convocação feita por Arnalém.

Ao ver o general, a menina era capaz de ouvir as gargalhadas do jovem em seus pensamentos. Mas, diferentemente da cena divertida em sua mente, o que Caledrina observava era o rapaz que, com as mãos frente ao corpo e a cabeça erguida, parecia não se deixar acanhar com o estado de seus trajes igualmente molhados — sua postura se sobressaía.

Ao lado do povo atento, embora posicionada próxima o bastante para ver Arnalém e seu filho com clareza, a garota de cabelos cinzentos questionou-se o motivo da convocação. Vestindo uma espécie de túnica violácea, unida a uma capa azul que ultrapassava o limite dos artelhos, o Vento transmitia, ao mesmo tempo, brandura e magnificência. Era o equilíbrio entre a simplicidade e o esplendor. Os singelos fios brancos daquele que era além de ar pareciam atribuir-lhe força e tempestuosidade; ele denotava autoridade até mesmo quando sorria — ato não muito incomum para o rei dos selvagens —, e, dando um passo à frente, foi o que fez, confirmando, assim, as certezas de Cally.

— Como é bom tê-los reunidos aqui. Eu me alegro por se juntarem a mim neste importante momento.

Enquanto alguns mal respiravam, para que não perdessem nenhuma palavra, outros, em meio ao povo, cegos por seus devaneios passados ou conjecturas futuras, sequer olhavam para o Vento; estavam tão submersos em suas próprias preocupações, que a voz daquele que falava nem era escutada. No entanto, ele não recolhia suas palavras, mas as distribuía para todos aqueles que tivessem os olhos e os ouvidos atentos.

— Não quero e não irei me alongar no falar, já que não me ausentarei... ao menos não por completo — continuou, mansa e resolutamente, o rei dos selvagens. — Como todos têm visto, Kyrios Logos tornou-se um homem bom e um soldado valente. Seu coração impetuoso e habilidades inegáveis o fizeram receber o título de general de uma das tropas de guerra do meu exército.

Interrompendo a fala do Vento, mas apenas para aclamar a veracidade da sentença proferida, os soldados, formando um escudo com o braço, ecoaram um alto alarido, abrindo mais uma brecha para que Arnalém e Kyrios pudessem sorrir.

Erguendo as mãos para recapturar a atenção do povo, o rei silenciou o brado.

— Como também já é do conhecimento de meu filho, um dos maiores anseios do meu coração sempre foi construir uma cidade. Uma fortaleza, para ser mais exato. Um paraíso real e seguro, livre da fênix e de todas as suas partes perversas. — Juntando as mãos

CAPÍTULO XIII

atrás do corpo, suspirou. — Há tempos adotei as estrelas como minhas ouvintes íntimas, e, em minha última reunião com o céu e meu filho, obtive a certeza em meu coração de que já era hora de algumas mudanças; e estas farão com que vocês não me vejam mais, não como agora. Embora tenham conhecimento disto somente no dia de hoje, isso não é uma decisão precipitada, tampouco baseada em quaisquer atitudes de meu povo. Kyrios será o mediador para que possam alcançar a cidade. Ele os guiará, e nós dois sempre soubemos disso. Tudo que possa parecer uma surpresa para vocês, sempre fez parte de nossos planos.

Antes que, com um novo sinal de mão, Arnalém pedisse por silêncio, queixumes e lamúrias desordenadas levantaram-se rapidamente entre o povo.

— Para onde o senhor irá? — perguntou uma voz desconhecida, entre o amontoado de corpos.

— Estarei bem aqui. O meu objetivo sempre será que me encontrem facilmente.

— É possível que parta e permaneça no mesmo lugar, meu rei? — interrogou uma menina de não mais de dez anos, arrancando suspiros dos mais próximos a ela.

— Sim, pequena. Ausentarei a minha face, e não será mais possível escutar a minha voz descendo da montanha como estão acostumados, mas ainda estarei, não somente aqui, mas em toda a extensão da terra maldita e bendita. Continuarei me movimentando, seja voraz ou tão suavemente que quase imperceptível; de forma silenciosa ou ensurdecedora. Independentemente de como for, nenhum lugar será capaz de escondê-los do meu sopro ou da minha presença. Nem mesmo a corte, onde não sou bem-vindo, e, por isso, não sopro. Talvez, aos olhos que esperam que eu me manifeste de uma forma específica, achando saber o que procuram, eu não pareça presente, mas certamente não deixarei de envolver com a minha brisa o coração de quem entende que estou em todo lugar. Do pico mais alto à raiz mais baixa, ainda os alcançarei. Sondarei todos os cantos da Terra, à procura de corações desejosos por se juntar à nossa futura moradia, enquanto, em meu nome, meu filho os preparará para habitar a cidade onde um dia estaremos todos juntos novamente, face a face, em um lugar vindouro.

Em respeito a Arnalém, o povo permaneceu em silêncio ao ouvir acerca da cidade e dos planos de seu rei, mas o burburinho em suas mentes não pôde ser controlado, e resultou em cabeças se virando umas para as outras, fazendo os olhares confusos se encontrarem em meio ao discurso.

— Eu não estarei apenas incentivando as folhas das copas mais altas a dançarem — continuou ele —, fazendo-as voar; mas também pairarei na tranquilidade daquelas que se mantêm no chão. O Vento corre, mesmo quando não parece ventar. Por mais que não sintam o soprar na pele, e que o clima pareça seco e árido, cada vez que seus pulmões desejosos por vida puxarem o ar para dentro, ali estarei, em movimento. Ao cumprirem sua missão na corte, cuidem para que não chegue o dia em que, vítimas do sol escaldante, ao não me sentirem soprar em seus cabelos, ousem dizer que eu os abandonei; não venham exigir de mim o alívio fresco para o calor que os castiga. Mas ainda que chegue o momento em que, influenciados pela aridez da temporada, achem que não contam com a minha presença, esforcem-se para lembrar-se de que, enquanto permanecerem desejosos de mim, poderão ser tocados pelo meu soprar. Poderei correr leve e densamente dentro de seus ossos. **Eu Sou**, e, se permitirem, também serei dentro de cada um. Eu sou o Vento, e vocês, uma extensão da minha manifestação. Não atuem como tolos buscando provas do meu agir se já as são. Não consumam seus dias circulando por territórios afastados para, só então, perceberem que eram as respostas para as perguntas que gastaram o tempo de uma vida procurando. A corte clama por vento, enquanto eu o sou em quem me aceita. A mensagem que vocês carregam é fabula para aqueles

CAPÍTULO XIII

que não a entendem. Por meio de meu povo, mesmo que contra os sinais visíveis que o circundam, correrei incessantemente. Estarei me movendo, mesmo quando acreditarem que estou parado. Enquanto os selvagens estiverem respirando, trabalharei.

— Mas... e a fonte? — indagou a mãe da menina que há pouco falara, com a filha ainda enroscada em suas pernas.

— Para onde iremos, vocês não mais hão de sentir sede, e as raízes deixarão de crescer. Eu as arrancarei com o meu sopro. A cidade estará numa posição tão alta, que terei espaço para me movimentar em ainda maior intensidade, e soprar as ramificações para longe em tamanha impetuosidade, que não mais tornarão a crescer.

— Como isso seria possível? — perguntaram alguns outros.

O povo estava confuso, temeroso de como seria sua vida sem o Vento direcionando-os pessoalmente, sem compreender que ele não os deixaria completamente. Também buscavam entender, já formulando teorias mirabolantes, onde e como seria tal cidade. Em poucos segundos, o alvoroço ganhou tom e forma novamente.

Transpassando sua voz por cima da algazarra, Arnalém fez-se ouvir:

— Não se preocupem. Isso não será para o mal, mas para o bem. Pensar no lugar para onde irão e em suas promessas lhes trará muitas dúvidas, eu sei. Mas, por enquanto, desejo mantê-lo rodeado pelos mistérios borbulhantes de suas imaginações. Um dia, nós nos sentaremos ao redor de uma grande mesa, e, com risadas, desfrutando de um banquete, ouviremos e discutiremos sobre suas ideias a respeito do lugar que já poderão chamar de lar. Até lá, meu filho estará presente. Desde sempre ele esteve ao meu lado. Vocês puderam provar do quão semelhante a mim ele é, e da grandeza cordial por trás da simplicidade; puderam ver a forte fera do punho de ferro carregando singeleza nas ações. Ele os instruirá com sabedoria, defenderá com impetuosidade e liderará com bonança. Busquem por ele e o amem como me amam, até que possamos estar juntos em nossa nova morada. Por isso lhes peço, meu povo amado, permaneçam com Kyrios, servindo-o diligentemente, e recebam o nosso novo lar.

Em choque pela mudança brusca no destino até então conhecido no qual se agarravam, calados, os selvagens observaram atentamente a cena. De dentro de um caixote — não muito requintado, embora com certa graça — que o aguardava pouco distante de seus pés, Arnalém retirou uma coroa. Ajoelhado, Kyrios a esperava com o queixo abaixado e os dedos alcançando o solo em sinal de respeito e obediência. Com mãos firmes, o Vento colocou a tiara sobre a cabeça do filho.

Caledrina mal piscava ao testemunhar o general ser coroado perante todos; há pouco ele esguichara água do rio nela, em uma brincadeira boba. Tinha a impressão de que seu corpo poderia ser facilmente elevado com a leveza do orgulho que crescia dentro de si. Sentia-se, estranhamente, mais segura do que nunca. Aquela tarde carregava uma dose a mais de peculiaridade, mas não apenas pela surpresa da despedida do Vento e coroação do general, era algo a mais... ainda maior.

Como se possuísse habilidades para congelar tudo ao seu redor, Cally olhou para cima, sentindo-se a sós com o tempo. Por alguns instantes, o alvoroço do povo tornou-se mais fraco do que o ruído das estrelas escondidas durante o dia, e no lugar do estardalhaço, uma leve brisa pareceu apresentar-se, singela e recatada. Fechando os olhos, sozinha ao lado daqueles que gritavam, mas que, em sua mente, permaneciam feito estátuas de pedra em silêncio, Caledrina quase achou possível ouvir as cores que pintavam o céu de variados tons de azul cochicharem sobre a nova fortaleza, a qual, um dia, abrigaria todo o povo. Ali, mesmo com os olhos fechados, ela viu as folhas das árvores bailarem como se tentassem lhe cantar uma melodia inédita.

Flores das mais variadas cores exalavam suas fragrâncias, como numa competição de aromas, alheias

CAPÍTULO XIII

à revelação do Vento, ou talvez alegres por ela, cientes de algo que o povo desconhecia.

Voltando ao presente, em seu momento perfeito, com os olhos firmes, a criação olhou para o seu criador.

— Quer dizer então que nos deixará sozinhos?

A pergunta proferida pela menina que possuía dentro de si o fôlego soprado pelo Vento causou surpresa por tamanha ousadia, e fez as estátuas de pedra retomarem à sua forma de carne quente. O povo, movido pela curiosidade, observou cada mínima mudança nas feições daquele que a criara.

— Quando fechou os olhos, criança, o que viu?

Entreabrindo os lábios, inconsciente, levemente incomodada pela força dos olhares que agora repousavam sobre si, Cally afundou a ponta dos pés no gramado florido.

— Vi a copa das árvores, como se dançassem movidas pela ventania.

Erguendo a cabeça apenas o suficiente para denotar maior autoridade à sua fala, embora mantendo a serenidade comunal, Arnalém arqueou a sobrancelha esquerda como se já se deliciasse de sua fala vindoura.

— E o que é o vendaval?

Talvez movida pelo aborrecimento de sentir-se abandonada mais uma vez, Caledrina suspirou profundamente.

— Sei que está no furacão e na brisa suave, mas não será a mesma coisa. Não poderemos mais vê-lo perante nós.

A jovem, por vezes, incomodava-se com a expressão sempre branda do ser. Era como se até mesmo a maior tempestade daquele que dançava entre as folhas fosse imperturbável.

— Não, criança — respondeu Arnalém. — Não estou no furacão e na brisa, eu os sou. Quando abrir os olhos e vir o caule da flor mais delicada se encurvando pelo ar, a tempestade mais atroz escurecendo os céus ou as árvores dançando ao fechar os olhos, ali também serei. Vocês poderão me ver em todo lugar se tiverem atenção o suficiente para isso. Não é sobre quando estarei, mas como. Basta atentarem-se a mim, e ouvirem a minha voz em todos os sons por meio dos quais falarei. Não estarei mais aqui, mas jamais estarei distante.

CAPÍTULO XIV

Caledrina cavalgava na mesma velocidade que deixava seus pensamentos se perderem em meio aos altos troncos das árvores espalhadas pela floresta. Com Kyrios coroado e o acampamento não mais contando com a costumeira e marcante presença de Arnalém, tudo mudaria. Os selvagens enfrentariam a guerra sem dispor daquele que fazia a garota sentir-se segura da vitória. E se as chuvas das novas responsabilidades tivessem pancadas tão fortes, que levassem o filho do Vento para um lugar onde suas maiores conversas seriam as ordens que ele daria a ela como rei?

Justamente nos momentos em que conquistava um espaço para dialogar com ele, algo a afastava; quando não ela mesma, uma coroação. Como rei dos selvagens, Kyrios não teria mais tempo para a amiga, que só encontraria uma vez por semana. Ela voltaria a ser vista por ele como uma criança, apenas, ou até mesmo como uma simples integrante do acampamento. Ao vê-lo pela primeira vez com a coroa sendo posicionada sobre os fios loiros, Caledrina sentiu-se exultante pelo rapaz, mas, ao término da fala de Arnalém, e de sua despedida, todos logo cercaram o jovem general, agora líder dos selvagens, para parabenizá-lo e prestar reverências ao novo rei. Entretido com o povo, ele sequer pôde ver Cally o aguardando ao pé da árvore.

Com o olhar fixo nas folhas que se apresentavam no caminho e davam espaço a novas ramarias a cada dois segundos e meio, Caledrina corria com apenas Décius como companhia. A menina não percebeu que, durante todo o percurso, prendia a respiração, contrariando o objetivo do passeio: espairecer. Ao ver os pelos negros suarem, cessou a corrida para dar uma trégua ao cavalo, mantendo somente um leve galope.

De repente, Cally bruscamente puxou as rédeas quando ouviu uma voz desconhecida gritando por entre as árvores altas da floresta densa.

A menina sentiu as mãos gelarem.

— Não, não! Para onde você está indo? Volte aqui agora! Aaaaaaaah!!! — gritou a voz desconhecida. No mesmo instante, um puro-sangue passou pela garota, quebrando gravetos e atravessando barreiras feitas de folhagens pelo caminho; ela tornou a olhar na direção de onde viera o outro cavalo, esperando descobrir qual era o rosto que acompanhava a voz rouca e grave. Curiosa, já com a mão na cortana que estava enfiada no cinto de couro, decidiu investigar. Como se ciente da missão, Décius, que até então relinchava, prestes a vomitar os pulmões exaustos pela corrida, pareceu unir-se à sua dona ao prender a respiração.

Zangada ao sentir novamente a coceira que insistia em acompanhá-la, a menina, para não afugentar o estranho que se aproximava, na tentativa de impedir um espirro, levantou a pontinha do nariz com o indicador da mão esquerda. Sobre as folhas secas iluminadas pela luz forte do Sol, que intensamente se exibia uma última vez antes de despedir-se de mais um dia, Cally avistou a silhueta que, desesperada, encontrava-se com as mãos apoiadas

CAPÍTULO XIV

na cabeça, demonstrando preocupação. A garota aproximou-se cautelosamente, embora fosse impossível não chamar atenção montada em um cavalo do porte de Décius.

A proximidade trouxe vida ao corpo responsável pela voz desconhecida e pela sombra que se estendia sobre o solo — a qual imitava, sem atrasos, os movimentos do incógnito. Ele caminhava de maneira lenta, formando o que, à Cally, parecia um semicírculo manchado de preocupação. Vagarosamente, abaixando os braços, o estranho parou. De costas, ciente da presença estranha que, atrás de si, o queimava pelo olhar, o estranho misterioso voltou a falar:

— O que quer? Já lhe aviso que estou desarmado — disse o forasteiro, ao erguer as mãos para cima em sinal de rendição. — Não sei de que lugar você é, mas de onde venho é covardia atacar um homem sem armas! — completou, sem se virar para a pequena selvagem. Ele sentia que a presença misteriosa ardia mais forte sobre sua nuca do que o calor do Sol.

Cally, ao pular do cavalo, fez com que os gravetos no solo, em atrito com as solas duras das botas, estalassem ao quebrar. A menina riu sorrateiramente, como um "*tsc*" escapando por entre os dentes, ao ver o sujeito se assustar com o som da madeira fina se fragmentando. Ela observou a imundice das vestes do homem, e ele, sem precisar que lhe fosse dirigida alguma palavra, começou a tagarelar desenfreadamente.

— Meu cavalo fugiu e minhas armas estavam todas guardadas no bolsão preso a ele, então, como eu disse, seria covardia atacar um homem desarmado.

De certo não era guerreiro. Se fosse, jamais guardaria todos os seus armamentos em um só lugar, justamente para não precisar suplicar por clemência no meio da floresta. Provavelmente, o desconhecido carregava equipamentos apenas para uma eventual necessidade de proteção, mas seu conhecimento na arte das lâminas devia ser tão presente quanto sua higiene. Era notório que certa cor inatural manchava suas vestes e unhas; até mesmo seu tom de pele bronzeado era escondido por tanta sujeira. Caledrina intrigou-se ainda mais ao ver que o estranho empoeirado usava um sobretudo costurado a uma capa e um capuz — roupas que a menina sabia, pelo seu vasto conhecimento nas hierarquias da corte, serem típicas dos arautos dos reis.

Os longos cabelos pretos estavam soltos, e desciam pelo pescoço até o limite dos ombros largos. O rapaz despertou certa desconfiança na intuição da selvagem, uma vez que os mensageiros eram obrigados a manter os fios sempre bem aparados.

Com uma careta descrente, a jovem — com a mão direita ainda apoiada na cortana — estava certa de que, arauto ou não, aquele que falava pelos cotovelos era um desertor... ou um farsante. De qualquer maneira, permanecer sem compreendê-lo a transtornava.

Transparecendo seu pavor, tremendo as mãos ainda erguidas, o indivíduo, incitado por sua mente imaginativa, pensava em qual monstro temível aguardava o momento certo para atacá-lo por trás. Lentamente, o arauto sujo se virou.

Cautelosamente, sem perder a postura que a mantinha preparada para qualquer eventualidade, Cally o analisou, e percebeu que debaixo de toda a espurcícia, independentemente de quem era aquele homem, não havia como negar a evidente boa aparência do rapaz. Com um passo inconsciente para trás, a jovem continuou encarando o desconhecido por baixo das sobrancelhas cinzentas. Distraída, girando o cabo da arma em seu cinto de novo e de novo, ela sequer apercebeu-se das palmas suadas.

Retomando a compostura, lutou para fugir do olhar hipnótico do desconhecido, que poderia distrair qualquer inimigo. Sem sucesso, arriscou o perigo e encarou a íris com tons tão encantadores de azul, que a fizeram pensar, por um breve momento, que a água no acampamento não era tão cristalina assim quando comparadas àqueles olhos — eles conseguiam ser ainda mais chamativos do que

CAPÍTULO XIV

os de Kyrios. Algo no rapaz intrigante fazia Cally se sentir nervosa, como se fosse insegura demais para lidar com um desconhecido em uma situação não planejada. Ao mesmíssimo tempo, por outro lado, havia certa familiaridade nele, tornando-o mais do que apenas um completo estranho à menina.

Permitindo-se escapar de seus pensamentos por alguns instantes, Caledrina Cefyr desviou o olhar do homem; não por querer se afastar dos detalhes imundos, mas porque a simples ciência de contar com a sua atenção, de alguma forma estranha, a constrangia. De repente, movida pela agitação, Cally lutou contra os sentimentos desconfortáveis, e, repreendendo a si mesma, manteve sua feição ainda mais fechada.

Algo no forasteiro clamava por atenção, incitava admiração. Ele parecia lançar um feitiço contra quem atendia a tais clamores, mas a incerteza sobre qual era o impacto do encanto atormentava Caledrina como se fosse a pior das maldições. O que exatamente ele possuía, que o tornava tão destoante de todos os outros que ela já havia visto?

Mesmo sem ser capaz de explicar, os primeiros dez segundos de contato com aquele à sua frente bastaram para que a garota simplesmente soubesse que, durante as próximas dez noites, ao fechar os olhos, seria aquela íris, com aquele exato tom de azul, que veria. A admiração da menina para com o indivíduo ia além da posição agradável de seus cabelos, que emolduravam seu rosto como uma pintura antiga em exposição; era mais do que o bronze portentoso na pele. Era como se a própria natureza desejasse zombar do resto dos outros seres ao escolher a face de tal sujeito como sua favorita, concedendo-lhe afortunados traços.

Sustentando o olhar firme na jovem, o arauto, ainda com as mãos erguidas, esboçou um sorriso de canto.

— Achei que fosse alguém perigoso, mas é apenas uma menininha. — Relaxando os braços no instante exato do término de sua fala, o forasteiro, assustado, rapidamente os ergueu novamente quando, antes mesmo que pudessem alcançar as laterais de seu tronco, teve uma mecha dos longos cabelos aparada pelo arremesso de uma cortana, que apenas cessou o seu trajeto ao ser fincada no tronco atrás do mensageiro.

CAPÍTULO XV

De cabeça baixa, o desconhecido ainda encontrava um jeito de encarar Caledrina, de forma que seu olhar parecia atravessá-la como a lâmina arremessada há pouco, que quase fizera o mesmo com o pescoço do homem. À medida que o sorriso crescia em seu rosto, também aumentava o constrangimento da menina. Limpando a garganta, a selvagem decidiu assumir o controle da situação. Afinal, não era comum que se intimidasse, principalmente quando o assunto era... garotos.

Empinando a pontinha do nariz ao levantar a cabeça — que já estava bastante erguida —, fazendo o pescoço esguio aparentar ser ainda mais longo, Cally puxou outra cortana do cinturão grosso. A menina não gostou do tom sarcástico que o forasteiro usou para referir-se a ela. Relembrando a fala, sentiu gosto de sangue e ferrugem na boca.

— "Menininhas" também podem ser bem ameaçadoras.

Após olhar para a fina mecha de cabelo escura que agora já se unia ao solo terroso, com movimentos lentos, mantendo as mãos erguidas, o homem também elevou a cabeça, mas apenas o suficiente para encarar a garota com maior clareza.

— Obrigado pela demonstração de seu argumento. Digamos que foi um espetáculo... digno de aplausos.

Caledrina, com o líquido vermelho ainda fervendo em si, e expulsando toda a confusão e insegurança que há pouco sentira, aproximou-se do sujeito a ponto de quase tocar a lâmina fria em seu pescoço, fazendo-o levantar completamente o rosto, de modo que ela pôde ver até mesmo o movimento da garganta do desconhecido ao engolir a saliva. A guerreira não era uma garotinha, e ninguém poderia chamá-la daquela maneira novamente.

— Acha que luto por divertimento? Pareço estar num espetáculo? — questionou, erguendo a voz, sem se conter, depois de ser alvo da afronta.

O homem não conseguiu ocultar o sorriso involuntário que se formou em sua face, mas logo o expulsou pelo senso temeroso diante da perigosa desconhecida que mantinha uma lâmina rente ao seu pescoço. Cautelosamente, o estranho falou:

— Não me referi à luta, peço desculpas se assim pareceu. Eu quis dizer que... — Olhando para os lados, como se buscasse socorro ou algum jeito de fugir, enquanto mordia a língua, sentiu-se na obrigação de continuar o que, por culpa de sua grande extroversão, jamais deveria ter iniciado. — Referi-me ao espetáculo que é você. Você! Você é o espetáculo digno de aplausos. — Notando que a menina estava inundada em questionamentos depois de ouvi-lo, devido à dança confusa das sobrancelhas cinzentas da garota, ele pigarreou. — E a sua performance... ela foi digna de aplausos — disse, em alto e bom tom, por fim.

Piscando desenfreadamente, como se tal ato pudesse devolver a organização aos seus pensamentos, a garota fez o possível para não aparentar nenhuma modificação em sua postura, embora estivesse evidente para qualquer um que desfrutasse de mais de três por cento da visão que ela havia sido afetada por cada palavra. "Não! Vamos, Cally, foque. Esse não é um elogio diferente dos tantos que recebe na corte. Aquelas pessoas esperam garantir moedas em troca de elogios; este homem, no entanto, preza pela

CAPÍTULO XV

própria vida. Como todos os outros, não é real, é apenas barganha", pensou a menina.

— Explane — disse ela, vagarosamente, buscando arrancar qualquer mínima informação do sujeito, enquanto levava a cortina para mais perto da pele de seu refém. O sangue corria atemorizado nas veias dilatadas do rapaz. A jovem deleitava-se com a ideia de estar no controle de um combate, como se cada sílaba dita fosse um manjar que desejava saborear com calma.

— Desculpe-me — iniciou o forasteiro. — Mas sua beleza estonteante foi ressaltada quando a enfureci... ou talvez eu mesmo seja responsável por ter um gosto peculiar por... mocinhas ameaçadoras.

— Mocinhas... — repetiu Cally, sentindo um gosto amargo na boca. Ele fazia a palavra soar de forma incoerente com a guerreira experiente e destemida que era; estava longe de ser uma criança. Ele a enraivecia. Curiosamente, nos primeiros segundos que esteve na presença do rapaz, assim que o encontrou, ele a fez tremer as pernas, deixando-a nervosa e insegura, mas, poucos minutos depois, Caledrina já se sentia forte o bastante, e cheia de vontade, para quebrar-lhe a testa no tronco daquela árvore velha.

Abaixando as mãos pela primeira vez desde que seus fios pretos foram cortados por aquela que ainda empunhava a lâmina em sua direção, tão vagarosamente quanto seus movimentos, ele tornou a falar:

— Queira desculpar-me a ousadia, mas não poderia deixar de admirar seus traços uma última vez. Suas cores inusitadas também me cativam o olhar. Cinza é uma cor bastante incomum, o que me faz ter mais certeza da peculiaridade, e me atrevo a dizer até mesmo, da sorte em poder observá-la.

Sentindo uma fagulha rebelde formar-se em seu estômago, unida ao destoante desejo de rir, Cally arqueou uma sobrancelha, como se tal ato pudesse conter seus impulsos. O desconhecido se esforçava tanto para continuar respirando, que chegava a ser hilário. De qual livro infantil ele havia retirado todas aquelas falas?

— Você pede demasiadas desculpas.

— Sinto-me um ladrão pela simples ação de olhá-la. Como se, ao fazê-lo, estivesse roubando a oportunidade de outro ter a mesma sorte, uma vez que você permanece comigo. Como poderia não me desculpar se me fazes sentir feito um criminoso apenas por contar com um pouco de sua atenção?

Recolhendo o braço que o ameaçava, ela o instigou.

— Falas de modo engraçado, forasteiro. És poeta? — perguntou, imitando-o, na tentativa de descobrir algo a mais sobre o sujeito que, até o momento, não revelara nada além da primeira impressão que a menina tivera dele: uma sombra misteriosa.

— Só quando em frente a uma poesia — respondeu ele, num misto de audácia e receio.

Zangando-se por ainda não ter descoberto nada mesmo após minutos de conversa, farta de brincadeiras, a espiã dos selvagens repetiu, tentando parecer um pouco mais incisiva:

— És poeta?

O desconhecido com vestes de arauto, vendo a ponta da lâmina insinuando seu desejo de voltar a ameaçar o pescoço exposto, engoliu em seco.

— Poeta não, senhorita. Mas receio que talvez um mentiroso, sendo que lhe disse que admirar-lhe-ia os traços uma última vez e, no entanto, não pude deixar de fazê-lo por um instante sequer desde que me virei, e por este ato não pedirei desculpas novamente.

Calando-se pela ousadia personificada à sua frente, Caledrina perguntou-se nos aposentos mais secretos de sua mente como era possível alguém desfrutar de tamanha liberdade para falar tão desenfreadamente mesmo quando ameaçado. Julgando o sujeito o mais louco dos loucos, Cally também se questionou se loucos não seriam todos os que viviam reprimindo suas palavras.

Alargando o sorriso pela segurança de observá-la dar peso, em seus pensamentos, à sua última fala, o belo rapaz, que tanto rendia

CAPÍTULO XV

elogios a Caledrina, abaixou o olhar, encontrando as próprias mãos que, vagando perdidas, movimentaram-se até encontrarem abrigo uma na outra.

— Na verdade, como provavelmente já deve ter observado, sou apenas um arauto. Nada de interessante, como um poeta, ou misterioso, como um forasteiro da floresta. Apenas... um arauto — disse ele, limpando a garganta ao parecer buscar pelas palavras certas. — Há muito não tenho família, e embora goste de falar, não sou bom em fazer e manter amigos. Trabalho nesta função desde que chamei a atenção de alguns guardas reais ao interpretar um papel no anfiteatro quando jovem. De acordo com eles, eu possuía uma boa entonação, e quando me incumbiram o emprego, prometendo muito mais do que a miséria que estava acostumado, não pude recusar.

Por mais que desejasse passar certo nível de empatia, Caledrina sentia-se incomodada pela ausência de ligação dos fatos.

— Por que, então, encontra-se sujo, sozinho e perdido no meio da floresta?

Levantando o olhar para a selvagem, ele esbaforiu-se.

— Você é apressada. Já ia chegar nessa parte.

Lutando para não esboçar uma careta, embora deixasse escapar a formação de algumas linhas desiguais nos lábios ao torcê-los inconscientemente, Cally decidiu que talvez toda aquela liberdade com as palavras não fosse mesmo uma coisa tão boa, afinal. Engolindo a saliva para lubrificar a garganta, que aprendera a cuidar ao longo dos anos, o arauto preparou-se para tornar a falar.

— Sempre caminhei dentro dos trilhos por toda a minha vida. Servi a todos de cabeça baixa deixando passar cada maltrato em todos os lugares. Infelizmente o poder não dita apenas a quantidade de moedas que cabem no bolso de alguém; mas dita, principalmente, o quanto algumas pessoas podem humilhar outras, e saírem impunes por isso.

Abrindo um intervalo em sua fala, ele respirou profundamente, permitindo que a garota notasse como o ar se apresentava pesado, raspando em seus pulmões.

— Como bem deves saber — continuou ele —, além de proclamações solenes e anúncios de guerra ou paz, um arauto pode ser enviado para transmitir mensagens da coroa. Há tempos eu não era incumbido de falar algo que me fizesse sair do reino do norte, mas meu rei me enviou para entregar um comunicado a outro monarca chamado Iros, na corte dos oito... — Enrugando as sobrancelhas ao pensar melhor, o rapaz corrigiu-se. — Sete. Na Corte dos Sete. Quando isso aconteceu, vi a oportunidade de recomeçar, ter uma vida diferente. Sabia que seria difícil, mas essa era a minha única chance, e eu não tinha nada valioso o bastante que me causaria dor se fosse deixado para trás. Arrisquei, e vim com a esperança de algo novo. Ao lembrar que o rei provavelmente mandaria seus homens à minha procura quando, no tempo combinado, eu não retornasse. Sem contar que não tenho muita experiência com fugas ou atos criminosos, acabei caindo do cavalo por tamanha ansiedade... até perdê-lo de vez; por isso estou tão sujo. Logo em seguida você me encontrou. Talvez nessa corte eu consiga voltar a atuar, como sempre quis, desde criança. Sei que posso ser bastante desajeitado quando ansioso, às vezes também falo demais pelo mesmo motivo, mas se me visse interpretando um bom personagem, por certo me daria razão e...

Interrompendo a tagarelice do homem, Caledrina, com fúria, mais uma vez o prendeu contra o tronco, pressionando-o com a ponta de sua cortana. Durante o discurso do arauto, uma dúvida passou a gritar incessantemente em sua cabeça, encobrindo toda e qualquer palavra póstuma a tal informação:

— Qual mensagem carrega para Iros?

Voltando a tremer, enrolado, ele falou entre os dentes:

CAPÍTULO XV

— Não tenho permissão para lhe contar.

— Tem certeza de que irá manter o juramento ao rei que decidiu abandonar, acobertar um reino que nem deseja mais servir, e tudo isso enquanto seguro uma lâmina com minha mão nervosa contra o seu pescoço?

— O que significa uma mão nervosa? — O arauto cuspiu as palavras tão rápido, que Cally quase não pôde compreendê-lo. Ele transpirava por trás da ameaça iminente.

— Não vai querer descobrir, acredite.

Convencido pela firmeza daquelas palavras, lentamente, ainda que um pouco hesitante, o arauto voltou a falar:

— Iros solicitou que nosso exército se juntasse ao dele em uma guerra próxima. Eu estava levando a notícia de que ele pode contar com os reforços do meu povo.

CAPÍTULO XVI

Apertando o braço do forasteiro com a mesma mão que quase cortou fora o pescoço do homem, Caledrina o levava até o novo rei do acampamento.

Determinada e com o arauto sujo, agora amarrado, em sua companhia, a menina atraía olhares por onde passava; marchando, ela não desviou os passos do homem, obrigando o prisioneiro a acompanhar sua velocidade. As mãos presas atrás do tronco deviam roubar-lhe alguns pontos de equilíbrio, afinal Cally o sentiu tropeçar algumas vezes nas próprias botas, por mais que não estivesse olhando para ele durante o percurso até a maior tenda do acampamento, que pertencia a Kyrios Logos.

Deixando escapar um leve jato de vento pelos lábios fechados, emitindo um som de *"pssst"*, o rapaz tentou chamar a atenção da garota. Resoluta, Caledrina fingiu sequer notar a tentativa de contato.

Ela logo se enfureceu por ter de ceder espaço em sua carranca fechada, que atribuía certa seriedade em sua missão, a um espirro fujão. Em sua mente, Cally praguejou contra Anuza e seus cassinos tão gélidos. Limpando o nariz com a manga da blusa, a selvagem decidiu que preferia um corte exposto a um resfriado. Não havia nada que a fizesse sentir-se mais indefesa do que interromper suas falas bem colocadas, ou uma boa luta, apenas para atender aos impulsos tolos de seu corpo a cada esternutação.

Alcançando a entrada da tenda, segurando o desconhecido que sequer tentava fugir — embora estampasse certo nível de terror em sua face —, Caledrina esperou até que um dos guardas informasse a Kyrios que ela o aguardava. Inquieta, a menina pensou que o filho do Vento jamais havia levado tanto tempo para atendê-la. Nem mesmo o pai do novo rei demorava tanto. Talvez o peso da coroa realmente fizesse o rapaz dar passos mais lentos, afinal...

Ao descer o olhar até os pés da garota, que batiam no solo como se acompanhassem as batidas de um tambor acelerado, o arauto sujo recuperou sua concentração na entrada da tenda, ansioso por quem sairia dela. Contrariando o que sua mente imaginativa criara acerca daquele que se apresentaria, cheia de visões de um ogro grotesco, ou de um velhote barbudo repleto de cicatrizes, o rei daqueles que já havia escutado serem chamados de "selvagens" era um rapaz jovem, o qual aparentava ter idade semelhante à sua.

Com a mão de Caledrina ainda apertando o seu braço, garantindo que, de súbito, não pudesse sair correndo, o forasteiro percebeu que uma situação como aquela era muito incomum. Mesmo com poucas posses ou sem contar com as vantagens de um título nobre, no reino do norte sempre teve certa fama entre as meninas, que estranhamente sentiam-se atraídas por ele. Isso não significava que ele tivesse o hábito de tentar conquistar as mulheres, mas também não se recordava de dizerem "não" à sua frente, mesmo quando sequer oferecia uma pergunta. No entanto, a garota que o encontrou na floresta era, de alguma forma, diferente das jovens do norte. Tão rápido quanto sentiu-se ameaçado pelas lâminas — as quais a guerreira manuseava com destreza, demonstrando bastante familiaridade —, percebeu-se, ao mesmo tempo, fascinado, a ponto de tagarelar como fazia em algumas situações de ansiedade ou estresse. Concentrando todos os seus pensamentos na ponta de

CAPÍTULO XVI

um biquinho esboçado no canto da boca, o arauto tornou a olhar para Kyrios, desta vez, como um oponente que já possuía o respeito daquela que ele também desejava tão terrivelmente cativar.

O homem notou depressa que o rei dos selvagens era muito bem-apessoado. Os cabelos loiros caíam em mechas suaves sobre o rosto marcado. Fazendo uma careta, que logo cuidou para passar despercebida, o arauto voltou às suas feições costumeiras. Poderia jurar que Kyrios possuía as maçãs do rosto mais rosadas que já havia visto. Era como se as pintasse a própria face com os melhores pigmentos encontrados na floresta. À medida que o rei se aproximava para recepcioná-lo com um tapinha nas costas, a vastidão de detalhes aumentava; o forasteiro, acalorado pelo gesto, sorriu ao cumprimentar o monarca desconhecido.

— Ora, mas o que é isso? Podem soltá-lo, por favor. Agora este homem é meu convidado.

Desconcertado pela boa receptividade do rapaz de bochechas rosadas, evidenciadas pela pele clara, o arauto observou os guardas que, acatando as ordens, cortaram as cordas que o mantinham cativo. Ele sentiu-se, em primeira instância, incomodado.

— Venham, entrem! — Kyrios os convidou, puxando para o lado a cortina que permitia a entrada à sua tenda.

Conhecedor das maneiras de se apresentar a um rei, abaixando a cabeça, o arauto logo falou:

— Estou sujo demais para entrar em sua casa, senhor, ou mesmo permanecer em sua presença.

— Venha como estás — respondeu Kyrios, deixando claro que não se importava com o estado de seu convidado. — Perdão, mas ainda não sei o seu nome.

Era a primeira vez que o homem do reino do norte havia ouvido um rei desculpar-se, mesmo que apenas numa expressão. Hesitante, e até meio desconfiado, o visitante concluiu que aquele à sua frente se tratava do mais respeitoso e gentil entre todos os monarcas. Limpando a garganta para se fazer mais claro, ele respondeu:

— Meu nome de batismo é Yuhrrael Wesranl, mas pode me chamar de Kien, senhor. Todos me chamam assim. É meu nome artístico.

Revirando os olhos, Cally ouvia a conversa atentamente.

— Um artista! — surpreendeu-se Kyrios. Ele os amava. Todos eles. Amava suas expressões e ideias criativas, até porque ele próprio era um deles. — Também sou artista, embora não crie tão assiduamente como antes... eu costumava pintar telas no alto daquela colina.

Depois de seguir o olhar na direção apontada, até alcançar uma alta montanha, que parecia abrigar o Sol em toda a sua magnitude, Kien devolveu o sorriso.

— Venham, entrem — repetiu o rei para Caledrina e seu antigo prisioneiro. — Cally disse aos guardas que você veio diretamente das terras do norte! E o que o trouxe de tão longe?

Kien adentrou a tenda real atrás da figura que parecia combinar hombridade e leveza ao mesmo tempo, e notou como aquele rapaz possuía até mesmo o andar distinto. Era como se exalasse poder e graça a cada passo. Donairoso, Kyrios se assentou frente a eles, do outro lado da mesa de madeira.

Ajeitando os fios fujões do cabelo negro, levando-os para trás da orelha, Kien passou as mãos sobre as vestes manchadas de terra como se tal ato pudesse purificá-las.

— Eu trabalhava como arauto no reino de meu antigo monarca, e fui incumbido de levar uma mensagem a um dos reis da corte dos oito.

— Sete — corrigiu Cally, de braços cruzados, em pé próxima à mesa, com as costas recostadas sobre um pilar.

— Isso. Sete — pigarreou o homem. — Foi quando decidi tentar uma nova vida em outro lugar, já que, em meu reino de

CAPÍTULO XVI

nascimento, sou obrigado a cumprir um ofício no qual não me comprazo.

— Veja, deve estar com fome e cansado da viagem. Pedirei que tragam algo para que possa se alimentar, e disporei de alguns servos para que lhe auxiliem num bom banho, está bem? — disse Kyrios, enviando um dos guardas ligeiros para cumprir suas novas ordens com um simples aceno de mão.

Surpreso pela interrupção da conversa e sua motivação, Kien engoliu em seco diante de tamanha peculiaridade.

— O-obrigado, senhor — gaguejou, em agradecimento. — Na presença de minha antiga Alteza Real, sentia-me apenas um grão de areia. Até mesmo "sofri as consequências" por tossir enquanto entregava uma mensagem, atrasando assim os conhecimentos que pertenciam apenas à realeza, uma vez que eu era somente um mensageiro. Diante de ti, no entanto, sinto-me... bem. O senhor se preocupa com o bem-estar de seus visitantes antes mesmo de preocupar-se com o que podem oferecer.

— Agora diga, arauto. Conte ao nosso rei a mensagem que levava, e para qual dos sete reis ela se destinava — incitou Caledrina, descruzando os braços para estalar os dedos das mãos.

CAPÍTULO XVII

Como fazia uma vez por semana antes dos festejos noturnos ao redor da fogueira, Cally, ao lado de Kyrios, procurava alguns galhos. Adentrando o amontoado de árvores com raízes egoístas, que pareciam crescer umas por cima das outras, ela torcia para que o rapaz não se desviasse de outra enorme pilha de lenha já cortada pelo caminho. Desta vez, a menina não se sentiu incomodada por não saber o que dizer, nem ao menos tinha o desejo profundo de ouvir o filho do Vento falar. Kyrios, entretanto, demonstrava estar em silêncio por outras razões, como pensamentos longínquos focados nas novas responsabilidades, e na mensagem que seu novo hóspede, o arauto, carregava à Corte dos Sete. Ambos permaneceram calados no trajeto.

Pelo caminho, o rei encontrou um pedaço de madeira perfeito, o qual certamente queimaria por longas horas, mas notando a pouca disposição, provavelmente devido ao cansaço, daquela que o acompanhava, decidiu manter-se em silêncio, respeitando os desejos demonstrados pela menina de continuar quieta e de levar uma contribuição mais singela à fogueira. Poupando-a, Kyrios observou Caledrina recolher alguns gravetos finos e se contentou em acompanhá-la naquele momento, mesmo sabendo que eles durariam pouco tempo. Se fosse necessário, depois poderia ele mesmo adentrar sozinho a floresta e pegar mais recursos.

Retornando à presença de todos, a garota e o seu rei se direcionaram para alimentarem juntos a fogueira. Ao sentar-se sobre os calcanhares, abaixando-se para jogar os gravetos nas chamas que já começavam a se formar, Kyrios torceu para que suas mãos fossem vistas por Cally enquanto o fazia. Talvez, pensou ele, se a garota observasse os furos em suas palmas, ela se lembraria de como aquelas marcas haviam parado ali. Eles eram dele para ela. Os furos pertenciam a ambos.

Largando cada graveto com mais calma e paciência do que o necessário para uma tarefa tão simples como aquela, o rapaz aquecia em seu coração o anseio pelo olhar de Caledrina; talvez assim, lembrando que teria sempre alguém com quem contar, a amiga se sentisse melhor. Engolindo a saliva com dificuldade devido à garganta seca, Kyrios tremeu ao notar que apenas três gravetos restavam nas mãos da jovem. "Por favor, criação distraída. Olhe para mim", pensou o rei. Não queria exigir coisa alguma, ou cobrá-la por um sacrifício que havia feito justamente para que a menina desfrutasse da vida, e fruísse da liberdade de escolher onde colocaria sua atenção. Mesmo assim, o filho do Vento sentia por Caledrina ao perceber que ela preferia encarar as próprias botas do que levantar a cabeça e lembrar-se de que tinha um amigo ao seu lado.

Subitamente, ao largar o penúltimo galho na fogueira, Kyrios sentiu escapar de si a consciência de seus atos, como se o costume com aquela cena e o sentimento familiar que sempre sentia ao alimentar o fogo, dissipassem-se; como se o seu cérebro investisse tanto esforço em seus pensamentos que, ocupado demais, o rapaz se esquecesse de enviar impulsos para o restante do corpo. Permitindo que o último pedaço de madeira se despedisse do calor de suas mãos para alcançar o das chamas, permaneceu calado, lamentando internamente por Cally. Por vezes, já havia se questionado como ela poderia, depois

CAPÍTULO XVII

de tudo, ainda sentir-se tão indigna e distante daquele que, em seu coração, a considerava como parte da família.

De acordo com a tradição, os presentes deveriam levar lenhas correspondentes ao tempo que pretendiam estar diante das chamas, cantando e dançando ao redor da fogueira enquanto eram aquecidos por seu calor. Por essa razão, sem que percebesse, o cenho de Kyrios se entristeceu, justamente por entender que Caledrina desejava recolher-se para a sua tenda muito em breve e retirar-se da companhia dos selvagens.

O rapaz sentou-se ao lado de alguns corpos que, radiantes de límpida felicidade e certo nível de comoção, cantavam uma canção composta por apenas notas maiores, e o faziam com os pulmões tão cheios, que tal esforço os movimentava de um lado para o outro, não exatamente compassados com a melodia. Sem dizer uma palavra, Kyrios estudava a menina de longe. Como se ela fosse um livro repleto de palavras, ele se prendia em suas linhas, na esperança de que as próximas páginas a revelassem que estava em casa, em família. "Vamos, Cally. Olhe para mim. Você não está sozinha", ele pensou.

Com um biquinho, a garota levava os lábios da direita para a esquerda continuamente ao encarar algo além da fogueira; os olhos sequer se aperceberam que estavam pousados sobre as chamas que, incentivadas pelos selvagens, também bailavam. Caledrina, distraída, apertava a mandíbula, acariciando toda a sua extensão. Ela fez caretas ao sentir um dos fios cinzentos do cabelo voar para dentro de sua boca, conduzido pelo súbito jato de vento que soprara. Ao virar a cabeça, a fim de certificar-se não estar sendo observada em seu momento de constrangimento, a criação finalmente olhou para Kyrios. Levando a palma das mãos até o queixo enquanto apoiava os cotovelos sobre os joelhos, o general, agora rei, sorriu quando, com os olhos ainda presos na garota, testemunhou a cena. "Obrigado, meu pai", pensou.

Por alguma razão, a atenção de Kyrios pareceu pesar sobre os ombros da selvagem de tal maneira, que ela sentia-se afundando sobre a terra frutífera, assim como faziam as raízes. Sem tomar tempo para processar o que seu peito gritava a cada batida — uma mais urgente e apressada do que a anterior —, ela voltou a olhar para as chamas. Dentro de si, uma mistura de sentimentos desconhecidos pareceu conquistar espaço em seu peito, feito chuva caindo sobre um riacho, de forma inconstante e sem pedir permissão. Tal qual as profundezas da água, ela não conhecia o que seus pensamentos escondiam, tampouco compreendia por inteiro o que tais emoções significavam. Sentia-se sozinha, mesmo sabendo que de forma alguma estava; e se sentia triste por alimentar tais ideias. Implorando silenciosamente para que o estalar do fogo portasse o poder de fazer as ondas ociosas de seu coração evaporarem feito cinza e fumaça, como faziam com a madeira, ela buscou ignorar a ciência de ter os olhos do rei sobre si.

Pela primeira vez desde a estreia da Lua minguante no manto escuro que encobria o céu daquela noite, Caledrina não usava o laranja das labaredas apenas para esconder-se das íris azuis que lhe encaravam, mas, verdadeiramente, prendeu sua atenção na manifestação do fogo à sua frente. Subitamente, uma silhueta pareceu surgir das chamas e bailar para Cally, exibindo-se como faria uma bailarina da corte. Desinibida, a forma se movimentou até que, do contorno feminino, um relógio atípico pareceu se formar. Compassado com a cantoria, a cada segundo o fogo ardia mais, de forma que os ponteiros do relógio corriam correr descompassados, e Caledrina se lembrava de um outro que sabia já ter visto. As chamas pareciam acompanhar a troca de cada nota presente na melodia de acordes maiores — que pareciam aumentar gradativamente, cantados por gargantas que não se importavam se estariam doloridas no dia seguinte.

Caindo em si ao sentir um toque no ombro, a menina percebeu Dwiok tomar o lugar ao seu lado.

CAPÍTULO XVII

— Isi — sussurrou ela, de forma involuntária. Com a imagem do relógio de fogo ainda queimando em sua memória, trêmula, encarou o menino com os olhos bem abertos.

— O quê? — perguntou Dwiok, devolvendo o cochicho.

Sorrindo para afastar tais devaneios, apercebendo-se da confusão do menino, Cally deu um soquinho no ombro dele, limpando os dedos nas vestes do próprio garoto ao notar que este transpirava feito um porco. A respiração ofegante que fazia o torso do menino subir e descer pesadamente, e as mãos vermelhas marcadas pelas armas contavam a Cally o que as palavras não faziam; observando o estado do garoto, concluiu que ele estivera treinando até poucos minutos antes.

— Está mesmo animado para a guerra, não é?

Pressionando os lábios com força enquanto lutava para normalizar a respiração apenas com o auxílio das narinas, Dwiok esperou antes de, finalmente, responder à menina.

— Será minha primeira batalha e quero compensar todos os anos em que estive num ambiente que não era o meu lugar.

— Todos devem ter ficado tristes com esta decisão — disse Cally, gracejando ao passar as mãos na barriga.

— Ainda cozinho, mas não me dedico mais a isso. Não como antes. Se será um adeus às panelas, ainda não sei, mas certamente elas não se encaixam em minha vida no tempo que se segue. Acho que meu rei deseja que eu foque em outras atividades agora, e gosto delas.

— "Meu rei"... — Cally observou Kyrios. — Já o chama assim com tanta naturalidade...

— Com Arnalém, aprendi que tudo o que é, já foi; e tudo o que será, já é. O tempo funciona diferente com eles. Se hoje Kyrios é quem governa, sempre foi meu rei, e eu o servirei com a mesma devoção que tenho por seu pai.

— Uau. Você se apegou mesmo a eles enquanto estive fora.

— Eu cumpro a minha missão, e você, a sua. O que nos difere não é o que fazemos, Cally, mas como enxergamos o que realizamos.

Você é a criação aqui. Todos falam de você. Até os animais cochicham a seu respeito. Sei que às vezes pensa estar esquecida porque não escuta as conversas, e reclama que gostaria de mais intimidade, mas já a tem. É como um presente embrulhado sobre o seu colo. Você não precisa mais pedir por ele ou se matar para merecer ou conquistar, já é seu. Tudo o que precisa fazer é abrir os olhos e ter ousadia para desembrulhar. Todas as coisas que deseja já lhe foram entregues, a única pessoa que a impede de desfrutá-las é você, não Kyrios.

Bocejando após o término de sua fala, Dwiok espreguiçou-se. As palavras do amigo, carregadas de verdades, foram surpreendentemente ditas em um tom despreocupado — já lhe soavam tão naturais quanto os festejos noturnos do acampamento. O garoto era, provavelmente, uma das únicas pessoas que Cally permitia dirigir-se a ela daquela maneira. Por tudo que haviam passado juntos, Dwiok havia conquistado um lugar que o deixava confortável para dizer à menina o que quer que pensasse, então continuou:

— Acho engraçado como, às vezes, você ainda enche o peito para contar sobre seus feitos, ou sobre quantas pessoas traz na carroça por vez, ou mesmo como fica chateada quando não cumpre suas ilógicas metas mentais em prol dos selvagens, quando, na verdade, você é a razão do maior sacrifício da história, e ainda que nunca mais fizesse coisa alguma, jamais deixaria de ser inteiramente amada por aquele que desafiou bestas para reivindicá-la.

Hesitante, Cally passou a arrancar a pele dos lábios com os dentes.

Com um novo toque no ombro, Dwiok, ainda ofegante pela luta que há pouco travara, chamou a atenção da garota outra vez.

— Quem é aquele?

Direcionada pelo movimento de cabeça feito pelo menino, Caledrina levantou o olhar e encontrou um Kien perdido, tentando encaixar-se em meio à pequena multidão de corpos agitados.

CAPÍTULO XVII

Sentando-se ao lado oposto de Dwiok e Cally, Kien olhava admirado, e levemente assustado, para aqueles que, numa algazarra organizada, cantavam abraçados ao redor do fogo.

Incrédula ao perceber que o ser misterioso era capaz de proporcionar ainda maior graça aos olhos quando admirado através do brilho que, próxima às chamas, a pele alaranjada refletia, Caledrina revirou os olhos, como em protesto à própria opinião. O banho havia feito bem ao homem, o que quase o tornava uma afronta. A existência daquele sujeito seria material suficiente para que eruditos e estudiosos enchessem bibliotecas com livros sobre a origem do belo. A garota repreendeu a si mesma outra vez, odiando-se por pensar tais tolices a respeito de um forasteiro fortuito. Seus pensamentos, portanto, continuavam a se rebelar contra a sanidade, pensando no brilho que exalava dos olhos perdidos do rapaz frente à fogueira.

Abrindo um sorriso intimidador ao encontrar Caledrina em meio aos outros selvagens, o arauto a fez desviar o olhar, encabulada, e procurar refúgio entre as suas botas — algo que já havia se tornado um costume para a garota. Detestando-se ainda mais por ter baixado a guarda, demonstrando ter sido atingida novamente ao fugir dos olhos do homem, Cally endireitou a postura e buscou disfarçar sua inquietação. Não queria que o garoto ao seu lado percebesse; este, entretanto, já a observava boquiaberto.

Franzindo o cenho, e então quebrando a feição dramaticamente expressiva com uma gargalhada, Dwiok bateu os pés na terra como uma criança.

— Pelos céus! Será possível, finalmente, ter aparecido alguém que a faz deixar de ser dura feito metal de espada?

Com uma careta horrorizada, embora ela a esboçasse de forma natural, Caledrina demonstrou estar ofendida.

— O quê? Jamais! Este homem não passa de um forasteiro sujo e desorientado que encontrei vagando por um amontoado de árvores. — Notando a cara de tédio do menino ao, forçadamente, espreguiçar-se, a selvagem percebeu que necessitava de mais argumentos para ser convincente. Ela precisava convencê-lo. Ela precisava convencer a si mesma. — Ele trabalhava como arauto no reino do norte, mas sempre gostou mais de interpretação, por isso decidiu...

Inclinando a cabeça em compasso perfeito com a sobrancelha esquerda, Dwiok voltou a espremer os lábios como se estivesse contendo uma nova onda de gargalhadas e, colocando-se de pé, deu fim à fala nervosa de Cally. O menino passou a andar de costas, de forma que permanecesse de frente para ela enquanto aproximava-se daqueles que dançavam. Com as mãos abraçando um fantasma tecido de criatividade, ele bailava com o companheiro imaginário e lançava baratas imitações de beijos ao ar e, a cada novo passo de dança, divertia-se do desgosto que exalava dos poros da menina. Rindo uma última vez, ele finalmente permitiu que seus pés seguissem em linha reta, rumo ao seu destino original.

Furiosa, Cally bufou enquanto observava Dwiok saltitar. Dispersa das movimentações ao redor, distraída pelas provocações do amigo, Caledrina ainda bufava quando Kien assentou-se ao seu lado.

CAPÍTULO XVIII

— Vejo que é mesmo um mentiroso — cochichou Caledrina, embora não precisasse verbalizar seus pensamentos em tão baixo tom devido à alta cantoria que os cercava. — Na floresta me dissera que sua vida não era interessante.

Apreciando a tentativa da garota em puxar assunto e reconhecendo sua aparente falta de experiência em fazê-lo, o arauto ergueu as mãos como faz alguém que se rende, usufruindo de suas imitações baratas.

— Eu falei da minha ocupação, não de mim. Digamos que posso entreter alguém por tempo suficiente, ou pelo menos o bastante, para salvar meu pescoço de uma lâmina. — Gargalhando sem tanto humor, incentivado pelo som melodioso que Cally emitia ao sorrir ainda que de forma contida, Kien voltou sua atenção aos corpos dançantes. — O vinho daqui deve ser realmente forte para que cantem e pulem dessa maneira. Aquele de cabelos encaracolados dança como se tivesse sido aleijado por toda a vida e, de repente, houvesse recebido o dom de pernas firmes por uma noite — disse, ao apontar com o queixo na direção de um rapaz praticamente da mesma altura que a sua, sem se preocupar em movimentar outra vez as mãos que, agora, repousavam confortavelmente sobre as pernas.

Pela primeira vez, ao notar que Kien se referia a Dwiok, Caledrina riu de forma sincera. Com o olhar amansado, ela endireitou a coluna ao estudar o amigo.

— Está enganado. Não nos embriagamos aqui. — Percebendo que o homem não havia acreditado em suas palavras, Cally ergueu as sobrancelhas, acompanhando a crescente necessidade de compreensão que exigiam seus argumentos. — Não estou mentindo!

A menina sentiu uma onda de espirros que se aproximava sem introduções, desculpas prévias ou presença de cortesia diante de um forasteiro. Com a mão no peito, levantou-se de seu assento e se afastou da fogueira, a fim de não incomodar ninguém.

Apoiando a mão esquerda no tronco de uma árvore antiga que dava ligação ao início da floresta fechada, enquanto espirrava com o antebraço frente ao nariz, Cally notou Kien se aproximando.

— E você, qual é a sua história? — indagou a voz que aumentava em veemência, ao aproximar-se da menina.

Rindo, sem graça, num rápido intervalo de paz oferecido por seus dutos nasais prejudicados pelo resfriado, Cally falou:

— Você não entenderia.

— Desafie-me.

Para a menina, Kien, de certo, não sairia do acampamento; uma vez que a oportunidade de permanecer ali lhe oferecia algo que valia mais do que qualquer coisa: vida. Não encontraria nada parecido em outro lugar. Julgando-o absorto, a garota concluiu que ele não prestaria atenção nas questões que envolvessem qualquer coisa além de seu próprio umbigo, reconhecendo sua inaptidão em conectar pontos que não lhe causassem risco. Ela espremeu os olhos como se desejasse enxergar melhor algo distante de si, e, olhando o arauto de cima a baixo, decidiu falar com um leve risinho:

CAPÍTULO XVIII

— Digamos apenas que passo mais tempo fora do que dentro dos limites do acampamento. Trago pessoas de outro reino para se juntarem ao nosso exército.

Erguendo o queixo, ele a encarou, intrigado.

— Uma espiã? Quer dizer, então, que, além de possuir uma aparência aprazível a qualquer olho agraciado pelo dom da visão, também conta com um cérebro astuto a ponto de tão perigosa missão lhe ser confiada?

Desafiadora, Caledrina o encarou. Porém, nenhuma palavra foi pronunciada.

Sorrindo pela expressão da moça à sua frente, Kien continuou:

— Sei como descobrir a qual reino você finge fazer parte.

A menina odiava ser lida. Para ela, previsibilidade era algo reconhecido, em seus raciocínios noturnos, como fragilidade, coisa que lutara contra por toda a vida. Algo no forasteiro lhe incomodava tão incisivamente, que, às vezes, parecia sentir uma dor física, quase como se suas costas fossem afagadas por uma luva de espinhos. Ela detestava a presunção que transbordava dos olhos do rapaz ao pensar que poderia desvendá-la, e odiava ainda mais sua incapacidade de impedir que fosse inundada pelo que saía deles. Ainda que desejasse provar para o arauto, e para si mesma, que ele não contava com os talentos necessários para compreendê-la, ela sentiu uma pontada de curiosidade. Caledrina intrigou-se com as palavras que aguardava serem ditas pelo homem, depois de pensadas por aquele cérebro tagarela.

— Ah é? E como faria isso?

Esfregando as mãos como quem se aquece próximo ao fogo, ele preparou-se para a tão esperada revelação.

— Bem... — iniciou ele, sorrateiro. — Todos sabem que, diante de alguém com mais elevada classe social do que a sua própria, as pessoas de cada região se portam de diferentes maneiras. O cumprimento que a deixar mais confortável irá acusá-la de qual reino faz parte.

— Pois bem — concordou Cally. — Gostaria de vê-lo tentar.

Kien, incentivado pela dúvida da menina em suas afirmações, iniciou:

— Nos reinos do leste, por exemplo, quando estão na presença de uma nobre dama, os serviçais têm o costume de cumprimentar a moça com uma reverência, a qual descem tão baixo, que quase tocam a ponta do nariz no solo, seja ele qual for: gramado, pisos de pedra ou, até mesmo, terra pura, no momento da nobre aparição.

O sujeito, como se obedecendo aos comandos de sua própria fala, imitou o cumprimento. Ao vê-lo realizar tal ação, a selvagem deixou uma risada curta escapar por seus lábios, mas logo a reprimiu. Caledrina repousou as mãos sobre a cintura, mas não antes de fincar as unhas nas palmas como um ato punitivo por tal desatino.

— Com certeza não fazem isso nos reinos do leste. Ao menos não desta maneira.

— Ah, decerto o fazem! Já estive lá — respondeu Kien, ao abaixar a cabeça novamente, finalizando a reverência esquisita. — Já nos reinos do norte, de onde eu venho, temos o costume de nos ajoelharmos, tomarmos a mão da dama e, com um ósculo, darmos boas-vindas em sinal de que apreciamos sua presença, mesmo que sejamos nós os convidados em sua residência.

Sentindo a brisa noturna, Caledrina o viu se posicionando de joelhos, e, então, o arauto afastou das mãos da moça a borda de sua manga, a fim de beijar-lhe o dorso. A selvagem esboçou um sorriso antes de ele se levantar e tornar a encará-la novamente.

Dando graças pela escuridão da noite, por encobrir o constrangimento aparente em suas bochechas rosadas, Cally sequer questionou a veracidade da última saudação. Mas, verdadeira ou não, contrariando os costumes violentos que crescera mantendo em sua rotina, a garota desejou ser uma nobre de boa família de algum reino do norte, também quis receber tais cumprimentos com mais frequência, preferencialmente durante os supostamente tediosos e

CAPÍTULO XVIII

protocolares passeios matinais. Mas, sabendo que não se tratava de algo possível, sentiu algo estranho ao pensar em todas as belas damas que já haviam passado em frente ao homem que lhe segurara o braço.

— E há ainda outro! Este, particularmente, é o meu favorito.

Embora ainda encontrasse certa comicidade no tom de voz de Kien, enquanto este continuava imitando os cumprimentos de cada região, Cally parou de sorrir.

A menina, tensa, deu um pequeno passo para trás e encostou-se no tronco de uma árvore alta. Ao perceber que o arauto tinha a intenção de se aproximar dela, esticou a perna direita num impulso desesperado e involuntário, de forma que as solas sujas de sua bota atingissem o estômago do homem, garantindo a distância necessária entre eles. Com os pulmões ofegantes pelo desconforto, a jovem lutadora aguardou até normalizar a respiração.

Já acostumado com sujeira, Kien não se preocupou em limpar as vestes que agora estavam manchadas de barro. Endireitando a postura, ele posicionou as palmas das mãos na altura do rosto de Caledrina.

— Nos reinos do sul, os homens de todas as estirpes, classes e etnias, quando diante de uma nobre, como posso jurar, com base em seus traços e porte, que é o seu caso, aproximam-se até que estejam a mais ou menos nesta lonjura — disse ele, medindo a distância com as palmas das mãos, ousando permitir que seus pés o levassem para perto daquela que, há pouco, mantinha a sola da bota contra a sua barriga.

Os passos foram cautelosos e um tanto lentos, garantindo ao arauto que não seria atingido por um novo golpe surpresa. Parou, por fim, há menos de dois palmos da selvagem.

— E então... assim como nos reinos do norte, os cavalheiros cumprimentam as damas também com um ósculo... embora este seja em um lugar muito mais... específico.

Receosa, por alguns instantes, Cally foi acometida pelo que não saberia dizer ter sido uma súbita dor de cabeça ou a traição de seus próprios pensamentos que, cansados de sempre a acompanharem, decidiram ausentar-se por alguns segundos. Embora graça alguma fosse encontrada, a cena parecia não passar de um daqueles sonhos que fariam a menina rir ao acordar — ou praguejar; o tempo parecia não respeitar o conhecido embalar dos relógios naquele momento. Fechando os olhos por um instante, os quais não saberia dizer se havia durado um segundo ou sua vida inteira, caindo em si, com as mãos abertas, Caledrina empurrou o sujeito para longe, antes que os lábios de Kien tocassem os seus.

Não suportando mais vê-lo a encarando com aqueles já familiares olhos suplicantes por algo que ela, embora por curtos e insanos minutos, também almejara, usando de toda a força que possuía, Caledrina se retirou apressadamente em direção à fogueira, deixando-o sozinho na escuridão da floresta.

Ao abandonar o cenário de seus recentes devaneios formados por árvores altas, ela alcançou, com alguns passos largos, aqueles que ainda dançavam ao redor das chamas. Enquanto andava para longe de Kien, lembrava, em sua mente, da expressão estampada no rosto do arauto, como a de uma criança após quebrar o vaso preferido da mãe. Era como se, retornando de uma só vez após as recentes férias, todos os seus pensamentos decidissem compensar os segundos de ausência com a força e velocidade que alcançariam em todo um dia, mas de uma só vez. Em seu íntimo, Cally detestou a si mesma por não ter sido capaz de odiar o que quase acontecera debaixo daquela maldita árvore. Com as batidas de seu coração feito tambores acompanhando toda aquela cantoria, ela notou que os olhos de Kyrios estavam sobre ela. Então, antes mesmo de alcançar um lugar tranquilo para se sentar, não sendo capaz de permanecer nem mais um segundo ali, com o estômago ameaçando vomitar suas emoções, Caledrina correu até alcançar sua tenda, onde encontrou Ince repousando sobre a cama.

CAPÍTULO XIX

Revirando-se de forma que seus pés embolaram os lençóis já dispostos na ponta da cama, Caledrina finalmente deitou-se de costas, repousando as mãos, que imitavam a inquietação dos tornozelos, sobre o abdômen.

Ao fechar os olhos em grande pesar, ela lembrou-se dos episódios de extremo constrangimento da noite anterior. Cally contraiu a mandíbula e apertou os dentes ao rolar sobre a cama mais uma vez. A menina dividia seus pensamentos entre o amargo arrependimento de não ter emergido até a superfície de sua curiosidade e uma leve incógnita de como teria sido se tivesse ousado mergulhar.

A jovem bufou, afastando tais ideias. Ao sentir um forte clarão de luz repentino cegando seus olhos, sentou-se bruscamente no colchão devido ao susto que fez o corpo gelar.

— Kyrios? — perguntou, espavorida.

Escutando a voz da garota, o general saiu da tenda e parou à entrada, provocando outro clarão repentino ao abrir e fechar os panos, a fim de não ser um intruso na privacidade da selvagem. Ao fazê-lo, ele desviou cuidadosamente de uma cômoda de madeira ao andar sem o auxílio da visão.

— Cally? — gritou ele, mais num tom de desculpas do que de pergunta. — Não sabia que estava aqui. — Caindo em si ao perceber a presença da jovem ali, pigarreou antes de voltar a falar. Suas palavras soaram tão rápidas quanto o nervosismo encontrou o corpo da menina. — O que você está fazendo aqui? O dia já amanheceu!

Aquelas palavras a atingiram como um balde de água gelada. Pulando da cama, Caledrina expressou toda a sua frustração em um grito que fez Ince tombar no chão quando, assustado, caiu dos lençóis embolados.

— Você está bem? Algo aconteceu? Já deveria estar na corte! — continuou Kyrios, aos berros, do lado de fora da tenda, sem saber direito se deveria tentar acalmar a espiã dos selvagens ou repreendê-la por tamanho deslize.

Alguns selvagens que passavam olhavam com estranheza para o rei, outros seguravam o riso diante de tal cena.

Cally notou que o rei permanecia à frente dos seus aposentos, observando, através da estrutura da tenda, sua sombra caminhar de um lado para o outro. Com movimentos ágeis, a menina juntou algumas peças que pudessem deixá-la um pouco mais apresentável. Vagando o olhar pelas coisas dispostas no chão, notou a bagunça em seus aposentos; a menina sempre julgava ser melhor investir o seu tempo em qualquer coisa além de organização.

Abrigada por uma cortina que usava para se trocar, Caledrina rapidamente pulou para dentro de suas roupas.

— Pode entrar! — gritou ela.

Kyrios atendeu à instrução da garota esbaforida. Suspirando profundamente, ele buscou entender a situação.

— Como perdeu o horário?

Caledrina esforçou-se para não deixar transparecer sua agitação, e respondeu:

— Não sei. Eu... eu... eu simplesmente me esqueci. Vim dormir e... não cuidei do tempo.

Aproximando-se com as mãos para trás e passos leves, o rei dos selvagens não parou até que estivesse perto o suficiente de Cally para

CAPÍTULO XIX

tocá-la o ombro, mas não o suficiente para que fosse capaz de fazê-lo sem ter de se espichar.

— Você entende que o tempo é uma das armas mais poderosas que temos, não é? E que valorizá-lo é ir além de seguir uma mera solicitação. Se realmente deseja cumprir sua missão com excelência, respeitar o tempo é um dever. Sabe que os ponteiros se movem de maneira diferente quando impelidos pelo soprar do Vento, então, por vezes, teremos de correr, outras, simplesmente esperar, até que ele decida soprá-los novamente. Não é nosso papel conhecer apenas uma dessas opções, ou melhor, virtudes; lembre-se de que nenhuma delas se sobressai. Há magnitude em avançar e beleza avassaladora em aguardar. Preciso que esteja sempre atenta. Quando estiver cansada, venha e deite-se, mas no tempo certo! Se dormir na hora de partir, poderá perder a viagem e os portões se fecharão. Sabe disso. Você sempre pediu um alto cargo, mas não se esqueça que eles exigem responsabilidades.

— Eu sei — respondeu Caledrina, pegando suas coisas e preparando-se para partir.

— A esta hora a troca de guardas já deve ter acontecido. Não há mais como passar pelos muros sem ser descoberta. Não hoje.

Desmotivada pela fala de Kyrios, largando seus pertences no chão em sinal de desistência, a menina praguejou ao deixar que seu corpo exausto se sentasse no chão frio sem muita delicadeza.

— O que aconteceu ontem à noite para que se distraísse dessa maneira?

Arquejante pela surpresa da pergunta específica, Cally encolheu-se em si.

— Apenas estava me sentindo um pouco indisposta... por conta do resfriado! Por vezes disse à Anuza que seus cassinos são demasiadamente frios e...

— Só tenha cuidado da próxima vez, está bem?

— Sim... — A garota apenas se manteve calada, engolindo a saliva por saber que deveria complementar a frase com "senhor" ou "meu rei". Kyrios havia sido coroado recentemente, não deveria esperar que ela já se sentisse pertencente a ele como seus outros seguidores, ela pensou.

Encarando a coroa cravejada sobre os fios loiros, a qual ele aparentemente decidira adotar como seu mais novo artefato predileto, Cally cruzou os braços. Mas, ao alcançar as preciosas pedras coloridas da tiara, a jovem sentiu-se aliviada, assim como quando a chuva caiu sobre a sua pele pela primeira vez. Vê-las a lembrou de um costume dos reis da Corte dos Sete. Por poucas, ainda que existentes, vezes, já havia visto alguns dos dito irmãos passarem o dia trancafiados no quarto. Tratando-se de seres extraídos de Dunkelheit, eles nutriam uma espécie de hábito de nunca serem vistos com qualquer coisa que pudesse associá-los à fraqueza. Todos no palácio sabiam que se um deles não aparecesse em nenhuma das reuniões, festejos ou jantares por um dia inteiro, tratava-se de alguma doença, embora, como seres transcendentes à humanidade, nunca passasse de vãs enfermidades e leves indisposições dramatizadas.

Gudge certamente era o rei que mais usufruía de tal façanha, uma vez que venerava abarrotar-se de comida a cada festejo, e logo precisava de um dia para si após suas repentinas indigestões. O líder laranja se alimentava como se houvessem lhe lançado uma maldição em que aquele seria o seu último dia desfrutando do dom do paladar. Ordenando que os banquetes chegassem escondidos até seus aposentos noite após noite, em suas vestes de dormir alaranjadas, ele deliciava-se.

Caledrina nunca achou que ficaria tão grata por um resfriado, mas graças aos seus últimos espirros, se usasse bem as palavras, argumentando que havia se mantido presa em seus aposentos para que o povo da corte não associasse sua rainha a algo tão tolo quanto

CAPÍTULO XIX

uma gripe, poderia ter sua ação respaldada pelos outros monarcas. Ao não abrir a porta após a sétima batida dos guardas, entenderiam que ela não desejava ser perturbada, e associariam a atitude com as tosses dos dias anteriores, torceu a menina.

Alheio a todos aqueles pensamentos, Kyrios sinceramente preocupou-se com a selvagem.

— Cuide de si mesma, por favor. Da próxima vez que for atender aos convites de Anuza para ir a lugares que sabe que podem adoentá-la, experimente dizer que...

Interrompidos por um alto alarido proveniente do exterior da tenda, curiosos, ambos se encaminharam para fora, a fim de descobrirem a origem do estardalhaço. Alvoroçado, o povo rapidamente amontoava-se sobre o gramado ao redor de uma fila de carruagens — seis, ao total —, intrigados para descobrir qual ser ilustre necessitava de tão luxuosa caravana e por qual razão viajava até o acampamento dos selvagens. Os coches eram tão pomposos, que excediam a capacidade de descrição humana. O brilho presente em cada partícula de cor era intenso e cheio de vida, e, devido à sua exuberância, os tantos enfeites harmonizados em preto e dourado oscilavam sua cor natural quando vistos a olho nu. Muitos espremiam os olhos na tentativa de unir os cílios superiores aos inferiores, a fim de proporcionar algum tipo de alívio perante o festival anormal de tintura e luminosidade.

Perplexos pela impossível magnificência disposta bem diante de seus olhos, admirados, todos observavam, vidrados, os cavalos brancos galoparem de forma graciosa em compassos perfeitos, sem a necessidade de um cocheiro para guiá-los. Era como se soubessem exatamente o que, como e quando fazer. Frente a Kyrios, os quatro cavalos e as duas éguas brancas relincharam ao abaixarem o focinho e suas tão lustrosas crinas, curvando-se numa reverência perfeita, bem conscientes de seus movimentos. O equino de crina mais longa que atendia por Gehosaler, responsável por guiar a caravana de ostentosas carruagens, encarando o homem com a coroa na cabeça, disse:

— Senhor meu rei, é um prazer reencontrá-lo. — Ao falar, arrancou sons de espanto do povo ao redor.

O tom de voz do animal era assombrosamente grave. Sua aparência exótica era, estranhamente, assemelhada a uma figura humana de excelente postura e porte, não pelo formato da ossada, mas pela realidade contida na íris. Ele era excentricamente majestoso.

Transparecendo apreciar a reverência prestada, com um fechar de olhos e leve inclinar de cabeça, Logos assentiu em agradecimento a tal honraria.

— É um prazer recebê-los novamente, meu bom amigo Gehosaler. — Destoando do rei, que demonstrava familiaridade perante tais visitantes, os selvagens, boquiabertos, ainda se espantavam com o alarde de cada carruagem e seus cavalos falantes.

— Saudações, meu senhor! — exclamou a égua Juksalra, em alto e bom som, para se fazer ouvida pelo rei, sem conter sua animação em cumprimentá-lo.

Com um passo para a direita, o general pôde avistá-la melhor, posicionada em quarto lugar na fila da caravana, e sorriu em resposta.

— Olá, doce Juksalra.

Motivados pela boa receptividade do rei, também desejosos por se fazerem ouvidos, os outros cavalos disseram, em uníssono:

— Saudações, meu senhor.

Rindo o bastante para aliviar a tensão de alguns presentes, Kyrios cumprimentou os animais em resposta, tendo o cuidado de pronunciar corretamente o nome de cada um para que se sentissem devidamente vistos.

Demonstrando a felicidade pelo olhar radiante, eufórico, o líder dos selvagens perguntou ao cavalo Gehosaler:

— E onde está...

Antes que tivesse a chance de terminar sua frase, um ser fez a porta se abrir sem nem a tocar; desejando uma aparição triunfal, assentado recatadamente sobre o sofá de veludo vermelho abrigado

CAPÍTULO XIX

na primeira carruagem, aguardava pelo momento certo de se fazer presente.

Abaixando-se até que estivesse completamente deitado sobre as quatro patas, Gehosaler posicionou o coche a apenas alguns centímetros do gramado, facilitando a descida de sua senhora.

De forma cortês, compreendendo cada fragmento da situação, Kyrios caminhou até a porta da primeira carruagem, deslizando sobre os passos da mesma maneira que fazia quando desejava expressar certo nível de decoro e faustosidade.

Nada se viu sair da carruagem até que o rapaz estendesse a mão, quando, finalmente, um braço o alcançou com dedinhos enluvados e compridos. Kyrios alargou o sorriso quando seus olhos encontraram com os da mulher que há tanto não via.

Suntuoso, permitindo que a próxima visão do povo fosse a ponta de seus sapatos, seguidos pela extravagância de seu vestido, o ser azul, descendo pelas escadinhas da carruagem de mãos dadas com aquele que agora chamavam de rei, cumprimentou a todos com um sorriso de orelha a orelha.

— Isi! — vociferou Caledrina, atônita pela maravilhosa surpresa.

Substituindo as madeixas que pareciam ser feitas de nuvens arroxeadas, Isi exibia longos fios brancos que desciam retos e sem interrupções até o limite de seus pés. Por alguns curtos instantes, em seus pensamentos, Caledrina lembrou-se do seu primeiro contato com o nome da criatura de pele azulada. Havia lido as três letras em um dos manuscritos que restaurou com Dwiok na biblioteca de incineração. O texto revelava o relato de um homem que dizia ter visto as pontas dos cabelos azuis de Isi enquanto ela tentava fugir para se esconder do povo. Cally não havia pensado nesse detalhe até aquele instante, mas, ao ver a recém-chegada ao acampamento alardear as madeixas — que aparentavam, desta vez, serem feitas do mais alvo floco de nevasca, os quais a garota já havia visto em livros — a menina ficou intrigada, e se questionou a respeito de quantas outras perucas majestosas Isi devia possuir em suas peculiares coleções.

Ainda apoiada à mão do jovem rei, virando nada além do pescoço, de maneira tão veloz que remeteu à Cally uma coruja assustada, Isi buscou a garota na multidão de corpos curiosos. No momento em que seus olhos encontraram os de Caledrina, deixou Kyrios para trás e caminhou resoluta até a jovem, mantendo os passos firmes até alcançar a selvagem; a criatura andava como se todo o lugar não passasse de escuridão e a única luz fosse expelida pela garota. Sem recuos por parte do pequeno ser à sua frente, quando comparado à sua própria altura, Isi segurou firme a menina de cabelos cinzentos pelo pulso com a mão enluvada, e atravessou-a com o olhar, como se lhe perfurasse com uma espada de dois gumes. E assim como o corpo não é capaz de segurar o sangue para si quando perfurado, Caledrina sentia que estava prestes a expurgar todas as coisas que tentava lidar sozinha em sua mente; todos os pensamentos confusos e sentimentos, dos mais infelizes aos mais curiosos, que sentira em segredo nos últimos dias.

Com olhos esbugalhados, a selvagem encarou o ser que a segurava, descrente da veemente singularidade presente em seu olhar. Além do atípico tom amarelado que lembrava o de uma serpente traiçoeira, quando analisados por muito tempo, os olhos pareciam ainda mais hipnoticamente perigosos. Isi era ainda mais extravagante do que Cally se recordava. Era como se, em uma ópera, a criatura azulada possuísse maior barulho do que todos os cantores, mesmo se permanecesse calada. Prestes a encolher-se em si, imaginando que ali testemunharia o fim de sua reputação, a garota fechou os olhos, na expectativa de que Isi revelasse a todos a verdade sobre sua alma saturada.

Metamorfoseando o olhar ardente para dar espaço a um desconcertante sorriso, sem avisos prévios, Isi abraçou a jovem, fazendo-a se esquecer de onde deveria posicionar os braços — não que ela fosse capaz de mover um único músculo, nem se desejasse.

CAPÍTULO XIX

— Ah, garotinha tempestuosa, não sabes o quanto deixar de avistar a sua íris cinzenta faz com que todas as outras cores percam a sua vivacidade! — exclamou Isi, segundos antes que, desesperados para baterem as asas e libertarem-se do desconforto da viagem, todos os seus milhares de pássaros arrombassem as portas de cada uma das seis carruagens, criando um escarcéu como jamais antes ouvido ao voarem pelos limites do acampamento e colorirem o céu acima das tendas.

CAPÍTULO XX

Como corpos à deriva em um grande rio, que não sabem se devem apreciar a vastidão do manto ao azul ou desesperarem-se com a ausência de destino visível, e com a incapacidade de darem passos estáveis, o povo mantinha-se submerso nas águas contidas em cada partícula da pele azulada de Isi, incerto se os selvagens deveriam apreciá-la ou temê-la. Assentados no refeitório, prontos para o almoço, muitos deixaram a comida esfriar em seus pratos ao se atentarem em Isi com tamanha veemência, presos àquela que, de maneira loquaz, falava sem tirar um minuto para retomar o fôlego. Escutá-la era o bastante. Os selvagens desejavam apenas deleitar-se no privilégio concedido às orelhas, e, atentos à mulher, os cérebros esqueciam-se de seu ofício de enviar sinais aos estômagos e lembrá-los de sentir fome.

Isi era majestosa. Mesmo com a aparência atípica do nariz, reto e sem volume, similar ao de uma onça devido ao formato largo, e da ausência de pelos na sobrancelha, o ser de lábios fascinantemente volumosos, os quais excediam a largura das narinas, era magnificente. Com Cuco repousando sobre seus ombros enquanto gesticulava exageradamente ao falar, Isi contava a todos algo que encontrou em seu arsenal mental de contos descomunais.

À beira de uma das grandes mesas, Cally pensava se o olhar que recebera do ser azulado há horas não fora em nada sugestivo. Seria apenas uma coincidência? Algo poderia ser apenas uma casualidade ao se tratar de Isi? A menina se sentia incomodada por não saber o que a criatura sabia. Às vezes, achava que desvendá-la solucionaria todos os seus problemas, apenas pelo prazer de compreender os pensamentos do ser que fazia a terra tremer com um grito. Alheia às risadas dos selvagens, que se divertiam com as histórias aparentemente engraçadas de Isi, Caledrina afundou-se cada vez mais em seus devaneios e conjecturas.

Debruçada sobre a mesa, com a testa apoiada nos braços, tendo a escuridão como um incentivo às aspirações vertiginosas, Cally respirava, deixando o ar quente preso entre seu rosto e a mesa de madeira. Sufocada pela falta de ventilação, ergueu a cabeça alcançando diretamente os olhos de Kien, que, pousados sobre ela, a analisavam da mesa da frente.

A garota não entendia como ele poderia ser a razão de todas as suas dores de cabeça e, ao mesmo tempo, proporcionar um certo alívio cada vez que sorria.

"Ah, aquele sorriso...", pensava.

Perdendo-se da realidade novamente, mas desta vez tendo como motivo os olhos de traços escuros e tons azulados do arauto, Cally assustou-se quando, parando de falar, o ser azulado que há pouco deixara de dominar seus pensamentos assentou-se ao seu lado.

Arregalando os olhos amarelos ao ver a expressão exacerbada da garota à sua esquerda, desacelerando o movimentar de suas feições dramatizadas, Isi encarou Caledrina de forma que pareceu desligar suas emoções. Com a face relaxada, o ser não pronunciou uma única palavra antes de cair na gargalhada.

— Por que precisou de tantas carruagens? Não é como se todos os seus pássaros não coubessem em uma ou duas, devido ao tamanho de cada uma delas — arquejou Cally, antes que Isi tivesse a chance

CAPÍTULO XX

de abordá-la com alguma possível questão constrangedora. A criatura não havia visto o episódio desconfortável da noite passada; ninguém havia. Aquele temor natural que exalava dos poros de repente era, na verdade, um dos grandes malefícios de se estar entre os seres que tinham características sobre-humanas. Mordendo a língua, a menina desaprovou quando seus pensamentos lhe cochicharam que, na verdade, era um malefício apenas para aqueles que buscavam desesperadamente esconder algo, temerosos de serem descobertos.

Correndo os dedos compridos por cima do tecido brilhoso do vestido amarelo-ouro, Isi olhou para os seus elegantes cavalos que, pouco distantes das mesas, repousavam com as pálpebras fechadas, graciosamente.

— Além de vários pássaros, havia uma porção de vestidos, perucas, essências para o corpo, fragrâncias para os fios de cada peruca, aromas especiais para cada tecido dos vestidos e para as tendas, o alimento de Cuco, já que ele só pode ingerir uma semente especial desde que adoeceu ao cair daquela árvore alta quando se assustou com... — Interpretando bem o sinal que a garota passou ao cruzar lentamente os braços, Isi buscou falar de modo mais desapressado, embora sua entonação vocal permanecesse como a de um contador de histórias eufórico. Mas logo em seguida, esquecendo-se de manter a calma novamente, voltou a cuspir as palavras, gesticulando com as mãos como se desejasse transportar Cally para dentro de suas falas bem entoadas. — Enfim, além de alguns pertences deliciosamente específicos, as seis carruagens carregam, principalmente, os seis relógios restantes. A partir de agora, decidi mantê-los aqui, onde você está. Dessa maneira, quando o próximo ponteiro alcançar o seu tempo designado e despertar, todos saberemos que a hora de outro rei finalmente chegou.

Sentindo o estômago embrulhar ao som das palminhas curtas da mulher que, de tão alta, proporcionava sombra para todo o seu corpo, Caledrina recordou-se da primeira vez que vira os relógios acima da poltrona, na casa de Isi. Também se recordou, com uma vaga lembrança, de quando ouviu o primeiro badalar, indicando que a primeira parte da profecia se cumpriria em pouco tempo. Lembrou-se dos arrepios que, talvez devido à queda da pressão de maneira tão rápida, quase imperceptível, apresentaram-se ao seu corpo feito um dedo gelado na coluna ao ver a cabeça da rainha Saturn rolar diante de si; lembrou-se da dor sentida quando teve as asas e as raízes expulsas de seu corpo pelo Vento momentos antes. Como se de repente estivesse com frio, a jovem guerreira abraçou-se, correndo as palmas das mãos sobre a pele queimada pelo ardor do sol da corte.

Ainda em seu lugar, Cally virou-se em direção às carruagens, cujas sombras serviam como abrigo do calor aos equinos, que repousavam pacificamente. Ela as analisou por alguns instantes... exalavam um ar diferente quando observadas por alguém que tinha o conhecimento de que carregavam os relógios; e não eram quaisquer relógios, mas aqueles que prenunciavam a morte de cada um dos reis com os quais a menina se assentava cinco dias por semana.

Tornando a olhar para onde deveria estar Isi, outro já havia tomado o seu lugar ao tempo que o ser peculiar encantava alguns com suas ideias mirabolantes e irritava outros com seu linguajar insociável.

Levantando a voz, Isi levou a maior parte dos presentes a se juntarem a ela em um alto e forte coral animado. O gramado foi vorazmente regado pelos copos que, erguidos conforme a veemência de cada melodia entoada, chocavam-se uns aos outros. A água pura foi derramada pelos cantores que não precisavam do vinho para se alegrar, e por mais que Cally não estivesse assentada naquele círculo, também se deleitou ao dar um gole no líquido inexistente na corte, satisfazendo sua sede.

Os selvagens cantaram felizes até o anoitecer, e Kien, por vezes, arriscou dançar e fingir saber algumas das canções, embora estivessem claros seus tropeços em cada passo e palavra. O arauto olhara para

CAPÍTULO XX

Cally, na mesa à frente, até que a Lua, minguante e desinibida, o incentivou a se levantar. Prestes a praguejar pela coragem do homem de aparecer justamente quando ela deveria se retirar para não perder o horário mais uma noite, Caledrina sequer olhou para trás ao caminhar até a sua tenda, a fim de pegar os seus pertences. Ele não seria a causa de seu descuido, ela não lhe concederia tamanho poder; não outra vez.

Ouvindo os passos cada vez mais altos à medida que um corpo ainda desconhecido se aproximava, Cally apurou o passo até estar segura no interior de sua tenda. A ideia de estar a sós com Kien invadia os seus pensamentos como um espinho ao encontrar a pele desnuda. Cada aspecto dele a incomodava profundamente. Respirando fundo, com mãos ágeis, ela começou a jogar tudo dentro da mesma bolsa de pano marrom que sempre a acompanhava. Correndo os olhos pelo tecido grosseiro que já havia abrigado itens que iam de roupas finas a armas sujas, Caledrina perdeu-se em suas lembranças; imersa nas memórias remetidas pelos rasgos do pano, pensou no quão longe já havia ido.

Após enfiar as pernas nas circunferências fluidas pela ausência de firmeza do pano, deixou que os pés roçassem na borda do tecido elegante da calça até que alcançassem o solo outra vez. Ela havia adotado o hábito após a pele acostumar-se com a boa qualidade das roupas que a nova posição na corte proporcionava. Em seguida, pulou para dentro de suas botas, amarrando-as bem firmes, e passou a alça do bolsão por volta do ombro estreito antes de caminhar para fora da tenda.

Com a brisa noturna lhe fazendo companhia, a garota aproveitou para respirar fundo, desejando armazenar a pureza que pairava sobre o ar nos pulmões, que, em breve, certamente se cansariam outra vez. Ela desfrutou de seus últimos minutos no lugar onde o ar entraria por suas narinas completamente fresco, antes de mais uma semana na corte.

Ao se aproximar da árvore onde deixou Décius e sua carroça, uma voz a fez virar para trás.

— Tão cedo?

Ignorando a improbabilidade de suas sensações, Cally poderia jurar ter sentido os ossos bufarem, exaustos.

— E por que isso seria de seu interesse? Teve horas e horas para vir até mim e escolheu manter-se distante — rebateu a menina, sustentando os olhos em sua missão de jogar o bolsão por cima de Décius e garantir que estivesse bem firme. Estampando na face relaxada um sorrisinho de lábios fechados, ela inundou-se de gratidão ao notar que seu cavalo estava forte e bem alimentado para a jornada que o aguardava. Alguém, cujo nome ela não sabia, havia dado os devidos nutrientes ao seu companheiro de viagem, e, por aquele ato, ela estava apta a voltar à corte e trazer novas pessoas ao acampamento. Obediente aos seus impulsos, a selvagem acariciou o animal, deixando que seus dedos se entrelaçassem na crina que, sendo de um alazão real, era muito bem cuidada.

Kien abaixou a cabeça para sorrir, desconcertado.

— Quer dizer, então, que isso a incomodou?

— De maneira alguma. Só era um pouco inevitável não o notar ali me encarando, parado feito uma estátua, seguindo apenas com os olhos — imitou a menina. — A sua presença às vezes pode ser horripilante, sabia?

Rindo pela cena ali representada, o homem achou ter encontrado uma pequena fagulha, e desejou intensamente incendiá-la.

— Achei que eu fosse o ator.

Silêncio.

Sorrateiro e paciencioso, Kien continuou, cauteloso.

— Não me contará para qual província está indo? Deve ser mesmo uma boa espiã.

CAPÍTULO XX

Sentindo o desejo de tossir, mas garantindo a si mesma que sua vontade estava atrelada ao resfriado, e não à situação, Cally virou o rosto para atender aos seus impulsos.

— Achei que tivesse descoberto na noite passada. E não, não sou uma "boa espiã". Minhas qualidades transcendem qualquer palavra que seu pequeno intelecto possa alcançar. Não caibo numa definição tão curta. — Ela deu de ombros.

Observando-a montar no cavalo negro, que praticamente se camuflava na escuridão da noite, não aceitando recusas como respostas de suas investidas, o sujeito mudou de assunto.

— Não, está fazendo errado. Se segurar a crina desta maneira, ele poderá fugir do seu controle.

— Quem pensa que é para me ensinar algo sobre montaria? Faço isso há anos e nunca tive complicações. Exceto uma vez quando era criança e...

Caledrina percebeu que o homem, pronto para intrometer-se mais uma vez, nem a ouvia, mas analisava cuidadosamente Décius e seu comportamento. A menina perdeu sua linha de raciocínio sempre bem programada.

— O que pensa que está fazendo? — disse Caledrina, cortando sua própria fala.

— Certa vez, fiz algumas aulas de hipismo para interpretar um papel. Ao montar, endireite melhor a postura.

O arauto desmontava os argumentos até então muito bem construídos da guerreira como a água faz numa construção de areia.

— Não pode estar falando sério. Minha postura é ajudar...

Sentindo a espinha dorsal travar como a coluna de uma velha senhora em seu centésimo aniversário, Caledrina se enfureceu com a presunção daquele que insistia em afirmar que seu porte estava incorreto.

— Quanto mais rápido escutar e obedecer, mais rápido deixarei de ajudá-la e, infelizmente, de observá-la, então lhe devolverei a paz que tanto finge venerar. A não ser que queira que eu fique, aí pode tagarelar à vontade — provocou o rapaz, olhando, pela primeira vez, nos olhos da menina ao interrompê-la.

Ela não saberia dizer se fora algo naquele tom de voz, um feitiço lançado pela Lua ou o cansaço de seu próprio corpo, mas em algum lugar dentro do mais profundo de si, não odiou inteiramente a ideia de ter Kien por perto.

Por mais que houvesse conhecido o arauto literalmente quando ele perdeu o controle sobre o seu cavalo e o deixou fugir, a garota, ainda assim, escutou o conselho e endireitou a coluna já impecável. Ela queria provar para o homem à sua frente que era o suficiente; queria que ele a visse da forma como ela tão desesperadamente buscava convencer-se de que era.

Ele se aproximou, rodeando Décius, buscando por erros, e sussurrou:

— Mantenha seus braços sempre abaixo da linha do umbigo para não assustar o cavalo. Isso também facilitará a compreensão de seus direcionamentos.

Ouvindo palavras óbvias que lhe soavam mais repetitivas do que as odes direcionadas à fênix dourada na corte, Cally lutava, a cada instante, contra a urgência de interrompê-lo para provar que entendia do assunto. Em vez disso, algo dentro de si, que ela não sabia explicar a origem, fez com que se mantivesse calada.

Sem ser convidado, Kien se aproximou de Caledrina, colocando suas mãos nas costas da jovem, forçando-a a tomar a postura correta. O homem pareceu respirar mais firme, embora sua fala soasse ainda mais fraca.

— Concentre-se também em sua respiração. Deve tentar ocultar sua ingenuidade. Eles sentem quando nossos corpos, tensos pela inexperiência, temem não saber o que fazer.

Prestes a xingá-lo em nome das sete coroas — hábito que há muito não sentia a necessidade de fazer —, algo a interrompeu.

CAPÍTULO XX

Por estarem tão imersos na conversa, a bolha criada pelos dois foi perfurada sem que percebessem... e, de repente, estourou. Com a força de um trovão, e tão fugaz quanto um, surpreso demais para dirigir-se a Caledrina com um tom que não soasse feito uma pergunta, Kyrios a chamou:

— Cally?

CAPÍTULO XXI

Sentindo-se como uma criança levada ao ouvir a simples pronúncia de seu nome, que soara para ela como uma repreensão, Cally percebeu que o seu sangue fervia à medida que os olhos acompanhavam o arauto se afastando; ele, por respeito, decidiu deixá-la a sós com aquele que se aproximava.

— O que estava fazendo? — questionou Kyrios, calmamente.

— Kien estava apenas me orientando, passando algumas dicas de montaria que aprendeu com os papéis que interpretou — explicou a menina, sabendo que o questionamento acerca de **quem** estava com ela era mais relevante do que **o que** estava fazendo.

— E foram úteis? — perguntou o rei, com as mãos para trás, em uma excelente postura. Caledrina surpreendeu-se com a falta de espaço entre as falas.

Deixando de lado o desconforto que sentiu ao saber que havia um segundo par de olhos observando a tinta vermelha que passou a colorir suas bochechas, relaxando a musculatura tensa, Cally bufou, frustrando-se pela invasão. Incomodada até mesmo com o tom de voz sereno do general, rebateu:

— Poderiam ter sido de grande valia se não fosse certa intromissão...

— Neste caso, devo me desculpar?

— Não é apenas por isso que deveria pedir perdão.

— O que quer dizer? — perguntou Kyrios Logos, intrigado.

Empertigando-se, a garota revirou os olhos, mas graças à falta de luminosidade, ele não notou. Por vezes, achava que não conseguiria se suportar se estivesse na própria companhia. Sabia que, por ser impetuosa, era capaz de causar agudas dores de cabeça nas pessoas; ainda assim, não conseguia controlar os monstros em seus próprios pensamentos. Por vezes, tais monstros, cansados de permanecer apenas na imaginação, tramavam uma fuga e libertavam-se da mente da menina por meio de sua boca, que servia de portal à liberdade para as palavras que não conseguia conter.

Mordendo os lábios, ela percebeu que era tarde demais para voltar atrás, então deixou que os pensamentos, há tanto estancados, jorrassem para fora, feito água em uma represa rompida.

— Não aja como se eu já não houvesse feito tudo o que está ao meu alcance para agradá-lo. Sei que você é rei, mas também costumava conhecê-lo como meu amigo. Agora, nada parece ser o bastante para você. Não importa o que eu faça ou o quanto me dedique nessas... missões às quais sou submetida; mesmo que sempre as aceite a fim de demonstrar a você o que carrego. Não importa o quanto grite seu nome nas ruas, sempre está distante demais para ouvir... ou para se importar. Poderia exceder os limites e berrar até que vertesse sangue da minha garganta, mas não importa o quanto me esforce, você não me vê... não como eu mereço. Por anos tenho sido leal e obedecido ao seu pai. Quando será a minha vez de estar na linha de frente? Sabe que sou capaz, não sabe? Por que não confia em mim para isso? Cresci aprendendo que não há como não dedicar o meu tempo a nada; se optasse por não fazer coisa alguma, ainda assim o estaria investindo em algo: perdê-lo. Escolhi dedicá-lo a vocês. Vocês foram a minha escolha. No entanto, sinto como se sacrificasse minhas boas noites de sono por um povo que não reconhece o meu esforço. Como se nadasse com todas as minhas forças

CAPÍTULO XXI

contra a correnteza só para alcançar você, enquanto se distancia de mim, correndo na areia firme. Meus braços estão queimando, Kyrios; é exaustivo tentar alcançá-lo. E agora que me senti vista, não ouse arrancar isso de mim também, como já fez com absolutamente tudo na minha vida. O forasteiro me ofereceu algo do qual eu sentia falta. Ele me enxergou.

Caledrina abria ainda mais os olhos já esbugalhados, e respirava ofegante, de forma que o seu peito subia e descia, como se os seus pulmões arranhassem algo dentro de seu corpo, causando-lhe agonia. O rapaz permaneceu calado. Por alguns instantes, que pareceram, para ela, longos dias, ele apenas olhou para a figura impetuosa sobre o cavalo.

Os cabelos cinzentos da menina dançavam brilhantes sobre a capa escura, de forma que cada fio poderia ser contemplado individualmente. Ela era do tipo que quanto mais admirada, mais detalhes eram encontrados para admirar. Ainda que buscasse estar atento às palavras proferidas cheias de furor, para validar cada emoção arremessada sobre ele feito uma chuva de espadas, o jovem general a admirava com ternura, calado, tomando seu tempo por mais alguns instantes. Ele, por vezes, achava graça em como uma criatura vivificada pela brisa serena podia conter sentimentos tão espalhafatosamente ferozes. No entanto, lembrou-se rapidamente de que Caledrina era fruto do vendaval, e não havia nada de errado em demonstrar sua força — ela só precisava fazê-lo pelos motivos certos. Cally era revestida de coragem e pensamentos curiosos. A menina parecia a combinação perfeita entre a leveza da água e a voracidade da ventania, entre o frio intenso e o calor escaldante, tudo nos mesmos cinco minutos. Ainda assim, Logos não trocaria nenhuma de suas estações, afinal era criação de seu pai. Aquelas tantas dúvidas não o assustavam; ele a conhecia além delas.

A garota enfureceu-se ainda mais ao perceber que o rapaz apenas a encarava. Pensou que certamente o fazia de propósito, apenas para provocá-la. Por qual outra razão responderia com um silêncio tão longo?

— Não sabia que achava as missões na corte tão tolas assim — disse ele, quando julgou ser o momento certo, cuidando para pronunciar bem cada palavra.

Prestes a descer de Décius apenas para confrontar melhor aquele poço de serenidade, Caledrina bufou novamente, desta vez, ainda mais profunda e ruidosamente do que antes. Kyrios permanecia equilibrado e cortês mesmo em meio à discussão. Era como se ao tempo que ela desejava gritar e brigar, ele ansiava por apaziguar a situação e envolver a menina com o tom sempre calmo de sua voz. Ela não sabia se algum dia se acostumaria com aquele silêncio que, por tortuosas vezes, já lhe havia sido entregue como resposta. Naquele momento, a jovem era a chuva forte, enquanto o rei era a brisa que se movia suave entre as suas gotas.

Quando já estava convencida de que não receberia novas palavras, ela o ouviu falar novamente.

— Não se esqueça de que hoje pessoas descansam porque ontem você deixou de dormir para trazê-las até o acampamento. O fruto não precisa estar exposto para ser considerado um resultado, Caledrina. Seus esforços são como sementes no solo fértil selvagem; uma vez que bem desenvolvidas, trazem glória àquele a quem pertence a terra onde foram plantadas, e não ao nome de quem as semeou. Todos os que devem te conhecer, a conhecerão cedo ou tarde. Se a sua alma busca castelos, volte para a corte. No entanto, se procura um lar, aqui o encontrará.

Após o término daquele curto discurso, percebendo a tensão que mantinha as sobrancelhas juntas e a testa enrugada, Cally buscou relaxar os ossos contraídos, esboçando uma careta num gracejo imodesto.

CAPÍTULO XXI

— Não foi isso que eu quis dizer. Você sabe que amo a ideia de resgatar pessoas de dentro dos muros, apresentar-lhes água e... não importa, você não entenderia de qualquer maneira.

Batendo as botas no ventre do equino, a selvagem fez Décius dar meia-volta, preparando-o para partir. O animal, alheio à conversa, aquecia as coxas da selvagem com o calor do pelo. Iniciando o galope como forma de colocar um ponto-final na conversa, a jovem guerreira fez o cavalo parar quando Kyrios voltou a falar:

— Esse é o problema. Você gasta todas as suas forças para tentar conquistar algo que já lhe pertence. Já conta com toda a minha atenção, menina. Não sei o que ainda preciso fazer para que entenda isso de uma vez por todas.

Embora suas palavras aumentassem a velocidade conforme proferidas, Logos manteve a postura firme e as mãos unidas atrás do corpo, e continuou:

— Você disse também que desejava que eu a olhasse de forma significativa. Pois bem, imagine isso: passei tantos dias e luas ouvindo o meu pai contar sempre as mesmas histórias a respeito da criação mais bela de todas, discorrendo como ansiava o seu retorno para casa, que as decorei e repetia para mim mesmo antes de dormir, ainda menino. E quando o desejo do meu pai finalmente foi realizado, e aquela pensada por ele veio até o acampamento, também passei a admirá-la, provando da veracidade das palavras do Vento. Comecei a observá-la e a me preocupar diariamente com o tempo que teríamos para desfrutar de sua presença. Não lembro de um dia em que não tenha ansiado pela sua companhia, pelo momento em que confiaria em mim e buscaria minha amizade como sempre desejei pela sua. Talvez você não goste de ouvir isso, mas outros poderiam fazer o que você faz. Diferentemente do que pensa, suas habilidades não são insubstituíveis para nós. Ainda assim, você as executa de uma maneira que apenas você sabe fazer. Não é indispensável, mas é única. Eu a amei como meu pai a amou, a ponto de, pela mesma razão, decidir me entregar à tortura para que você pudesse permanecer aqui, em casa. Mas agora, pergunto-lhe, criança tempestuosa, isso não é receber valor significativo?

Sem querer dar tamanho crédito às palavras, Cally não voltou seus olhos para aquele que as pronunciava, mas ouviu tudo de costas. Incitando à fervura de seja lá qual fosse a fonte que borbulhava dentro de si, a jovem lutou para não ser amansada com um punhado de frases outra vez. E, não encontrando necessidade de virar-se para Kyrios — já sabendo exatamente como ele estaria posicionado —, cutucando com os artelhos o ventre do equino, sem dizer mais nada, ela se foi.

Durante todo o percurso, a garota teve a sensação destoante da realidade de ter asas no lugar dos braços, como se pudesse voar, mas, ao mesmo tempo, percebia-se atraída pela terra como se esta desejasse puxá-la profundamente até que fosse capaz de enterrá-la. Sentia-se desconexa, como se apenas se assistisse viver. Como se estivesse fora de si. Da plateia, tinha a visão perfeita de si, observando-se tornar o que considerava ser uma bela e inenarrável imbecil.

Do dia para a noite, Caledrina não se sentia mais pertencente a lugar algum. A corte não era mais a sua casa. Era apenas o lugar onde mentia, entrava todas as semanas escondida pelo túnel abaixo da cama, de onde ajudava pessoas a fugir e cujos governantes ela se preparava para matar. Não, a corte não era o seu lar. Todavia, o lugar que tão bem lhe acolhera e fizera compreender coisas belas sobre o amor também não proporcionava mais a satisfação pura e faustosa da qual se lembrava. As tendas não pareciam mais cativantes e acolhedoras como antes. O acampamento não lhe servia mais, não havia espaço o suficiente para ela e a bagunça de sua mente. Ao menos durante aquele momento, Cally concluiu que era a sua única moradia. O casulo de seu corpo era a única coisa que jamais a abandonara. Mas aquele sentimento que antes era comum, apresentou-se mais gélido desta vez, depois de já ter sentido o soprar do Vento.

CAPÍTULO XXI

Era como se, com a mente repleta de entulhos, a menina pouco se importasse com o pó que pairava seco sobre o ar de seus devaneios. No entanto, a menor das partículas de poeira já seria desconfortável aos olhos, uma vez que já havia tido dias de intimidade com a água.

Num riso sem humor que mais soou como um resmungo, Caledrina soube que não havia lar mais instável do que aquele construído sobre si. E enquanto as vigas que deveriam sustentá-la estivessem na própria menina, jamais estaria segura.

Tamanho era o seu delírio que mal notou quando passou pelos guardas, já cega pelo costume. Caiu em si apenas quando, após rastejar pelo corredor estreito, abriu a passagem debaixo de sua cama e bateu a cabeça no estrado de madeira.

CAPÍTULO XXII

Por mais que já tivessem se passado algumas horas desde que soltara as bruscas falas para Kyrios, as fagulhas de tensão ainda queimavam o corpo de Caledrina de vez em quando, como uma onda de calor levada e trazida constantemente pela correnteza. A menina buscava se acalmar, então sentou-se diante da grande mesa de apostas e jogos de azar. Cally não havia enfrentado grandes dificuldades para convencer a todos de que passara três dias em seus aposentos; para simular a aparente enfermidade da menina, a serviçal homenzinho havia tossido por trás da porta do quarto.

Analisando os movimentos rápidos e os sorrisos calculados de Anuza ao jogar os dados de ossos — e cochichar alguma coisa a um homem de vestes pomposas sentado ao seu lado —, a garota estalou os dedos das mãos enquanto pensava em Kyrios e em sua petulância. Ele poderia até ser rei, mas jamais seria seu senhor para tratá-la daquela maneira, pensou a selvagem. O que será que ele pensava sobre ela? Que era uma rebelde? Caledrina refletiu se ainda não havia deixado claro o suficiente para o jovem general que, diferentemente dos outros soldados, não poderia ser domada, mas decidiu que se encarregaria de esclarecer isso.

Anuza vestia-se com um longo vestido de tecido esvoaçante da cor das sombras, e o brilho dos olhos azuis reluzia veementemente, a ponto de competir — e, provavelmente, ganhar — com as chamas das tochas que alumiavam as extremidades de todo o cassino. Rindo com a voz mais fina do que o normal, levantando-se de sua cadeira, ela debruçou-se sobre a mesa lentamente, movendo os ombros e o tronco para frente ao fazer uma espécie de barreira com os braços. E, apanhando a enorme quantidade de ouro com as mãos, voltou a se sentar.

 O tilintar das moedas arrastadas, caindo dentro dos sacos, gerou felicidade na rainha vermelha, que gargalhava de forma escarnecedora enquanto virava outra taça, evidenciando as enormes e afiadas unhas, parecidas com as garras de um felino. Com a maior parte dos presentes deslizando no cassino em vestes finíssimas, baixando o olhar, a menina olhou despreocupadamente para o traje azul-violáceo que usava. Suas pinturas faciais também estavam particularmente mais sombrias do que o habitual naquela manhã. Os olhos borrados de preto eram tipicamente comuns entre os moradores da corte, no entanto, tão forte estava o pigmento aplicado em seu rosto, que Cally tinha a sensação de usar uma máscara. Muitos ali provavelmente sentiam o mesmo, ou talvez não, devido ao costume, pensou ela.

 Os fios prateados da garota eram lisos demais para acompanhar os penteados comumente usados pelos nobres, apesar disso as servas e escravas responsáveis por sua arrumação sempre tratavam de solucionar o problema. Em cada festejo e ocasião especial, elas deixavam o cabelo secar enrolado com fitas e mais fitas de cetim até adquirirem um aspecto mais... volumoso, como costumavam chamar.

 Sentadas em uma mesa que ficava em um canto um pouco menos gélido do cassino — a pedido de Caledrina —, as rainhas, já prontas para o festejo que aconteceria em poucas horas, entretinham os jogadores embriagados com suas presenças. Enquanto Anuza erguia a mão para o alto, solicitando mais uma taça de vinho, Cally carregava as feições de uma viúva enamorada pelo falecido marido em sua primeira semana de luto.

CAPÍTULO XXII

— Quem morreu? — perguntou Anuza, com desdém.

Quase não notando a fala da rainha vermelha, disposta a responder com o mesmo desapreço que recebeu, a garota deu de ombros.

— São apenas as minhas enxaquecas.

— Você deve ser uma miserável para sentir tantas dores assim. Passar os últimos três dias trancafiada não foi o bastante? Bem nas vésperas do dia de vertigem, ainda por cima!

Alguns nobres, já bem arrumados para o evento que se seguiria, pousaram o olhar sobre Caledrina devido à pouca discrição da fala da monarca da facção vermelha. Notando-os, a menina limpou a garganta.

— Se não tivessem sido o suficiente, eu não estaria aqui, não é?

O rosto avarento de Anuza estampou um sorriso maldoso. Ela, sem tirar os olhos da jovem rainha que a acompanhava no cassino, ergueu a mão pela segunda vez solicitando outra taça. Quando o vinho chegou, Anuza o entregou para Caledrina.

— Prove. Já que não sofre mais com tais dores, não terá a desculpa de que a bebida as intensificaria.

Desde que se tornou parte dos selvagens e ganhou uma tenda no acampamento, a menina nunca mais bebera o vinho sem mistura da corte, pois não condizia com a cultura que acolheu como sua, sem contar que, se ingerisse o líquido vermelho, poderia comprometer a sua missão. Mas, naquele momento, parecia não fazer diferença; sua cabeça sequer precisava do incentivo do vinho para girar. Com a musculatura retesada, confusa e zangada, querendo desesperadamente afogar todos os seus tormentos naquela taça de ouro, Caledrina a aceitou.

Desacostumada do efeito da falta de mistura na bebida forte, os goles iniciais pareceram descer perfurando sua garganta; os finais a transportaram até um lugar onde não ousaria sequer pronunciar o nome de Kyrios. A cada gota que ingeria, era como se engolisse, também, a culpa. O tormento, no entanto, permanecia, ainda que o motivo não pudesse mais ser nomeado.

Cally pareceu viver as horas seguintes entre intervalos de contínuos borrões. Se um assassinato acontecesse bem na sua frente e os guardas reais a chamassem para depor, tudo o que conseguiria dizer seria que compreendera o prazer de Anuza quando, gargalhando de forma extravagante, recolhia novas moedas de ouro na mesa. Diria também ter visto, numa espécie de lapso colorido, o interior de várias taças, dispostas sobre o próprio rosto erguido, e o espetáculo do abrir de asas de Anuza em cima da mesa de jogos, aclamado por fortes aplausos, até que a rainha proporcionasse alarde ainda maior, caindo inconscientemente sobre o próprio saco de moedas.

Abrindo os olhos como se tal ato involuntário demandasse desmedido esforço, Caledrina tinha sua serviçal particular e várias outras lhe abanando e molhando sua testa com lencinhos umedecidos por uma essência medicinal. Naquele momento, ela pagou por todas as vezes que mentiu sobre estar com dores fortes na cabeça, sentindo algo que se assemelhava à soma de todas elas.

— O festejo do dia de vertigem já está iniciando, senhora — avisou uma das escravas de orelha furada do palácio.

Piscando demoradamente ao tempo que se levantava, auxiliada pelas mãos prestativas, a garota notou estar no corredor que levava até a parte mais alta do salão real, onde ficavam os sete tronos. Apercebendo-se de seu estado e dos olhos apavorados que a encaravam, transtornada, a rainha roxa questionou:

— O que estou fazendo neste corredor? Por que me trouxeram neste estado até aqui? Não posso ser vista assim!

A menina cambaleou ao se levantar, e, com mãos agitadas, esfregou o vestido amassado. Seus cachos já desgrenhados desmanchavam-se ainda mais a cada movimento.

CAPÍTULO XXII

Encolhida por ter os olhares das outras servas e escravas direcionados para si, com um passo à frente, uma moça de cabelos ruivos e olhos verdes se apresentou.

— Bem, se-senhora — gaguejou —, tentamos mantê-la em seus aposentos, mas a senhora insistiu que estava bem o suficiente, e que sua presença era imprescindível no festejo e na cerimônia que o seguiria. Acatando suas ordens, nós a trouxemos até aqui. Foi quando Vossa Majestade caiu de novo e...

Desacreditada da situação, a garota teve o seu cérebro perfurado por todo aquele falatório. Com um breve aceno de mãos, a rainha calou sua serva.

Ainda que, provavelmente, não contasse com todos os seus neurônios devido às enxaquecas que lhe acometiam — com apenas alguns curtos intervalos de alívio —, Cally, como monarca, reconhecia a importância de estar presente nos eventos do dia de vertigem, que passaram a ocorrer duas vezes por ano. Não estava acostumada àquela quantidade de vinho sem mistura, mas ninguém a escutaria reclamando de sua situação. Nem mesmo o embrulho que sentia no estômago, unido às fortes pontadas na cabeça, seriam o suficiente para que ela engolisse o orgulho e voltasse para a cama.

Caledrina estava prestes a deixar a temperatura gélida do corredor real quando ouviu o forte estrondo das portas do palácio — que davam para o salão dos tronos — abrindo-se, e a balbúrdia do povo. Antes mesmo que os guardas confusos entendessem quem era o ser imundo que entrava no palácio portando-se como um nobre, num misto de choque e dúvida, Anuza berrou em tão alta voz, que fez todos os presentes se arrepiarem:

— Leugor?!

CAPÍTULO XXIII

Todo aquele escarcéu apresentava-se a Cally como um sonho estranho. Embora próxima o suficiente do salão dos tronos, ela sentia-se distante de toda aquela movimentação. Se desse alguns passos a mais adiante no corredor, passaria o vexame de estar inapresentável diante de todos; talvez realmente fosse melhor voltar para a cama. Confusas, sem saber o que deveriam fazer, as serviçais e escravas da corte olhavam para a monarca atentamente, tentando prever cada um de seus passos, a fim de ajudá-la a se manter firme.

Caindo em si, como se o próprio cérebro a houvesse traído — contando-lhe o nome bradado por Anuza apenas alguns segundos após o acontecimento —, Caledrina arregalou os olhos antes de, involuntariamente, levar a mão esquerda à testa suada, por conta de uma nova pontada de dor.

— Leugor não era o irmão gêmeo morto de Anuza?

Atrevendo-se a corrigir a rainha roxa, uma escrava de orelha furada falou, muito baixo:

— Na verdade, senhora, estava desaparecido. Ausente por muito tempo, mas apenas desaparecido. Ninguém sabe o que realmente aconteceu. A única coisa que temos conhecimento é de que Leugor era o rei guardião da bandeira azul, até que um dia sumiu, então Anuza decidiu unificar a sua facção à dele. Sempre senti pena da rainha... ela pareceu sofrer mais com o sumiço do irmão do que os outros reis.

 Embora sentisse a cabeça girar, Cally decidiu que não se renderia à cama. Com o retorno do monarca, o salão provavelmente estava um tremendo caos, pensou a rainha roxa; então determinou que não perderia a chance de conhecer o rei por uma mera dor de cabeça. Entre os que mataria ao soar dos relógios de Isi, Leugor era o único que Caledrina ainda não havia encontrado. Certa curiosidade invadiu os pensamentos da garota ao imaginar que, finalmente, conheceria o irmão gêmeo de Anuza. Em uma conversa com Arnalém, Cally descobrira que eles eram os únicos verdadeiramente com o mesmo sangue. "Seria Leugor tão desequilibrado quanto a irmã?", a jovem se perguntou. Após percorrer o corredor, antes de entrar no salão, decidiu que alguns minutos apoiada na parede recuperando o fôlego seriam suficientes para aguentar o restante do dia. Assim, permaneceu ali, respirando fundo, certa de que, em alguns minutos, precisaria dar o seu sorriso mais radiante ao entrar no salão, e, então, cumprimentar o rei perdido — deixando seu poderio bem estabilizado perante ele e o povo — e, ao final do dia, retornaria à sua cama e se enrolaria nos lençóis de seda pura. A jovem rainha, sabendo estar sendo segurada, lutou para respirar fundo o ar seco da Corte dos Sete e seguir adiante em direção ao salão. As várias meninas, preocupadas, a acompanhavam, mantendo as mãos próximas ao seu corpo, como forma de prevenir uma nova queda.

 — Onde esteve? — Fez-se ouvir a voz de Iros pelo corredor, grave e assertiva como sempre.

 — Desbravando o mundo — respondeu o rei. Mesmo em meio às distrações causadas pelas náuseas, as quais causavam ondas de calor no corpo da menina, Caledrina julgou que aquela voz pertencia a Leugor, e, embora desconcentrada, ela sentiu algo diferente ao ouvi-la.

CAPÍTULO XXIII

— Quer dizer que deixou a corte, o seu povo, os seus irmãos e as suas responsabilidades para... desbravar o mundo? — questionou Ince, no costumeiro tom passivo-agressivo.

Ainda apoiada na parede, a garota aproximava-se dos tronos; agora, apenas a porta exclusiva aos monarcas, que conectava o corredor ao salão, a impedia de vê-los. Enquanto as vozes dos dito irmãos ecoavam firmes pelo corredor real, Cally pensou ter escutado Prog bocejar.

— Foram as chamas de Dunkelheit, ansiando por grandeza, queimando dentro de mim, que me motivaram. Não que eu, por vontade própria, já não desejasse me ausentar desse ninho de loucos por alguns anos... mas jamais ousaria ignorar os desejos da fênix.

Leugor possuía um tom de voz deleitável, grave, que se assemelhava levemente ao de Iros. Cada vez que novas palavras saíam da boca do rei azul, a menina sentia como se o chão tremesse, e poderia afirmar que o efeito era o mesmo sobre todos os outros presentes.

— Ora, seu... — bradou o responsável pela bandeira preta, com seu timbre inconfundível — garotinho mimado e petulante! — explodiu, abrindo as asas num impulso. — Fugiu de todas as responsabilidades e, agora, o que aconteceu? Viu que não existem escravas tão belas quanto as de nossa região? A comida fora dos limites da corte não era boa o bastante? O que o fez voltar? Ou melhor... que impulso caprichoso o trouxe de volta para dentro de nosso território? Achamos que estivesse morto, e não sabe o meu extremo desprazer ao perceber que estávamos errados.

Invadindo o silêncio que seguiu a fala do rei, palmas fracas se fizeram ouvidas, seguidas por uma gargalhada carregada de desdém. A reação vinha, claramente, do homem ao qual as ofensas de Iros haviam sido direcionadas. A plateia composta de nobres, de homenzinhos e até mesmo de famintos — presentes duas vezes por ano no palácio, apenas para o dia de vertigem — não ousavam emitir um som sequer.

— Belas asas. Você e elas cresceram mesmo, hein, irmãozinho? Estou vendo que aprendeu a evoluir suas cenas dramáticas também. Assim que retomar o meu posto como guardião da bandeira azul, ficarei feliz em oferecer-lhe um lugar especial nos meus palcos, se a oportunidade o interessar.

— Cuidado como fala comigo, imbecil. Sou Iros, o favorito de Dunkelheit. Aquele que mata e destrói; também sou mais velho do que você. Já teve suas asas arrancadas como punição por seu último erro antes de desaparecer, não vai querer que sua cabeça tenha o mesmo fim.

— É aquele que provou mais uma vez que eu estava certo... você é apenas uma cena — caçoou Leugor.

Descendo as escadas que elevavam os tronos, de maneira revoltosa, como se carregasse uma fúria banhada nas chamas mais quentes da fênix dourada, Iros foi interrompido pelas unhas de Anuza, que, feito garras, adentraram no braço forte até cortarem a segunda camada de pele e alcançarem pequenas partículas de sangue escarlate. Ainda com as mãos cravadas naquele que considerava seu irmão, a rainha vermelha, em seu vestido glamouroso, aproximou-se e, na ponta dos pés, murmurou algo nos ouvidos do rei da bandeira preta; o que ela disse não pôde ser escutado por mais ninguém além dele, mas, independentemente do que havia sido, funcionara.

Irado, com a respiração acelerada, claramente lutando contra a própria fúria, Iros fechou os punhos, ferindo as palmas das mãos com as unhas, a fim de conter os impulsos de direcioná-los a outra coisa, que, por certo, o encheria muito mais de prazer.

— Está bem, pode ficar, mas apenas porque também é um dos escolhidos por Dunkelheit, e tem direito ao trono. No entanto, se

CAPÍTULO XXIII

houver um novo deslize ou aventura, jamais voltará a contemplar o interior dessas muralhas novamente. Será o seu fim! Fui claro?

No corredor de cantos amarelados feito ouro, alheia da cena, Cally imaginou que o rei azul havia debochado de Iros com alguma reverência ou gesto, já que os burburinhos do povo logo ganharam força no ambiente, que, até pouco tempo, era preenchido apenas com as falas do guardião da bandeira preta.

— Mas antes que eu me esqueça — disse Iros novamente, com a voz cheia, voltando a abarrotar o ambiente sobrepondo os cochichos curiosos —, acredito que deve ter escutado, mesmo em suas... aventuras, que estamos com uma guerra prestes a eclodir, contra o nosso inimigo mais antigo, os selvagens. Teve algum envolvimento com eles?

— Juro pelas sete coroas e pelo meu trono que jamais estive em tal acampamento ou me misturei com gente tão miserável. Nas questões importantes, mantive-me fiel à nossa corte e aos nossos costumes de berço.

— Melhor assim. Talvez ainda tenha conserto, afinal — concluiu. — E apenas um conselho gratuito: mantenha as mãos longe da terra antes que acabe cavando a sua própria ruína. Se deslizar novamente...

— Será o meu fim — completou Leugor. — Acho que já deixou bastante clara essa parte, mas aprecio o seu carinho ao se preocupar em me explicá-la novamente.

Afoita para acalmar os ares, intrometendo-se antes que os monarcas tivessem a chance de se matar diante de todos os nobres que, calados, atentavam-se a cada movimento, Anuza correu até o irmão gêmeo que, em grande furor e escárnio, defrontava com Iros em frente aos tronos.

— Irmãozinho, ainda não acredito que esteja aqui, diante dos meus olhos, e que agora posso tocá-lo. Pelas sete coroas! Tenho tanto para lhe contar...

CALEDRINA CEFYR E O ARAUTO SUJO

Endireitando a postura, embora a voz fina de Anuza alcançasse a parte mais oculta de seu cérebro feito uma agulha flamejante, Caledrina concluiu que já havia tomado fôlego o suficiente. Então, passando as mãos sobre os cabelos e vestes, a fim de estar impecável, caminhou em direção à sala dos tronos, abandonando o conforto do corredor e das mãos preocupadas de suas servas. Todos os seus órgãos pareciam se movimentar diferentemente, de forma inenarrável. Sentindo o desconforto em seu corpo, fruto do vinho sem mistura que havia ingerido naquela manhã, a menina pensou estar cometendo a maior de suas desventuras públicas. Torcendo as pernas como se não contasse com articulações, achou que desfaleceria e rolaria dura pelas escadas até que o corpo alcançasse os odiosos sapatinhos verde-musgo do senhor Wasrih, o responsável pelas carnes, em uma das bancas mercenárias mais famosas da rua do comércio.

Uma nova onda de olhares inundou Caledrina. Ela teve a sensação de que a cena que protagonizava — de uma misteriosa e jovem rainha em vestes roxas, posição antes ocupada por Saturn — não surpreendera muito positivamente aquele que, compartilhando da mesma tensão da menina, a encarava, boquiaberto.

Por alguns longos e tortuosos segundos, como se estivessem a sós no grande salão, Caledrina e Kien olharam um para o outro.

CAPÍTULO XXIV

Subindo as escadas até a arena, com a areia quente sendo ainda mais aquecida pelos aplausos do público alvoroçado, uma garotinha bastante alta para a idade cumprimentou a plateia com as mãos erguidas. Ela tinha cabelos negros que, quando iluminados pelos raios solares, pareciam um pouco mais claros. A cena remeteu à própria Cally aos quatorze anos, quando estivera no mesmo lugar, participando da cerimônia. A menina possuía a mesma postura arrogante que Caledrina um dia tivera, além de estampar a mesma cor nas vestes: preto.

Remexendo em seu assento ao se ver na garotinha soberba, a jovem rainha roxa olhou ao redor para certificar-se de que não estava em um pesadelo. Sentado ao seu lado, Kien também parecia altamente incomodado. Ambos ocupavam um lugar de destaque, e ela sabia que, não fosse o fato de estarem ao lado dos outros monarcas, e perante todo o povo da corte, o qual se reunia duas vezes ao ano para o dia de vertigem, certamente já contariam com alguns novos hematomas no corpo.

Sua frustração foi expressa por um leve tremelique involuntário em seu olho esquerdo. "Parece que o irmão gêmeo de Anuza não é tão bom assim com o jogo de cumprimentos de cada região, afinal", pensou a menina. Sequer deveria ter estado em todos os lugares que falou. Que ele não era um arauto com uma história triste, ela já sabia; apesar disso, Caledrina nunca havia se sentido tão admirada como ao ser vista e reconhecida por Kien, ainda que tal interação tenha sido bastante rápida. Jamais se sentira apreciada de forma suficientemente cativante a ponto de querer retribuir, como ocorrera naquele momento. Será que algo nele havia sido veraz? Virando os olhos em desdém, Cally concluiu que ao menos em uma coisa ele não havia mentido: realmente era um ator. Um intérprete. Um farsante! E o melhor que já tinha visto.

O rei azul a incomodava por duas razões específicas: a primeira delas era que ele a fazia se sentir inexperiente em sua própria missão. Como havia deixado passar todas as pistas? Estavam ali desde o início, gritando para ela. Até mesmo uma criança saberia que Kien, ou melhor, Leugor, era... singular demais para ser apenas um forasteiro. Ele era mais do que um mero humano, e mentia como tal. A segunda delas era que, embora fosse um traidor com fama de galanteador, um mentiroso e inimigo do povo selvagem, ainda assim, não poderia negar os sentimentos que ele lhe despertava quando a elogiava e reconhecia suas habilidades. Apesar disso, quando o relógio despertasse, Cally sabia que teria de matá-lo.

Correndo a toda velocidade, a garotinha de cabelos negros alcançou o buraco que acreditava abrigar o pigmento preto. A certeza veio à arena junto aos gritos de alegria da jovem. Vibrando com os brados que ecoavam do buraco, o público colocou-se de pé. Caledrina não pôde evitar o contato de seus olhos com os de Heros e de sua esposa na multidão, uma vez que, pela alta posição ocupada em sua facção, não estavam tão distantes dos reis. Desviando o olhar rapidamente, a rainha roxa ergueu o queixo como se não os houvesse notado ali. Sabia que seus pais desejavam que ela tivesse feito como a jovem da arena, e caído na cor preta — por certo, teria

CAPÍTULO XXIV

evitado muitas dores de cabeça. Entretanto, muito provavelmente, teria gerado outras, sem contar que Cally ainda estaria vivendo no mesmo berço de mentiras que a envolvera com mantos finos de seda suja desde a infância. Depois que conquistara tão alto nível na corte, os pais da garota pareceram automaticamente descartar todos os seus tropeços; ela se tornou venerada, a filha bajulada e abarrotada do carinho que sempre desejara, mas jamais recebera. Tropeços... e pensar que ela não havia sido aplaudida como a menininha justamente por ter sido rápida demais. Aquela que se alegrava dentro do buraco por ter caído na facção de origem havia corrido dividindo o espaço de areia com apenas um leão. Caledrina teve de correr com três feras famintas, e ainda encaravam sua performance no dia de vertigem como um tropeço.

— O que está fazendo aqui? — perguntou Leugor, entre os dentes, sem tirar o olhar da nova criança que se posicionava na arena.

— Pode ter certeza de que não está mais surpreso do que eu — respondeu Cally, num sussurro, para não serem notados pelos outros monarcas.

Imitando a decisão daquele que estava ao seu lado, a menina buscou manter os olhos na arena, como também seus pensamentos e sua atenção. Ela e Leugor sequer ousavam se entreolhar, como se a própria morte os esperasse dentro da íris um do outro.

— Eu estava voltando para a corte, se não tivesse a encontrado na floresta e sido enfeitiçado por sua beleza descomunal... — disse Leugor, agastado, pausando a fala para ajeitar a gola apertada que lhe roçava o pescoço — jamais teria ido até o acampamento. Estaria totalmente livre para acusá-la de traição. Mas agora carrego uma mentira que me baniria eternamente da Corte dos Sete e do meu trono. Pelas sete coroas, Caledrina! Mal a conheço e já é a minha perdição!

Observando-o passar a mão pelo rosto, tamborilando os dedos nervosos nos lábios freneticamente em sinal de nervosismo, Cally ajeitou-se em seu assento.

— Quando **eu** o encontrei na floresta — corrigiu a menina.

— Não posso acreditar que o lugar em que está infiltrada é... — Ainda sem olhar para a garota, Leugor se aproximou dela a fim de diminuir ainda mais o tom de sua voz. — no trono ao lado do meu.

Permitindo-se não responder à fala imediatamente ao momento que escutou, Caledrina perdeu-se por alguns instantes, presa ao espetáculo que ocorria na arena.

Embora saturada de ouvir histórias sobre os jovens que, parecendo enfeitiçados, lançavam-se às feras por livre e espontânea vontade, a menina nunca havia presenciado tal fábula com os próprios olhos. Isso, porque crianças não eram permitidas nas arquibancadas até que passassem pela cerimônia, aos quatorze anos. E, mesmo tantos meses após o seu retorno à corte, ainda não havia visto tal acontecimento.

Boquiaberta, Cally estava prestes a levantar-se de seu assento para ver melhor, esquecendo-se até mesmo das fortes dores que a acometiam, sem trégua ou intervalos. O segundo garoto que subiu os degraus em direção ao centro da arena, logo após o início de sua corrida até algum buraco no chão, parou subitamente, como se atraído por uma força maior. O leão, inexplicavelmente, cessou sua perseguição, e pareceu esperar que o menino caminhasse em sua direção. A plateia quase prendia a respiração de nervoso. Virando-se para encarar os olhos daquele que o caçava, o jovem estendeu o braço para o grande felino. Rugindo, a fera expressou seu poderio quando o garoto de roupas vermelhas, parecendo hipnotizado, deu o primeiro passo em sua direção. Poucos segundos depois, as mãos daquele que estava em evidência alcançaram a cabeça do leão, enroscando os dedos na juba volumosa. Todos se espantaram quando, encarando firmemente os olhos do temível predador, o garoto gargalhou genuinamente, como uma criança faria diante dos gracejos de um vendedor de doces da facção laranja.

CAPÍTULO XXIV

Fechando os olhos com força, a fim de evitar a cena amedrontadora que se seguiu, Cally ouviu cada rugido e rasgar de pele como uma horrenda orquestra sepulcral. Todos achavam que tamanho domínio dos leões sobre algumas crianças tratava-se de algum capricho de Saturn, que supostamente despejava pequenas gotas de poções nas refeições das feras antes do grande espetáculo, apenas para proporcionar maior divertimento ao público. Mas, com a rainha morta, não havia quem mantivesse seus hábitos. Perplexos, todos temeram quando perceberam que não era a antiga rainha roxa a responsável; a ilusão sempre estivera nos olhos dos leões.

Desacreditada, Caledrina questionava-se como alguém poderia se sentir atraído pela morte a ponto de se entregar a ela. O que fazia pessoas sãs e saudáveis escolherem perder a vida, oferecendo o próprio corpo para unir-se àquele que, com a força de um rugido, enfraquecia até mesmo o mais forte entre os homens. Permitindo o ar quente e paralisado que pairava sobre a areia invadir seus pulmões, queimando-a por dentro, Cally guardou para si a certeza de que tudo que tocasse aquele solo, enlouquecia. Sanidade era simplesmente algo distante para um morador da terra amaldiçoada; nem mesmo as bestas de jubas espetadas estavam isentas daquela condenação.

Deparando-se, ao abrir os olhos num impulso curioso, com o pequeno corpo ensanguentado sobre a areia quente, enquanto o animal se banqueteava naquele que escolhera lhe entregar o último suspiro, Caledrina levou as duas mãos à boca vagarosamente, como se o seu cérebro, em choque, demandasse muito esforço para realizar qualquer movimento de forma rápida. Tendo por incentivo final a contemplação das poucas partes humanas que ainda restavam sobre a arena, a menina espremeu os dedos contra os lábios com ainda mais força ao notar que o rosto desfalecido — antes naturalmente bronzeado devido ao mormaço da corte; agora esbranquiçado — ainda parecia manter-se sorrindo.

CALEDRINA CEFYR E O ARAUTO SUJO

    Virando-se em desespero para o lado, onde encontrava-se aquele que há pouco cochichava com ela, Cally fez Leugor conter-se com todas as forças para não gritar, afinal ele conhecia a lei que indicava que os monarcas jamais deveriam aparentar fraqueza. Sem poder continuar segurando o líquido efervescente que lhe subia à garganta, a rainha roxa vomitou em seus próprios sapatos.

CAPÍTULO XXV

Como de costume, Caledrina rolava na cama. Seus pensamentos pareciam mais embaraçados do que seus lençóis; ela pensava no desastre de três dias atrás. Com vertigem no dia de vertigem, que bela obra do Universo! Ao gritar, a fim de esvair a frustração de seu corpo exausto, cobrindo a boca com um dos vários travesseiros, a rainha roxa se questionou se era possível afundar no colchão até fundir-se a ele. Se as servas posicionadas ao lado dos guardas, sempre eficientes e dispostas, não houvessem sido ligeiras o bastante, talvez o desgosto que a torturava naquele momento fosse ainda maior. Por sorte, no momento seguinte ao que contraíra os músculos abdominais e expulsara, num ato involuntário e enérgico, o conteúdo gástrico, fora logo carregada pelos guardas, ao tempo que as servas limpavam o líquido quente. Embora estivesse um tanto descrente quanto às afirmações que escutara, assegurando que ninguém da plateia havia notado tamanha desfortuna, Cally decidiu agarrar-se a tal boato, a fim de tranquilizar-se.

Após bater à porta e receber o consentimento de sua senhora, Lalinda adentrou os aposentos ao lado de duas outras jovens mulheres. Olhando atentamente, a rainha notou que uma das moças também havia furado a orelha com uma sovela.

A selvagem percebeu que, cada vez mais, os escravos pareciam encontrar deleite em seus ofícios e, sabendo que não achariam nada melhor, outro lugar ou função, entregavam-se voluntariamente aos seus senhores como posses perpétuas.

Com o centésimo raio de Sol adentrando a janela, a fim de lhe despertar completamente, sentando-se na cama, a rainha roxa permitiu que suas servas a ajudassem a se levantar e vestir-se apropriadamente para aparecer em público. Com um olhar inexpressivo, a espiã olhava para o seu reflexo no espelho enquanto puxavam seus cabelos cinzentos, apertavam o seu vestido, esfregavam-na com um pano embebido em essência pura e, por fim, colocavam a coroa cravejada de preciosas pedras roxas sobre a sua cabeça.

Os dias pareciam pesar para Caledrina; seus ombros caíam em desânimo. Tudo se apresentava de forma monótona, repetida, estressante e viciante. Sentia que, além de carregar um fardo, ela mesma o era em todos os lugares que frequentava, e, também, para aqueles que tinham o infortúnio de conhecê-la.

Ali, em seus aposentos reais, cercada de luxo e pompa, observando a imagem refletida no espelho, ela sentiu-se distante. Não sabia sequer dizer do que se tratava essa distância; só conseguia perceber que estava longe, fosse lá o que ela deveria ser, fazer ou onde deveria estar; tudo o que sabia era que, naquele momento, ela estava distante.

— Minha senhora, o rei azul a aguarda — falou uma serva que, há pouco, ocupava-se da arrumação da rainha junto às outras. — Devo mandá-lo entrar?

Uma pontada percorreu a espinha de Cally. Ela espichou a coluna, expulsando as servas ao abanar as mãos.

— Não! Diga que eu irei ao seu encontro.

Despedindo-se com uma reverência, a serva de orelha furada deixou os aposentos para cumprir as novas ordens recebidas enquanto

CAPÍTULO XXV

Caledrina conferia se o seu visual estava suficientemente apresentável, observando as minúcias de seus traços no espelho que, segundos atrás, a fizera sentir-se distante — independentemente do significado de tal sentimento.

Assim que julgou estar arrumada o bastante, a menina caminhou em direção à alta porta de madeira, e, como sempre, esperou os guardas a abrirem após as rápidas batidas da criada; Cally passou pela soleira larga.

Caledrina preparou-se para as falas ríspidas que teria de engolir do rei azul. Ela não o encontrara desde o dia de vertigem, quando, com o vômito, estragou os sapatos do homem — mais tarde, ela descobrira serem os prediletos do monarca. A jovem alongou o pescoço, permitindo que a nuca encontrasse o início das costas e dos ombros, formando uma meia lua quase perfeita.

Com o leve som dos ossos estralando, ela caminhou até que os poucos passos alcançassem Leugor e sua escrava. Virando-se com as mãos para trás, portando-se impecavelmente como um rei, ele se voltou para a garota, cumprimentando-a com o mesmo sorriso que estampou quando a conhecera e dera início aos dias de tormenta da menina. A serva, entendendo a deixa, retirou-se.

— Por que me procurou? — perguntou Caledrina, como se interrogasse um criminoso, embora o homem à sua frente não destoasse tanto de tal consideração.

Erguendo as mãos após ajeitar as mechas fujonas para trás da orelha, iluminado pela luz das tochas e luminárias pendentes, Leugor sorriu, inocentemente.

— O que fiz para merecer tratamento tão baixo? Tenho mais razões para destratá-la do que você pensa ter para fazer o mesmo comigo.

— Ah, é mesmo?

— Pense bem. Eu carrego a culpa de ter criado uma história emocionante e levemente apelativa sobre um pobre arauto e entretê-la por uma Lua. Já a sua falta foi ter matado minha irmã, usurpado o seu trono e, agora, assentar-se nele todos os dias enquanto planeja guerrear contra aqueles que diz ser seu povo. Ainda por cima, irá lutar ao lado dos mais odiáveis inimigos da corte.

Cruzando os braços, Caledrina arfou.

— Não é bem assim...

— Você é realmente perigosa.

— Se sou tão horrenda assim, por que não me entregar de uma vez? Talvez o benefício de revelar uma infiltrada selvagem, coroada como um deles, seja maior do que a pequena falha de ter ido até ao acampamento uma única vez, apenas para entreter alguém.

— Está brincando? Com certeza seria! Se a entregasse, encheriam meu quarto de joias e escravas belíssimas.

— Então por que ainda não o fez?

Leugor arrastou o pé esquerdo no chão e devolveu, mais uma vez, a mecha fujona para o restante do cabelo preso atrás da orelha.

— No dia em que a conheci, disse que você fazia eu me sentir como um ladrão; hoje, no entanto, é a ladra que mais temo, mesmo já tendo estado na presença de homens perigosos e sanguinários.

— Por quê? — perguntou novamente, inquieta e confusa.

Ao contrário da menina, o rei azul voltara a sorrir. A atmosfera levemente tímida caiu-lhe atipicamente bem.

— Porque desde que me olhou nos olhos, roubou violentamente toda a capacidade de me deslumbrar com qualquer outra coisa. É como se a cor dos seus olhos transmitisse o seu foco inalterável, ilustrasse o coração corajoso que tem e afirmasse para mim que é a melhor guerreira de todas. Não consigo mais dividir meus pensamentos entre uma dama tão única quanto você e joias caras ou mulheres formosas. Desde que me encarou com seu olhar firme, todo o meu fascínio e veneração passou a ser rendido aos seus pés, e sequer tive escolha nisso. Eu a seguiria com alegria para qualquer batalha.

CAPÍTULO XXV

Contando com a atenção máxima da garota que, à sua frente, arregalava os olhos, fazendo o cinza brilhar pela fina camada líquida que o encobria, Leugor engoliu em seco antes de prosseguir:

— Você roubou a vida de um de meus irmãos. Talvez o fato de eu nunca ter sido próximo a nenhum deles, exceto por Anuza, pode ter algum efeito, mas me odeio por não conseguir odiá-la por isso. Usurpou uma das sete coroas e, agora, fará o mesmo com a confiança de meu povo. Mas não a temo por todos esses roubos, e sim por ter furtado minha completa e absoluta atenção. Então, zombe de mim, ria escarnecida com seus amiguinhos selvagens se assim desejar, desde que, enquanto estiver em minha presença, inclua-me em qualquer missão que estiver disposta a aceitar. Que glorioso privilégio é ser rapinado por uma bela e destemida guerreira. Não sei quais feitiços lançou sobre mim, Caledrina Cefyr, mas até as minhas mais secretas admirações agora pertencem a você.

Perdida, como se atingida por uma avalanche de palavras, Cally não encontrou nenhuma que a fizesse proferir algo minimamente coerente como resposta. Boquiaberta, ainda atônita pelo conforto que o rapaz à sua frente sentia em formular sentenças substancialmente insinuantes e monumentalmente constrangedoras, ela se virou, buscando encontrar em qualquer ponto do corredor uma saída que não a prendesse, como aquele reconhecimento de seu potencial fazia tão facilmente.

Virando de costas para o rei azul, com uma leve sensação de superioridade, Cally empinou o nariz e ergueu o queixo. Lembrando-se do medo que costumava causar nas crianças que ousavam aproximar-se dela quando era da facção preta, fazendo-ossuar excessivamente e tremer as pernas, a rainha posicionou as mãos atrás das costas bem arqueadas, e buscou manter a postura da maneira que sempre fizera, mas, desta vez, com uma coroa na cabeça.

— Realmente, joias sempre lhe pertenceram e mulheres bonitas são fáceis de encontrar. Acontece que você não pode pedir para ser roubado, principalmente por uma guerreira capaz de conquistar tudo o que quer, como eu. Não encontrei nada suficientemente valioso a ponto de desejar fazê-lo.

Odiando-se pelas palavras que cuspira tão rapidamente quanto Décius deixava pegadas na areia ao correr, regozijando-se simultaneamente pela reconquista de sua reputação inalcançável, Cally caminhou até os seus aposentos, deixando Leugor a sós no corredor. Todavia, ela não sabia que, naquela noite, estava adentrando um dos terrenos mais perigosos de toda a sua vida.

CAPÍTULO XXVI

A cada vinte e quatro horas, os dias revezavam-se para resplandecer o espetáculo do Sol. Chegada a vez do último dia da semana, o astro-rei, após apresentar o seu luminoso e já muito bem ensaiado espetáculo de raios cintilantes, gentilmente cedeu o palco do céu à Lua. Caledrina, habituada a receber a luz prateada, já nem se lembrava de apreciar tão majestosa atração. Enfiando algumas roupas no bolsão de pano grosseiro, a menina esperou até que chegasse a hora de partir novamente. Dessa vez, sentira a semana passar num piscar de olhos. Já haviam se passado algumas alvoradas desde que Cally concordara em jogar com Anuza e experimentar suas bebidas exóticas pela primeira vez. Desde então, a rainha roxa criara certo gosto por aumentar os objetos tilintantes em seu saco de moedas e acrescentar novos sabores à sua lista, não mais tão limitada, de gostos agradáveis ao próprio paladar.

Tão entretida estava em sua nova rotina, que esquecera, mais uma vez, de resgatar alguma família. Nos momentos em que se recordava de sua missão, geralmente estava muito cansada para se levantar da cama ou entretida demais para parar sua diversão.

Após despedir-se de Lalinda que, atrapalhada, derrubou alguns utensílios da penteadeira, ocasionando um barulho consideravelmente alto, Cally, com a bolsa presa sobre o ombro exausto, rastejou pelo corredor abaixo da grande cama real.

Alcançando a padaria Koystra Ferhor, já com o capuz da capa protegendo sua identidade, com passos rápidos, a garota alcançou Décius, que repousava em sua baia, e, não encontrando a necessidade de levar a carroça, a selvagem deixou a corte apenas na companhia de seu cavalo.

Permitindo que o animal seguisse seu ritmo, ela escorou em seu companheiro de viagem a ponto de quase deitar-se completamente sobre a crina negra, a salvo pelos pés que permaneciam no estribo. Deixando que os braços caíssem relaxados sobre o pescoço de Décius, Caledrina gritou tão alto, que sua voz ecoou entre as árvores da floresta.

Poucos dias a separavam da guerra, do conflito entre os povos que fazia parte, e não restava muito tempo para se decidir. Saber que as horas e os minutos corriam, e que o momento da decisão se aproximava, embora não soubesse o dia exato, certamente não ajudava na pressão, que parecia querer esmagar seus pulmões a cada instante.

Puxando as rédeas com força, em reação ao pensamento intrusivo que passara correndo por sua cabeça, como se tentando ser mais rápida que ele, agarrando-o com vigor para pará-lo antes de seu fim, Caledrina respirou fundo. Ela estava com... dúvidas?

Ali, abrigada pela folhagem alta das árvores da floresta densa, completamente imóvel, a não ser pelo peito que subia e descia freneticamente ao respirar, a jovem temeu a si mesma.

Desde os quatorze anos, quando conhecera a verdade sobre sua identidade e encontrara suas origens, não havia mais questionado a veracidade do afeto que sentia por Arnalém e seu filho, e, por mais que ainda contassem com o zelo da garota em toda a sua

CAPÍTULO XXVI

impetuosidade e brandura, o lugar onde Cally crescera junto ao seu povo também conquistara parte significativa de seus interesses. Se decidisse pela Corte dos Sete, manteria-se no trono, a coroa permaneceria em sua cabeça e não precisaria abrir mão do luxo com o qual já estava acostumada. Continuaria a ser vista por seus pais como um orgulho e alguém inalcançável, e por todo o povo como um símbolo desejado da nobreza. Mas, ao fim da batalha, precisaria encontrar uma maneira de combinar cada tom de vestido com as manchas vermelhas que ficariam eternizadas em suas mãos devido à traição ao filho daquele que, com tanto amor, a criara. Por outro lado, se escolhesse lutar ao lado dos selvagens, com o Vento a seu favor, Caledrina teria de renunciar cada lugar que passou a gostar de frequentar, cada novo vício deleitoso, cada moeda que talvez deixaria de ganhar, cada pompa e aclamação. Além disso, adotando o tempo dos sete relógios, precisaria cortar as cabeças das seis partes restantes de Dunkelheit; inclusive a do homem que, apresentando-se como um arauto sujo, tão vorazmente a cativara e reconhecera. E, embora ciente da podridão de cada coroa, a garota não podia negar que ao menos uma parte de si sofreria ao se desprender daqueles com quem tantas vezes já havia se sentado à mesa.

Na corte, a menina se manteria no trono, um lugar de evidência; no acampamento, ela o entregaria a Kyrios Logos. Na corte, seria aplaudida; no acampamento, aplaudiria até as mãos coçarem. Na corte, seria soberana; no acampamento, curvar-se-ia. No entanto, na corte, permaneceria sedenta, buscando enganar-se com bebidas misturadas que jamais a saciariam por inteiro, mas, ao lado de Kyrios, desfrutaria da fonte de vida abundante.

Concentrando-se em sua respiração, a fim de expelir todas as suas frustrações por meio de uma longa arfada de ar, Caledrina espichou os músculos sobre o costado do equino e, colidindo as botas com o ventre do animal, cavalgou de forma intensa entre as árvores da floresta enquanto Décius a levava até a entrada do acampamento.

Ao passar pela primeira tenda, Gosaueb, a moça que geralmente recebia as pessoas trazidas por Cally e os guiava até suas novas moradias, fez a recém-chegada parar o galope. Montada sobre o cavalo, com a postura cansada e as olheiras escuras ressaltando seu estado deplorável — tanto na aparência como nos pensamentos —, a garota olhou para aquela que, com as mãos posicionadas na cintura, a encarava com uma sobrancelha arqueada.

— Voltar sozinha virou um hábito, criação? — indagou Gosaueb.

Respirando fundo, a menina lutou para não revirar os olhos. Algumas pessoas haviam adquirido o péssimo costume de chamá-la de "criação", e, embora se orgulhasse de sua condição, não gostava de como alguns selvagens tentavam atingi-la caçoando justamente daquilo que ela julgava ser a coisa mais especial em si mesma. As pessoas, por vezes, a deixavam confusa. Lembrando-se das palavras de Kyrios quando estavam em frente ao rio, Caledrina sorriu.

— Você só está doente, mas a padaria ainda serve os melhores pães. Continue pelo caminho e ignore os doentes. Vá em busca de pão — sussurrou.

— O que disse? — perguntou Gosaueb. Sua voz sempre doce já não estava em um tom tão calmo.

Silêncio.

— Há tempos que não traz mais ninguém — continuou a mulher. — Talvez fosse melhor dar o seu lugar a outro, alguém mais competente que você.

— Se Caledrina desistir da missão que lhe foi confiada, a qualquer instante poderei mandar outro em seu lugar — disse Kyrios, ao sair de trás das tendas que abrigavam os mantimentos do acampamento, fazendo Gosaueb pular ao vê-lo aparecer de surpresa. — Mas se desejar permanecer me servindo naquilo que lhe pedi, ninguém será capaz de executar tal função como ela. Não porque

CAPÍTULO XXVI

seja insubstituível em seu ofício, mas porque é única, assim como cada um aqui; nenhum outro pode realizar a sua parte como você.

Caminhando para mais perto de Décius, Logos firmou o olhar em algo além dos olhos de Caledrina, como se, por alguns instantes, os pensamentos dela transpassassem a íris cinzenta, revelando ao rei dos selvagens cada segredo ali contido, até que, compreendendo-os com exatidão, Kyrios passasse a conversar com eles em sua completa bagunça.

— Caso, por alguma desventura, algum dia, queira sair, será feito. E outro cumprirá a função que outrora esteve em seu nome, porque a missão está acima daquele que é enviado para cumpri-la. Mas, se desejar permanecer ao meu lado, permanecerei ao seu, sustentando-a quando seus pés não souberem onde pisar, guiando-a quando se sentir perdida e relembrando-a de quem é quando se esquecer de tal verdade. E, embora esteja livre para ir, eu manterei meu desejo de tê-la ao meu lado até a eternidade, que existe além do fim de todas as coisas.

Arregalando os olhos pela maneira cheia de ternura com que o rei conduzira o diálogo, agora foco de sua atenção, Gosaueb engoliu em seco, ajeitando as vestes amassadas.

— É claro, meu senhor. Não quis dizer o contrário em momento algum, eu apenas... eu...

Acalmando-a com um caloroso toque no ombro esquerdo, Kyrios sorriu para a moça agitada.

— Conheço seu coração.

Constrangendo-se por saber que não havia se direcionado à criação do Vento com boas intenções, e, mesmo assim, recebera um sorriso acolhedor de seu rei, Gosaueb despediu-se com uma reverência formal — embora um tanto desajeitada — e retirou-se.

Desviando o olhar até então cativo naquele que parecia segurá-lo com cordas de aço, Caledrina viu-se em meio a duas estradas, e sentindo uma forte pressão, como se uma lança lhe atravessasse o peito, ela soube que seu próximo passo mudaria completamente não apenas o próprio destino, mas o de dois povos inteiros.

CAPÍTULO XXVII

Estreitando os olhos para capturar a maior quantidade de detalhes possível, Caledrina teve a certeza de jamais ter visto as espécies de pássaros que sobrevoavam a copa das árvores, perturbando-a justamente no lugar em que buscava encontrar calmaria.

A menina bufou e voltou a deitar-se no gramado com as mãos sobre a barriga. Analisando as nuvens acima das aves barulhentas de Isi, Cally encontrou uma pequena porção da paz que, tão desesperadamente, buscava.

— Deixe os pássaros para lá e continue a história. Então, o que ele disse? — perguntou Dwiok, deitado ao lado da garota, coincidentemente olhando para o mesmo ponto branco no céu.

— Esses cantos me desconcentram — respondeu Caledrina ao menino curioso.

— Ignore-os — disse o garoto, ainda em transe, ao admirar o céu.

— Kyrios pareceu se importar mais comigo do que com a quantidade de pessoas que deixei de trazer para o acampamento. Embora, evidentemente, estivesse desejoso que eu aumentasse o seu exército, como me pediu, ele deixou claro que não sou menos aceita por voltar sozinha. Fez questão de falar, também, que não sou insubstituível — A menina revirou os olhos —, mas garantiu que sou única.

— E o que você achou disso?

— Não faço ideia. Há tempos não sei o que achar quando o assunto é ele.

— Isso é interessante.

— O quê?

— A forma como disse.

— Que forma?

— Como se estivesse aborrecida.

— O que quer dizer?

Sentando-se, como se a postura o fizesse carregar maior clareza em suas falas sempre bem articuladas, Dwiok Minerus fitou a figura que, deitada, ainda olhava para as nuvens.

— Eu não sei. O que **você** quer dizer?

Cally preservou o silêncio até que o amontoado esbranquiçado suspenso na atmosfera mudasse de forma.

— Certa vez, Kyrios reparou, ao olhar para os meus braços, que minhas raízes haviam crescido. Nem eu mesma as havia notado ali. Sinto que, desde então, ele e todos vêm reparando... — disse a garota, divagando em seus pensamentos. — Elas nunca cresceram tanto em tão pouco tempo.

— Quer dizer que tem satisfeito seus desejos na corte mais do que antes.

— Sim...

— Sabe que, normalmente, essas vontades são contrárias às leis daqui, certo?

— São? — A jovem deu de ombros.

— Kyrios, nosso senhor e nosso rei, tem muito zelo por suas leis, e preza que as cumpramos fielmente. Não se importa de desobedecê-las mesmo sabendo que pode entristecê-lo?

CAPÍTULO XXVII

Caledrina, assim como Dwiok, sentou-se na grama e o olhou pela primeira vez desde que as aves passaram a perturbá-la.

— Logos é um bom amigo, mas ainda não é meu senhor.

— Ele foi coroado...

— Não há, sobre o solo desta terra, ninguém melhor do que eu para falar que isso não significa nada.

Dwiok voltou a olhar para a nuvem que antes lhe roubara a atenção. Desta vez, sentado, teve a impressão de estar muito mais próximo ao Sol do que segundos atrás; seus olhos não foram capazes de permanecer abertos. Encarando a claridade e apertando as pálpebras, como num impulso involuntário, ele olhou para a menina outra vez.

— Não acha que ele é rei?

— Ele é, mas isso não quer dizer que eu tenha de obedecer a cada uma de suas ordens sem pestanejar.

— Pode pestanejar, contanto que as obedeça.

Dois segundos separaram a fala de Dwiok do leve soco que recebeu em seu braço, dado por Caledrina. A menina soltou uma risada tímida, que subiu depressa pelo ar e logo se perdeu, distante, entre as nuvens.

— Sabe o que eu quis dizer.

— Na verdade, não.

— Ver Kyrios como autoridade me faz sentir diminuta, e eu não sou uma escrava, sou uma rainha.

— Cally?

— Hum?

— Você é uma rainha ou um soldado?

Silêncio.

— Ele não é meu senhor. Não pode me controlar. Ninguém pode.

Temendo a garota à sua frente, que parecia uma tempestade, Dwiok voltou a se deitar, espichando a coluna no gramado.

— Você é quem sabe.

Cally também tornou a deitar-se na relva, embora, desta vez, analisasse uma nuvem maior.

— Ainda não consigo acreditar que Kien é Leugor, ou que Leugor é Kien... tanto faz — disse o menino. — O que acha dele? Vocês se distanciaram ou permaneceram próximos na corte? Não me contou essa parte.

Virando a cabeça na direção do garoto que trazia assuntos inoportunos, Caledrina empertigou-se.

— Por que essa pergunta agora?

— Só estamos conversando...

— Não. Você está me julgando.

— O quê?

— Está querendo me assustar como se eu fosse uma criança que teme o barulho de batidas na porta de madrugada.

Farto da impaciência de Caledrina e do seu humor desagradável, bruscamente, Dwiok pôs-se em pé.

— Não, Cally. Acontece que, para quem muito deve, cada batida na porta é o cobrador de impostos.

Encarando-o e esboçando seu furor crescente num biquinho, a menina impediu as palavras que, na ponta de sua língua afiada, já se preparavam para serem despejadas, ao ouvir um som alarmante.

Do campo de treinamento, bastante próximo ao gramado em que conversavam, um homem ferido gritou com todas as forças, expressando toda a sua dor ao ter uma lança, em um raspão, criando um corte fundo em seu braço direito.

Arrepiando-se pelo berro histérico, Cally e Dwiok se entreolharam, assustados. Embora estivessem acostumados a ver ferimentos no campo de batalha, aquele grito já era o décimo da última hora. Com o som grave e rasgado parecendo ainda correr por suas veias ao lado do sangue quente em alta vivacidade, Caledrina quase achou ser possível sentir o cheiro do líquido vermelho que, àquela altura, deveria estar manchando a areia.

CAPÍTULO XXVII

Acidentes aconteciam. Às vezes, por deslize ou distração; em outras, por soldados que, mesmo sem possuírem a experiência necessária, atreviam-se a empunhar armas mais pesadas, atropelando processos e ocasionando ferimentos um pouco mais graves. Compartilhando da ideia sugestionada pelo silêncio absoluto, os jovens caminharam até o campo da areia sangrenta. Com o clima de tensão inebriante lhes enchendo a visão, ambos atestaram o que já sabiam: Kyrios estava intensificando os treinamentos, pois preparava-se para atacar; e esse momento estava mais próximo do que nunca.

A menina fechou a mão com tanta força, que chegou a estalar os dedos, e relembrou-se de que, juntamente com o ataque, aproximava-se a morte de um dos reis da corte.

Envolvida demais em seus pensamentos — enquanto torcia as articulações das mãos —, não soube dizer ao certo se o tempo passara como areia escorrendo entre os dedos e ela sequer notara, ou se Kyrios realmente havia se aproximado depressa. De qualquer forma, a garota ainda apertava os nós dos dedos quando o rei, já posicionado ao seu lado, chamou-lhe a atenção.

— Cally — chamou o jovem general.

— Sim?

— Ao final da próxima semana, no dia em que deveria retornar para o acampamento, esteja devidamente trajada em sua armadura, frente aos grandes portões da corte, no momento em que o relógio apontar para o último minuto da noite. Quando chegarmos, daremos um jeito de enviar um sinal a você, para que possa abrir os portões pelo lado de dentro; caso não seja possível, os derrubaremos — disse o rei, calmamente, anunciando o ataque como se comunicasse que havia recém-tirado bolos quentes de laranja do forno.

— Não há como derrubar os portões. De cima dos muros, eles matarão um a um, até que sejam completamente exterminados.

— Meus homens estão dispostos a entregar a vida pela missão, assim como, um dia, eu entreguei a minha própria em prol de outra.

Sabendo que estava se referindo a ela, Caledrina empertigou-se. Aqueles milhares de selvagens que hoje dormiriam em tendas no mesmo acampamento que ela, amanhã se uniriam ao solo pisoteado por sua bota, no campo de batalha. Eles marchariam em direção à guerra, dispondo suas vidas em nome daquele que chamavam de senhor. Morreriam seguindo as ordens de seu rei.

Cally era esperta o bastante para reconhecer que Kyrios exalava as qualidades de um comandante. Ela o admirava o suficiente para cogitar ir para a guerra e lutar em seu nome, mas ainda não havia entregado o seu coração a ele por inteiro, para que se submetesse aos comandos do general. A jovem ainda não tinha total certeza de que, quando a real guerra começasse, estaria vestindo as cores do Vento ou da Corte dos Sete, mas carregava a certeza de que, independentemente do lado que contaria com suas habilidades, empunharia a espada por seu próprio nome.

— Estarei lá.

— Conto com isso — respondeu ele.

Foi quando, tão rápido quanto saiu do treinamento, Kyrios voltou para o meio de seus homens, fundindo-se ao grande amontoado de corpos, aos seus gritos de guerra e às suas espadas afiadas.

A garota não sabia se Iros havia lhe passado a informação correta, mas, se tivesse alguma verdade em suas palavras, um povo atacaria o outro simultaneamente, ambos contando com o elemento surpresa, e, talvez, essa fosse mútua. Embora Logos soubesse da data de ataque até então estipulada pela corte, incrédulo ou não, escolheu a mesma.

Caledrina só tinha mais sete dias para fazer a sua escolha.

Devaneando, presa em sua mente caótica e confusa, a jovem guerreira caminhou lentamente até a mesa de armas e, puxando para si uma espada de dois gumes, acenou para a pessoa mais próxima, uma mulher, que aceitou o convite para o combate.

Movida pela extrema agitação e estado de insanidade, desejando espairecer — com os movimentos tão decorados, que poderia

CAPÍTULO XXVII

repeti-los até mesmo de cabeça para baixo e presa pelos pés em um galho firme de uma árvore —, Cally gritou até as veias do pescoço saltarem. Em seu segundo golpe, cega em sua confusão particular, em meio às puxadas desesperadas de ar, a menina gritou ainda mais alto quando, em um giro, fez a lâmina atingir de maneira violenta o ombro de sua oponente, em um ataque muito mais feroz do que aqueles normalmente dados nos treinamentos.

Caledrina retornou bruscamente à realidade ao sentir a pele da mulher sendo rasgada pelo gume que segurava. A garota largou a espada no chão e, olhando para as próprias mãos — ao tempo que os mais próximos, boquiabertos, deixavam de manusear suas armas e passavam a encará-la —, saiu do campo numa corrida vertiginosa.

CAPÍTULO XXVIII

As mãos de Caledrina pareciam pesadas, como se carregassem camadas de sangue inocente; a culpa insistia em acompanhá-la por onde fosse. A sensação da carne rasgada pela outra extremidade da espada aparentava não ter pretensão alguma de deixá-la tão cedo. Era como se não importasse para onde corresse, jamais seria capaz de escapar da parte de si que, reforçando as memórias do incidente no lado azul, insistentemente, a lembrava do sentimento que tomava conta de seu corpo ao desferir um golpe: uma mistura de arrependimento e prazer.

Coçando as mãos no tecido grosseiro da calça antes de agarrar as rédeas, Cally poderia jurar ter sentido o aspecto do couro que envolvia o punho da espada ainda roçando a pele das palmas. A jovem manteve a postura firme para não vacilar durante o galope acelerado, enquanto repetia a rota que poderia trilhar de olhos vendados. Lembrando das palavras proferidas por Kyrios momentos antes de ela deixar o acampamento, a garota repetiu, imitando, de maneira exageradamente aguda, a voz do general:

— A guerra se aproxima e, em breve, alcançarei os muros. Todos estão dispostos a morrer como eu um dia fiz. Cally, você não é mais uma garotinha. Esteja em sua armadura e faça tudo que eu ordenar.

CALEDRINA CEFYR E O ARAUTO SUJO

Bufando, ela bateu os pés, fazendo com que Décius deixasse o galope e passasse a correr pelo caminho terroso.

O acampamento parecia cada vez mais desinteressante, mesmo com a presença de Isi e seus milhares de pássaros irritantes. O ser azul gastava quase todo o tempo de seus dias contando fábulas aos outros que, hipnotizados por sua beleza exótica, sempre estavam por perto. Quanto às noites, passava cantando ao redor da fogueira. Vagarosamente, Cally começou a detestá-la. Era como se todas as vezes que a criatura se aproximava da menina e a olhava nos olhos, buscasse apenas atormentá-la, insinuando saber de algo, para, no fim, ao se cansar do contato visual, gargalhar, e logo trocar de assunto.

Para Caledrina, não havia mais emoção em estar com os selvagens, mesmo sabendo que uma guerra estava prestes a eclodir. A menina não sentia mais o desejo que antes a fazia contar os segundos para voltar. Tudo parecia muito insípido, cansativo e monótono. Mas, embora enfastiada, Cally não estava pronta para traí-los. Não poderia fazer isso, não seria capaz, ao menos não depois de tudo o que haviam feito **com** e **por** ela. Apesar de sua revolta, a garota reconhecia o sacrifício.

Alcançando os muros, já tendo passado a agitação e surpresa pela ausência de complicações — como esperava enfrentar pelo retorno mais cedo do que o programado —, ela realizou todas as etapas do processo de entrada na corte, que antes lhe causava exultação, de forma indiferente. Quase dando de ombros, a menina atravessou os portões, passou por Koystra Ferhor, em seguida, pelo corredor apertado e, por fim, pela portinha debaixo de sua cama. Tudo sem um pingo de emoção. Caledrina percebeu que até mesmo a rotina da corte, embora muito mais atrativa do que a do acampamento, parecia não ser o bastante para despertar seu interesse, algo dentro de si parecia não respirar mais.

CAPÍTULO XXVIII

Olhando o seu reflexo no espelho, enquanto suas servas a arrumavam para viver mais um dia, Cally tentava entender o que havia morrido em seu âmago; nem ela sabia direito. Depois de tanto encarar a si mesma, encontrou uma resposta: sentia que haviam matado a sua criança interior, aquela com riso frouxo e a alma leve, que se animava com a simplicidade e o desejo de apenas... continuar. Ainda encarando a figura no espelho riscado, Caledrina pensou se seria possível atravessar o vidro e se alcançar. Se pudesse realizar tal sugestão voraz de seus pensamentos, talvez pudesse chacoalhar o seu corpo com as mãos firmes ou entrar dentro de si para ressuscitar sua criança, se ela ainda estivesse por lá.

Mais cinco dias e toda a sua rotina de estar em dois reinos, e, ao mesmo tempo, em nenhum deles, acabaria.

Jogando-se na cama feita — para o horror das mulheres homenzinhos que, tão minuciosamente, haviam arrumado tudo; tanto a menina quanto os lençóis, esses últimos até então perfeitamente estendidos, sem o menor vislumbre de amassados —, Caledrina se questionou até que distância poderia ser escutada se decidisse gritar. Ela espichou os braços até sentir cada articulação suspirar de prazer, e buscou relaxar. Sua cabeça não estava um caos, como de costume; tampouco estampava a calmaria da leve brisa do amanhecer no acampamento. Ela estava apenas... vazia. Era como se houvesse escapado de si mesma, e sequer notara para onde fugiu. Seja lá onde estivesse, era longe demais para ser resgatada àquela altura.

A menina desejou passar logo pelo que acreditava ser apenas um dia ruim, e isso aconteceu. Mas, após ele, outro, mais outro, e mais um novo dia surgiram. Com seu tempo sendo preenchido por moedas, gargalhadas embriagadas, cassinos, festejos, fragrâncias caras, dias de beleza e jantares conturbados, a rainha roxa viu os dias correrem de suas mãos feito água entre os dedos.

Caminhando pelo lugar que, há muitos anos, costumava chamar de lar, ela tocou a superfície de algumas armas abrigadas sobre o suporte. Fazia tempo que não arriscava ir contra as falas incisivas de Iros, que a impediam de voltar ao lado negro. Notando o movimento que desenhava ao deslizar os dedos sobre as diferentes formas chatas de lâminas e madeiras, a menina observou as suaves cicatrizes que ainda marcavam o dorso de suas mãos. Cally pensou em May.

Seguindo o impulso exato de seu pensamento, a garota puxou um machado firme com as duas mãos e, caminhando sobre a areia do campo de treinamento da facção preta, alcançou um dos alvos de madeira. Sozinha, circundada pela imensidão de areia, contando apenas com a Lua e as estrelas como plateia, a jovem gritou do jeito que, há alguns dias, quando deitada em sua cama, tão profundamente desejara. Cravando o machado na madeira vez após outra, tentou livrar-se de tudo aquilo que a incomodava: desde os sentimentos avassaladoramente inoportunos até a ausência de toda e qualquer emoção. Cada vez que repetia o movimento, sentia como se a arma estivesse sendo cravada em seu próprio coração desnudo, atravessando-o repetidamente; e, assim como na realidade ela segurava o machado, golpeando a madeira, em sua fantasia, ela também o fazia.

Mais dois dias e estaria ao lado de Kyrios, de Dwiok, dos selvagens, de Isi, de seus pássaros barulhentos e de seus eloquentes cavalos. Se assim decidisse, claro.

— Dois dias — cochichou para a Lua, antes de cravar o machado no alvo. Tão forte fora o golpe, que, após algumas tentativas frustradas de puxá-lo de volta para si, decidiu deixar o instrumento por lá.

Ainda sem conseguir vencer a insônia incitada pelo incidente no acampamento, aproximou-se novamente do suporte de armas, julgando estar com sorte por ter o campo só para si naquela noite.

CAPÍTULO XXVIII

Com olhos curiosamente atentos, ela se alegrou em seu interior ao encontrar um arco bastante similar ao que costumava treinar quando ainda era considerada um prodígio da facção preta. A menina, após prender a aljava na perna direita e a encher de flechas de boas pontas, caminhou em direção ao mesmo alvo de madeira que cravara o machado — e que, agora, exibia-o em seu centro. Traída pela mente cansada, Caledrina pensou ter sido descoberta por Iros quando uma voz quebrou o silêncio. Embora seu tremor fora somente interno, imperceptível para quem a observava, a menina assustou-se, pensando que o rei da facção preta havia resolvido visitar seus campos à noite.

— Ter um machado cravado no centro pode dificultar que as flechas que pretende atirar atinjam o mesmo objetivo. Se quiser, posso retirá-lo para você.

Decidindo esconder o espanto, Caledrina mostrou-se indiferente, endireitou a postura e, mantendo os pés alinhados aos ombros retos, puxou a corda do arco até que seus dedos estivessem colados à bochecha direita. Não havia visto Leugor desde o dia em que, tão cordialmente, ele lhe dirigira aquelas palavras encantadoras no corredor do palácio. Cally, ciente das constantes companhias femininas no quarto do rei azul, havia entendido que o monarca não desejava mais vê-la, e deu-lhe razão por isso. Fechando o olho direto para atingir a mira perfeita, a jovem soltou a corda, fincando a flecha na ponta do machado.

— Quem disse que não fiz de propósito?
— Sempre tentando dificultar, claro. Uma atitude típica sua.
— O que faz aqui?
— Faz tempo que não nos falamos.
— Justamente por essa razão volto a lhe perguntar: o que faz aqui?

Dando o primeiro passo sobre a areia, Leugor, que até então observava a rainha com as mãos para trás, à beira do campo, aproximou-se um pouco mais.

Pelo canto do olho, ao perceber que o monarca removia o *pallium* púrpura para permanecer apenas com o tabardo azul cheio de botões dourados, a menina franziu o cenho e virou o rosto na direção oposta. Se ele desejava manter seus movimentos mais livres, ela precisaria permanecer ainda mais alerta. Abaixando-se apenas o suficiente para que a mão alcançasse uma nova flecha na aljava presa à perna, ela preparou-se para exibir suas habilidades novamente. Sentia a energia correr acesa pelas veias cada vez que tocava em uma arma. Respirando fundo pela sensação pujante que a dominava, Cally soltou a corda mais uma vez.

A garota acertou o alvo no ponto exato em que desejava, e, não podendo conter-se, virou em direção àquele que, a passos lentos, aproximava-se cada vez mais. Mesmo contando apenas com o brilho da Lua, Caledrina pôde notar a transpiração de Leugor; pensou que, em um possível combate, teria vantagem sobre aquele, que já aparentava cansaço. No fundo, a menina passou a ansiar por aquilo: um momento de batalha com o rei azul, no qual poderia mostrar-lhe, na prática, todas as suas habilidades descomunais como guerreira. Ela sabia que ele a admiraria, e, naquele momento, gostava dessa possibilidade.

Caledrina teve de agir num impulso para agarrar a arma que, refletindo os raios laminados, era arremessada de surpresa em sua direção. A menina segurou firme e apressadamente a espada, ofegante pelo susto, e encarou o homem que já empunhava outra igual em suas mãos firmes. A jovem guerreira estava tão entretida com a possibilidade de duelar com Leugor, que sequer notou quando ele pegou as lâminas no suporte. Se o rei houvesse lançado a espada daquela maneira para alguém inexperiente, a areia certamente já estaria manchada de vermelho.

Secretamente animada com os pensamentos que se materializavam à sua frente, Cally ocultou a respiração pesada e, arqueando a coluna, defendeu-se quando, sem avisos, o monarca da facção azul a atacou. Incrédula pela forma como ele parecia ser capaz de olhá-la

CAPÍTULO XXVIII

firme nos olhos ao mesmo tempo em que empunhava uma espada em sua direção, a rainha roxa sorriu, desacreditada.

Com o som melodioso das lâminas chocando-se umas contra as outras, em tons descompassados, embora ainda harmoniosos, Leugor demonstrava suas aptidões com passos confiantes, afastando-se vez ou outra do combate para recuperar o controle da situação, uma vez que não aguentaria por muito tempo um duelo constante com a jovem prodígio na arte das lâminas; em passos ensaiados, como em uma dança no meio de uma peça de teatro, ele conseguiria permanecer em pé.

A garota surpreendeu-se com a grande capacidade do rei desaparecido em manter uma luta com ela por segundos tão longos. Por um curto instante, a rainha roxa baixou a guarda apenas para gracejar, desdenhando de seu oponente com uma rápida salva de palmas. Com os braços relaxados, não teve tempo de contra-atacar quando, em movimentos ágeis, Leugor se jogou no chão em direção às suas pernas, fazendo a espada de Cally escapar de suas mãos distraídas, e seu corpo ser atirado na areia áspera.

O rei azul colocou-se em pé num salto, e deleitou-se com o olhar surpreso da jovem, que, desarmada no chão, tentou atingi-lo com um chute, levantando a areia do campo.

— Isso não é justo! — bradou a menina. — Se não sabe duelar corretamente, deveria voltar para os palcos! Na verdade, creio que mesmo se tivesse escrito em um roteiro o que fazer para me vencer, ainda assim, seria uma tarefa impossível.

Leugor sorriu, ignorando as ofensas da menina, e a olhou como se admirasse a impetuosidade que exalava.

— Encontre-me na cobertura do palácio, amanhã, quando a Lua estiver em seu primeiro ato. Use algo especial.

Mesmo com a distância, Caledrina foi capaz de sentir o hálito do vinho sem mistura assim que as palavras saíram da boca daquele que, outrora, dizia ser um arauto.

CALEDRINA CEFYR E O ARAUTO SUJO

    O rosto de Leugor abriu espaço para o seu último sorriso da noite antes de partir, deixando a rainha roxa sozinha com as duas espadas e os grãos de areia.

CAPÍTULO XXIX

Raaah! — berrou Cally, impaciente. — Deixe-os mais volumosos! — ordenou, aos gritos. Inquietas e perdidas em sua correria, buscando desesperadamente atender aos caprichos do ser exasperado à sua frente, as duas escravas e três servas esforçavam-se para reduzir as reclamações de sua senhora.

— Os fios são muito lisos, minha rainha, por isso é normal que...

— Chega de desculpas! — disse Cally, num tom mais alto do que gostaria. Lalinda a observou, com um olhar assustado. Apercebendo-se de sua grosseria, a menina fechou os olhos com força, e buscou redimir-se de sua atitude com as mocinhas dispostas a ajudá-la. — Eu não quis dizer isso dessa forma. Eu... eu...

— Não precisa se desculpar, minha senhora. Vossa Majestade é a rainha — respondeu uma das servas de orelha furada, enquanto buscava os brincos de safira azulada na penteadeira ao lado da porta.

Caledrina sabia que parte de seu mau humor era ocasionado pelas longas e tortuosas horas que passara em claro. Na escuridão da noite, permanecera com os olhos bem abertos, e, encarando o teto de seus aposentos, insistentemente desenhava, com o pensamento, as linhas do rosto de Leugor nele; mais uma vez, detestou-se no mais profundo de si. Ao se sentar sobre a ponta da cama feita, a rainha roxa apoiou as mãos na testa quente e expirou. Parecia que, durante a escuridão da noite, haviam sugado todas as suas forças e sanidade, e não sobrara nada em que pudesse se agarrar. A menina sabia que aqueles sentimentos perturbadores e confusos haviam ganhado força desde que perdera suas certezas em Arnalém e em seu filho. Era como se a base de sua lucidez estivesse altamente vinculada ao quanto ela decidia, desesperadamente, depender do Vento, tanto que, distante de seus sopros, quase se esquecia de como respirar.

Preocupadas com sua rainha que, mesmo após alguns segundos, ainda permanecia imóvel, na mesma posição, as servas e escravas, num diálogo silencioso, apenas assentindo com uma troca de olhares ansiosos, concordaram em interferir na situação.

— Minha rainha? A senhora sente-se bem? — perguntou aquela que, pela votação incisiva do conselho de olhares, fora a escolhida para proferir a palavra.

Atentas, as cinco meninas aguardavam a resposta.

Desmontando a pose encurvada que havia criado para esconder-se de si mesma, Caledrina esticou a coluna antes de analisar aquelas que a encaravam. Com a veemência dos olhares inocentes sobre si, a rainha empertigou-se ainda mais e, mordendo os lábios inconscientemente, decidiu que não iria até o fim com os planos que a deixavam nervosa naquele entardecer; não se deixaria encantar com as palavras banhadas pela admiração de Leugor.

Se estivesse no acampamento, poderia estar, naquele momento, com os cabelos molhados após um banho de rio, deitada sobre o gramado ao lado de Dwiok, decidindo de que parte da nobreza seriam as nuvens, com base na forma como se vestiam a cada minuto, antes de trocarem suas vestimentas novamente. Poderia, também, estar buscando algumas lenhas com Kyrios, para que a fogueira permanecesse acesa por mais tempo. Quem sabe, talvez, escolhesse uma maior quantidade de gravetos naquela noite? Se seus pensamentos não houvessem passado tão rapidamente, Cally provavelmente teria sorrido.

CAPÍTULO XXIX

Em sua mente, havia um lugar frio que a incomodava mais do que os outros. Nele eram abrigados os pensamentos responsáveis por dizê-la que, ao lado de Arnalém e seu filho, conseguia submergir por inteiro, entregar-se completamente, ainda que fosse num riozinho de simplicidade; enquanto os suntuosos luxos da corte não conseguiam inundá-la — simplesmente pareciam não alcançar certos espaços de si, como se somente algo leve feito água fosse capaz.

Colocando-se em pé, a garota caminhou decidida até o espelho e, respirando fundo, retirou todas as suas joias. Quando o último bracelete tocou a madeira fria da mesa, Caledrina finalmente tomou a sua decisão. Dedicaria a noite para entregar o seu mais resoluto "não" ao rei azul, e, durante a madrugada, presentearia o rei dos selvagens com a confirmação de sua completa devoção àquele que sabia ser o seu criador, ao seu verdadeiro povo e à sua missão. Abrindo um dos quatro grandes armários em seus aposentos, a rainha puxou algumas vestes e pertences para fora, embora muito poucos, uma vez que no acampamento já tinha muito mais do que precisava, e, jogando tudo para dentro do bolsão de pano grosseiro que escondia sempre debaixo do assento da poltrona de veludo, deixou seus pertences organizados. Não pretendia demorar. A cada instante, Cally tinha mais certeza; ela precisava ter.

Com o Sol terminando mais um de seus espetáculos e a Lua já se preparando para a sua grande entrada atrás das coxias, a menina, analisando o reflexo impecável à sua frente — mesmo não mais ornamentado por ouro puro e safira —, ajeitou os fios não tão volumosos uma última vez antes de deixar seus aposentos. Sua mente transbordava pensamentos obstinados, embora seus passos estivessem vacilantes. Após dispensar seus guardas e dizer às suas criadas que não gostaria de ser acompanhada, a rainha roxa seguiu sozinha em direção à cobertura do palácio.

Traindo a si mesma, seu corpo passou a tremer quando alcançou o último degrau. Ela arrumou o vestido que, bem acomodado ao corpo em um tecido grosso, não contava com quaisquer adereços ou cores ostentosas. Tratava-se de um modelo simples, coberto por delicados fios azulados que lembravam os olhos daquele com quem se encontraria no topo do palácio. Caledrina alcançou a superfície na companhia daqueles fiozinhos de linho que, arrastando-se sobre o chão, cobriam-lhe os pés.

Os pensamentos da jovem guerreira estavam tão embriagados pela mais pura hesitação, que, tão inesperadamente quanto os tremores pareceram tomar conta de si, ela soltou os braços ao lado do corpo e parou feito uma estátua de pedra, como as que ficavam no jardim roxo servindo de repouso aos pássaros.

Na cobertura, Leugor, trajado em uma finíssima túnica real — inenarravelmente luxuosa, embora se assemelhasse a vestes de dormir, dado o corte reto e o modelo de peça única —, assistia a ausência de movimento de sua convidada.

O homem ostentava uma coroa com pedras da mesmíssima cor de seus olhos graúdos, que era, também, a mesma dos fios na barra do vestido de Cally. Virando-se, ele alcançou um espaço onde estavam dispostas várias almofadas cobertas por um pano cor de areia. Mesmo sabendo que a menina não mais avistava o seu rosto, Leugor sorriu. Assentando-se, pacientemente esperou por Caledrina. Jogando o pescoço para trás dos ombros, observando com mais clareza a Lua, ele suspirou. Sabia que a garota o seguiria até as almofadas.

Achando ser capaz de respirar sem movimentar um único músculo além dos olhos, que deslizavam leves nas órbitas, a menina encarou o chão. Sentiu-se como uma criança que superestima o tamanho de algo, como se, mesmo se ousasse erguer os pés, jamais fosse alcançar o outro lado.

CAPÍTULO XXIX

Não! Ela precisava chegar até lá. Precisava falar para Leugor, olhando naqueles olhos, que não o desejava. Ele deveria ouvir a voz dela dizendo que já fazia parte de um povo, e não era o dele.

Como se esquecesse de, em sua mente, processar as suas ações, Caledrina sequer soube dizer como se encaminhou até aquele ambiente aconchegante. Tudo o que sabia era que, entre um respiro e outro, havia chegado até as almofadas.

Circundada por tochas flamejantes, que iluminavam o lugar com tamanha veemência, atribuindo uma coloração dourada ao ambiente, a menina sentiu como se estivesse dentro do Sol. Embora o ar gélido do anoitecer refrescasse os corpos, a atmosfera da cobertura do palácio real proporcionava aos seus visitantes sensações tão intensas, que, parecendo tangíveis, enganavam a mente; o lugar era quase capaz de entoar certa melodia em três oitavas e três registros vocais.

Caledrina finalmente conseguiu mexer um dedo após sua paralisia momentânea. Internamente, torceu para que seu congelamento não tivesse durado muito tempo. Ela deslizou para mais perto daquele que, de modo inebriante, sorria para ela.

"Por que sorria tanto?", perguntou-se a menina. Não era normal alguém manter aquelas feições por tanto tempo, pensou. A principal anomalia do rapaz, porém, era o fato de não parecer assustador, ou sequer perder uma única gota de seu encantamento enquanto mantinha a expressão contente.

Em silêncio, desejou que as bochechas do homem passassem a doer. Pressionando as unhas nas palmas das mãos, ansiou que ele parasse de sorrir; tudo seria mais difícil se não o fizesse.

Ao lado de todas aquelas almofadas que, estranhamente, combinavam entre si — todas em uma nuance entre tons suaves de roxo, azul e dourado —, uma baixa mesinha de madeira, coberta por uma toalha estendida, chamou a atenção da menina. O móvel abrigava um pequeno banquete particular. Mesmo vivendo entre os monarcas por anos, alguns pratos ali nem Cally poderia nomear. Gudge certamente havia se superado, e provavelmente o fizera incentivado pelas ideias atrevidas de Leugor. Diferentemente do rei laranja, o azul não possuía talentos notórios na cozinha, entretanto, a garota não duvidava de que ele seria capaz de cuspir ingredientes aleatórios enquanto embriagado, inspirando Gudge a criar manjares, apenas para impressioná-la naquela noite. Se tal hipótese realmente fosse a razão que originou os belíssimos pratos inomináveis, o plano de Leugor fora bem-sucedido.

Ele se levantou após notar que apenas aguardar pacientemente não fora o bastante para convencê-la de sentar-se junto às almofadas. Outra vez, Caledrina havia congelado seus movimentos. Então, o rapaz a pegou pela mão, direcionando-a até um lugar confortável.

Travando os pés como se estivesse prestes a cair de um alto penhasco, diante do amontoado de travesseiros, Cally parou mais uma vez.

— Sinto-me lisonjeado pela cor de suas vestes, mas creio que uma beleza como a sua merecia mais exuberância. Você foi feita para carregar joias e ornamentos, querida. — observou Leugor, com o tom de voz ligeiramente adocicado.

— Não. — Isso foi tudo o que conseguiu dizer.

Ao notar a bagunça no rosto do homem à sua frente, que ainda a segurava pela mão, ela engoliu a saliva a fim de que tal ato pudesse devolver-lhe a compostura, e voltou a falar, embora sua voz vacilasse mais do que gostaria ao pronunciar palavras quebradas.

— Vim aqui para dizer que não — completou a garota.

Aprumando-se, Leugor colocou a mão sobre a boca e cobriu o riso que nem tentava conter.

— Não?

— Não.

— Quer dizer, então, que veio até aqui, vestida em minha cor, apenas para dizer que não viria?

CAPÍTULO XXIX

Piscando algumas vezes, a garota colocou as mãos firmes sobre a cintura.

— Não. Quero dizer... sim! Vim para dizer que não — repetiu, mesmo sem necessidade.

Gargalhando, o rei assentiu vagarosamente com a cabeça.

— Está bem. Ao menos jante comigo, então.

Conhecendo todas as intenções escondidas na sugestão do rei de muitos truques, Cally franziu o cenho, resoluta.

— Como eu disse, apenas vim dizer que não. Não hoje, não amanhã, e não em qualquer outro dia.

— Se não hoje, não amanhã e não em qualquer outro dia, ao menos me conceda a honra de um rápido "sim", por um momento. Peço-lhe que, por gentileza, pelos dias em que fomos amigos, abra espaço em sua relutância. A comida já está aqui, e investi horas pensando em cada prato, especialmente para você. Se jantar comigo, juro pelos sete tronos que respeitarei a sua decisão. Antes que a Lua alcance seu ponto mais alto, já estará livre de mim, assim poderá cumprir seja lá o que pensa ser a sua missão. Peço apenas por um instante, Cally. Pense como se este momento coabitasse apenas no espaço entre um segundo e outro. Será o seu "adeus" à Corte. A última vez que se delicia com nossa gastronomia. Depois poderá se servir no acampamento pelo resto de sua vida, se é o que deseja.

Percebendo que não havia conseguido quebrar a postura impecável e soberba da rainha que, por luas, assentou-se no trono de sua dita irmã, Leugor passou a suplicar de forma exagerada, de joelhos e com as mãos juntas, fazendo a menina sorrir. E continuou:

— Sabe quantas horas tive de passar na cozinha de Gudge provando cada ingrediente inominável e de aparência duvidosa apenas para me certificar de que tudo estaria perfeito para você? Sabe o que aquilo fez com o meu paladar sensível e estômago fraco? Minhas dores de cabeça e intestino chegaram ao seu ápice! Oh, pelas sete coroas, terrível mocinha, tenha piedade de uma pobre alma que, por paixão, será condenada a péssimas dores intestinais pelos próximos três meses e meio!

Após sorrir com a cena, demonstrando tamanha fragilidade e abertura, Cally puniu a si mesma, mordendo a língua com força, e fez um biquinho, lutando para não fraquejar novamente.

— Não sabia que possuía uma saúde tão sensível, assim. Reis não possuem fraquezas, não é mesmo?

— Ah, tenho sim. Sou, na verdade, o mais enfermo entre todos os homens, e a pior de todas as doenças que carrego é a de abrigar um coração inflamado por não poder governar ao lado da mulher que, em toda a minha vida, mais ardentemente admirei.

Aproximando-se do lugar confortável reservado em frente à mesinha, Caledrina vedou todos os espaços abertos de seu coração e mente para aquele que sabia dominar as palavras. Mas a menina esquecera-se de que, diante de um homem falacioso, nada valia tapar as frestas de sua casa, pois o próprio terreno era instável. Se solidificadas sobre a areia, até mesmo as barreiras mais firmes poderiam ser destruídas, ainda que fosse por uma mera palavra.

Como aquela era a única parte de Dunkelheit que jamais a machucara, a menina chegou a pensar que talvez Leugor não fosse tão ruim quanto os outros. De qualquer forma, ainda estava destinada a matá-lo. Sabia que as profecias estavam próximas e que, cedo ou tarde, o monarca que tão insistentemente implorava por um jantar não respiraria mais. Talvez, realmente, pelos curtos dias em que foram amigos — algo que apenas lábios insanos diriam —, ela poderia ao menos entregar ao rei azul dezesseis minutos de seu tempo. Que mal faria jantar com um homem morto? E foi assim que, presa nas cordas firmes das sentenças bem proferidas, Caledrina aceitou, mais uma vez, a mão daquele que ainda a encarava, e assentou-se para banquetear ao seu lado, certa de que seria apenas por um curto momento.

CAPÍTULO XXX

Enquanto Caledrina se lambuzava com a consistência gelatinosa de um dos variados pratos que julgava, no mínimo, insólito, Leugor dificultava a árdua missão da garota de não sorrir. Esforçando-se para manter a coluna ereta e não se desmanchar sobre as almofadas, que pareciam envolver suas pernas na medida perfeita de calor e alento, Cally deleitava-se com o manjar, assim como o rapaz aconchegado à sua frente. Beliscando os alimentos pequenos com a ponta dos dedos, a menina os mastigava bem devagar, a fim de manter a concentração e garantir ao rei azul que não estava se divertindo tanto assim; esperava que ele pensasse isso, ao menos.

Com a bronzeada mão saturada de anéis de prata — alguns com pedras preciosas, sempre na cor de sua bandeira —, Leugor buscava outro alimento estranho para ser afogado no molho pegajoso que, há pouco, havia sujado os cantinhos de seus lábios. Limpando a boca na manga das vestes reais de corte esquisito, ele livrou-se das manchas.

— Comerá apenas isso? — perguntou o rei, ao bebericar um pouco de vinho.

— Minhas servas levaram o jantar até meu quarto esta noite.

— Mentira.

— Como é? — empertigou-se a menina, incrédula.

— Mentira — repetiu ele, calmamente.

— Por que acha que eu mentiria sobre isso?

— Porque não acredito em, praticamente, nenhuma palavra que sai da sua boca. O que é uma pena, pois sua apatia por mim é, além de trágica para meus sentimentos, um desperdício.

— Por que desperdício? Que tipo de oportunidade teria eu com alguém como você?

— Ora, apenas todas que sempre sonhou — disse o rei, largando a comida que estava entre seus dedos.

A expressão de Leugor mudou. Seus olhos não mais aparentavam diversão e alegria, como antes. Agora, ele parecia prestes a conspirar algo maior do que o palácio onde estavam.

— Isso não faz sentido algum. — Caledrina também parou de comer. Apesar da resposta dada ao rei, em seu interior, depois de jantar com aquele homem, e passar mais tempo do que havia planejado ao seu lado, havia uma fagulha de curiosidade que a fazia torcer secretamente para que ele continuasse falando.

— Pense, Caledrina! — O monarca se levantou. — Com sua obstinação e habilidades como guerreira, e com minha força e eleição por Dunkelheit, conseguiríamos mais do que sua mente sonhadora poderia sequer imaginar. — O homem virou-se e, de costas para Cally, parou, como se observasse a paisagem da corte. — Poderia facilmente ter toda a facção preta em suas mãos, e isso seria apenas o começo.

Permanecendo em silêncio, a garota observou o homem que, de maneira tão convincente, vomitava palavras como se as tivesse decorado de um roteiro.

— Cally — Leugor voltou a encará-la, com a voz, agora, levemente alterada, com um tom firme, a fim de convencê-la de suas ideias —, uma rainha como você não deveria desperdiçar as habilidades servindo a um senhor que não tem sede de poder.

CAPÍTULO XXX

A garota pôs-se em pé. Algo em seu coração parecia gritar para que não desse ouvidos àquelas falas. Apesar disso, a jovem escolheu ignorar tal aviso desesperado; ao seu ego, as palavras soavam doces e irresistíveis.

— Continue — disse ela.

Os olhos de Leugor brilharam ainda mais. A obstinação, antes somente em sua voz, passou a ser nítida em seu rosto e gestos.

— Primeiro, poderíamos tomar as facções, uma a uma. — Ele contornou a mesinha, as almofadas, e apontou para as estrelas, como se apresentasse à rainha roxa um plano infalível. — Isso será fácil com você ao meu lado, não é mesmo? É a única que, além de ter matado um dos sete reis, tomou um dos tronos.

— Quer mesmo que eu acredite que trairia seus falsos irmãos dessa forma? — perguntou ela, torcendo para ouvir uma resposta convincente.

— Claro. — Rapidamente, ele se aproximou da menina. — Fui o único rei que fugiu deste lugar e da presença desprimorosa dos outros. Lembra do lugar em que nos conhecemos?

O sorriso maquiavélico do homem fez a fagulha no coração de Caledrina queimar ainda mais. Alcançando-a, ele segurou o seu rosto com as mãos, de maneira tenaz.

— Talvez... — continuou Leugor — talvez este seja o desejo de Dunkelheit, afinal.

Aquilo atingiu a garota como se o cabo de sua cortana tivesse sido arremessado com força em seu estômago. A menina, que a vida toda ouvira a respeito da beleza, do poder e das bênçãos concedidas pela fênix dourada, impulsivamente falou algo que, há anos, não falava. Sem saber a origem de tal reação, simplesmente entoou as palavras que vieram à mente:

— Pela fênix dourada! — sussurrou ela. — Talvez isso faça algum sentido.

As falas da menina foram como combustível para a empolgação daquele que carregava a insanidade em seus olhos.

Caledrina sentia que seu peito poderia, a qualquer momento, explodir; dessa vez, não por dúvida, mas por êxtase.

— Gosto da ideia de matar os reis — continuou ela, quando as mãos do rei azul libertaram sua face e voltaram a desenhar ideias no ar. — Como eu disse, este seria apenas o começo. Depois que assumirmos a Corte dos Sete, poderemos fazer o que bem entendermos. E não nos contentaremos com apenas isso. Meus irmãos, ainda que fortes, têm uma mente limitada. Nunca pensaram em expandir o território, não têm ambição, e, por isso, cairão. — Ele se voltou para Caledrina mais uma vez. — Com o nosso potencial, podemos conquistar, e **ser**, o que quisermos.

Leugor não possuía armas à sua disposição, mas fazia Cally se render a ele como se contasse com toda a cobertura de um exército.

Naquele momento, no terraço do palácio, estavam mais próximos um do outro do que jamais estiveram. Caledrina buscou, no mais profundo de seu ser, relembrar a si mesma a razão pela qual estava ali, e quem era o homem diante de seus olhos; mas como poderia se já havia esquecido até o próprio nome?

Com a visão turva e nebulosa, ocasionada pela corrida súbita e desenfreada do sangue nas veias dilatadas que irrigavam os músculos dos olhos, tudo o que ainda podia ser discernido na neblina repentina eram as palavras de Leugor. Essas pareciam desenhar, no ar, um plano perfeito e irresistível; e, pairando no céu escuro, a gravura formada por aquela junção de frases dispunha-se estrategicamente na imensidão noturna para que a menina continuasse a observá-las.

Cally sabia que o rei azul inspirava a luxúria; tão cativante e perigoso como tal. Por mais que tivesse tamanha sagacidade, era muito mais fácil permanecer firme na decisão de se afastar quando esta era apenas uma conjuntura do que ali, frente a frente com o monarca.

CAPÍTULO XXX

Era como se aquele discurso, sem nenhuma clemência ou cortesia, expulsasse de sua mente o raciocínio lógico, ocupando o lugar de qualquer pensamento com sentido.

Com Leugor, a garota sentia-se poderosa, como se fosse capaz de realizar tudo. Em sua companhia, ela encontrara uma lacuna no tempo; juntos, tinham todas as horas, minutos e segundos do mundo.

O rei azul aproximou-se ainda mais de Caledrina, que agora já conseguia visualizar, no céu escuro, todas as novas possibilidades; elas brilhavam diante de seus olhos. Próxima o suficiente de Leugor, a menina pôde sentir o hálito quente de vinho sem mistura que saía da boca do homem, mas foram as suas palavras que a embriagaram ainda mais — não pela bebida, mas pela sede de poder que crescia em seu interior.

— Não nascemos para servir, Cally. Pessoas como nós foram feitas para serem servidas.

O sorriso genuíno esboçado no rosto da garota foi o suficiente para incentivar Leugor a diminuir ainda mais a distância entre os dois. Caledrina sentia alguma coisa brotando, ao mesmo tempo, na mente de ambos; algo que chegaria mais longe do que os vislumbres de seus melhores sonhos, e ela gostava disso. Finalmente havia encontrado alguém que reconhecia o seu valor.

Desnorteada pelo súbito novo rumo que sua vida tomaria a partir daquele instante, a jovem guerreira decidiu que deveria, num ato marcante, selar sua nova decisão ambiciosa. E ali, com os pés sobre as almofadas luxuosas, as quais os olhos de fora do palácio jamais teriam a oportunidade de contemplar, Leugor criou uma cena como a que, um dia, ambos viveram no acampamento, na orla da floresta. Desta vez, Cally não sentiu vontade alguma de chutá-lo para longe. Naquele momento, a garota gostaria que ele estivesse ao seu lado, ambos com coroas sobre as cabeças. Envolvida pela atmosfera inebriante, com os olhos brilhando mais do que as estrelas que observavam o topo do palácio, Caledrina pôs fim à pouca distância que ainda os separavam, juntando seus lábios aos de Leugor. Naquele instante, diante de ideias e promessas avassaladoras, ela não sentiu apenas o beijo de um homem convincente, mas o gosto do poder.

Quando se afastaram, foi apenas o suficiente para que mais palavras mergulhadas em soberba fossem proferidas, atingindo de vez o coração da garota.

— Juntos, nós seremos a Corte — disse o homem, num tom venenoso.

Sem querer esperar nem mais um minuto para colocar o seu plano em ação, Leugor passou o braço direito por trás dos ombros da menina e, de cabeça erguida, ambos seguiram triunfantes rumo ao salão do palácio. Em um cômodo escuro e afastado da mente de Caledrina, alguma memória acerca de algo que aconteceria naquela noite batia na porta trancada, tentando desesperadamente sair; mas não havia como. A rainha roxa estava tão cheia de seu orgulho, que não sobrava mais espaço dentro de si.

CAPÍTULO XXXI

Caledrina gostou da sensação de descer as escadas com o braço de Leugor envolto em seus ombros. Em poucos minutos, conseguiu imaginar as coisas que faria junto a Leugor quando assumisse o controle da corte. Ela se lembrou de Heros, seu pai; em uma nota mental, anotou que, antes de qualquer coisa, o expulsaria da facção preta. Já Iros seria o primeiro monarca a quem destronaria. Talvez desse uma segunda chance a Anuza, sua companheira de cassinos, mas ainda não tinha certeza; dependeria do quanto ela lhe implorasse.

Assim que alcançou o último degrau, algo inesperado entrou pelos ouvidos da menina. Ainda abraçada ao rei azul, pôde ouvir vozes, burburinhos e até mesmo os brados que ecoavam pelas paredes do palácio, vindos do lado de fora. Mas, ainda em êxtase com todos os últimos acontecimentos, ignorou os ruídos.

A apenas alguns passos de distância do grande salão, Leugor a abraçou com mais força, fazendo-a sorrir. Estar ali era a escolha certa, ela não tinha dúvidas; sabia que, ao lado do rei azul, estaria preparada para qualquer coisa, independentemente do que fosse. Sentia-se pronta para sua nova missão: assumir a posição de soberana na Corte dos Sete.

Cally sempre fora elogiada. Na infância, era um prodígio. Mas, em toda sua vida, nunca o seu ego estivera tão inflado quanto naquele breve momento, no corredor largo, sentindo o peso do braço do rapaz em seus ombros. Ela finalmente teria tudo o que sonhou e ainda sonharia. Sem conseguir esconder o sorriso que acompanhava o olhar soberbo, a menina suspirou.

Ao entrarem no salão, enquanto contornavam os tronos, Cally, incomodada com a barulheira, enrugou o nariz. Ali, os sons do que pareciam ser festejos noturnos apresentavam-se ainda mais altos. Embora as festividades, dentro e fora do palácio, fossem responsabilidade do rei da bandeira azul — que, naquele momento, estava ao seu lado —, Anuza, por anos, cuidara do entretenimento da corte, então era comum que a rainha organizasse grandes festas de vez em quando, mesmo após o retorno do irmão.

No salão, contrariamente ao que os barulhos faziam parecer, nada se assemelhava a uma festa. No centro do cômodo comumente vazio, frente aos tronos, uma grande mesa de madeira maciça estava disposta. Apesar do estranhamento com o objeto incomum, o que mais surpreendera Cally fora aqueles que se assentavam ao seu redor. A primeira pessoa que viu foi seu pai.

Enquanto o homem lia o que parecia ser uma carta, Caledrina o encarou. Dunkelheit realmente estava a seu favor, pois sequer precisaria sair do palácio para tomar a facção preta, pensou ela. Incrédula, a rainha roxa sorriu para o homem ao seu lado, que retribuiu com um sorriso ainda mais largo. Ao voltar sua atenção para a mesa, a menina percebeu que, além dos reis e de Heros, todos os líderes das facções estavam presentes. A maioria conversava entre si. Sefwark, provavelmente o único que a cumprimentaria pessoalmente, não reparou na presença da garota;

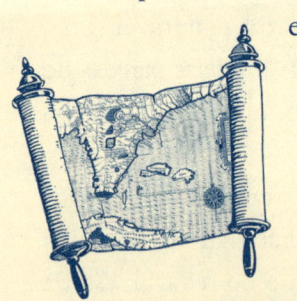

CAPÍTULO XXXI

ele estava com o nariz enfiado em um grande pergaminho colorido disposto sobre a mesa, o qual possuía algum tipo de gravura.

— Está atrasado — disse Iros, chamando a atenção de todos para os recém-chegados no salão.

— Não havia nenhum comunicado sobre uma reunião — comentou Caledrina, já furiosa.

— Eu não me dirigi a você — respondeu o rei da bandeira preta, sem desviar os olhos do homem que chamava de irmão.

O coração de Cally disparou. Não queria esperar nem mais um minuto. Por ela, começaria o seu espetáculo bem ali, naquele momento, frente aos reis e líderes. A partir daquele instante, a Corte dos Sete teria um novo direcionamento. A jovem se lembrou do dia de vertigem, de como todos se divertiam com aquele festejo. Se mortes os alegravam, ela estava disposta a realizar uma comemoração particular para eles.

Em busca de aprovação para o ataque, a menina encarou Leugor. Lembrando-se de que estavam sem armas, a rainha roxa rapidamente arquitetou uma estratégia; poderia nocautear um dos guardas do salão e conseguir ao menos uma espada afiada, pensou. Isso seria o suficiente. Mas, diferentemente de como havia imaginado, a única ação do rei azul foi retirar o braço apoiado em seus ombros. Crendo que tal cena era apenas um disfarce de seu aliado para não entregar o plano, a jovem se preparou mentalmente para pular em um dos homens que protegiam a entrada do cômodo.

— Como posso estar atrasado, irmão? A festa não começaria sem mim.

As últimas vezes em que Caledrina encontrara Heros, percebera o olhar banhado em orgulho, como se, de alguma forma, o homem tivesse tido parte com o fato de a menina ter assumido um dos tronos. Mesmo com a falta de contato paterno, ele não hesitava em dizer para todos na facção preta que Cally crescera treinando debaixo de suas ordens. Ele era o pai da rainha roxa, e deleitava-se com isso. A jovem guerreira resolveu observá-lo mais uma vez, enquanto Leugor aguardava a resposta de Iros. Agora, o líder da facção preta também encarava a menina de cabelos cinzentos, mas, ao contrário das últimas vezes, seu olhar parecia arder em chamas enraivecidas, e sua mão, seguindo o comando de sua expressão furiosa e avermelhada, segurava o cabo da espada em sua bainha.

Cally direcionou seus olhos para Leugor mais uma vez. A menina conhecia Heros o suficiente para saber que aquele olhar significava notícias ruins, e, naquele dia, ela pretendia ser a pior das manchetes.

De fora do palácio veio um barulho distante, alto como um estrondo. Caledrina assustou-se, mas buscou manter a compostura frente aos reis. Os burburinhos cresciam cada vez mais, mas não eram o suficiente para atrapalhar o silêncio que ecoava dentro do palácio. Iros não emitira um único sonido. Decidido a cumprir sua tarefa, Leugor, não mais esperando a resposta do dito irmão, encaminhou-se em passos rápidos até os tronos, seguindo em direção àquele que o pertencia. Num impulso, ficou em pé em cima do assento, como uma criança mimada brincando de escalar móveis, mesmo sabendo que não deveria. Sem ninguém para o repreender, o homem continuou, e então bradou:

— Atenção, reis e líderes da Corte dos Sete! Não veem que, entre nós, está a maior guerreira que já vimos?

Caledrina enrubesceu. Havia esquecido que seu aliado era rei da bandeira das artes, e, se fosse destronar todos os seus falsos irmãos, certamente faria disso um espetáculo. Apesar do teatro nada programado, ela estava disposta a seguir o roteiro, desde que a exaltasse.

— Aqui está! — O homem no trono apontou para a rainha roxa, com os olhos esbugalhados e o maior sorriso que expressara durante toda a noite. — A menininha responsável por nossa vitória! O prodígio da facção preta! A assassina de monarcas! A usurpadora de tronos! A criação do Vento! Senhoras e senhores, vocês estão diante de uma criatura ímpar. Caledrina Cefyr! Sua mente estrategista e

CAPÍTULO XXXI

temperamento tempestuoso não foram páreos para as minhas artimanhas. Seu treinamento claramente não a preparou para combater a melhor das armas. Graças à sua ingenuidade e distração, nossos portões agora ecoam o desespero daqueles que, um dia, acreditaram em seu "potencial inigualável". Temos, em nossas mãos, o exército inimigo e o seu reizinho, prontos para serem dizimados.

CAPÍTULO XXXII

O coração de Caledrina fora perfurado pelas palavras afiadas de Leugor. O momento pareceu durar uma eternidade, e era consequência de um jantar que, a princípio, sequer deveria ter acontecido. Ela não devia ter permanecido, pensou. Naquele instante, a menina desejava ao menos estar em suas roupas de batalha, em vez de em um vestido bonito; gostaria de ter chegado ao salão sozinha, e não abraçada ao homem que, ali, diante daqueles que jurou odiar, destroçava cada parte de seu ser. Com as mãos em frente ao corpo, na tentativa de se esconder, a postura da menina apenas comprovava sua ingenuidade. Ela aceitara muito mais do que apenas um convite do rei azul, consentira, também, com todas as suas mentiras.

Caledrina havia falhado.

Por um instante, ela pensou que se, porventura, algum dos reis ou líderes das facções ousasse engolir a saliva, seria possível ouvir. Pensou também que já conseguia ouvir os pensamentos furiosos de seu pai. Encará-lo não era mais uma opção. As cicatrizes das mãos da garota pareceram coçar novamente, depois de anos.

O caos no interior de Caledrina era exageradamente maior do que a cena que ocorria na realidade. Os presentes no salão a olhavam com desgosto, alguns mais do que outros. Gudge, por exemplo, não parecia se importar muito com toda a situação, e Ince estava mais preocupado em anotar do que julgar, não queria perder nenhuma informação.

Cally permaneceu encarando Leugor, com uma pequena parte de si — a ingênua e distraída, mencionada por ele — torcendo para que tudo não passasse de um mal-entendido de sua mente. Mas, diferentemente do que esperava, a próxima fala do homem fez todas as suas esperanças despencarem como o vinho que cai da taça quando alguém não a prende com atenção entre os dedos.

— Eu lhe peço, irmão, perdoe meu atraso — disse Leugor para Iros. — Estava atuando em uma das melhores performances da minha vida.

As coisas com o rei azul sempre eram rápidas. A maneira de viver sem rodeios ou contornos o fazia pular diretamente ao assunto. Sem contar a persuasão, e, claro, o esplendoroso talento para a atuação. Leugor era tão convincente, que ressuscitou sonhos que deveriam ter permanecido mortos em Caledrina. No entanto, naquele momento, naquele salão, diante daquelas pessoas, a ousadia do rapaz que há pouco a fizera delirar, era o que, mais do que qualquer outra coisa, a assustava.

Anuza soltou uma gargalhada e apoiou-se na mesa de madeira com força, movendo, por descuido, alguns papéis e pequenos bonecos que ali estavam posicionados. Caledrina observou a cena, cuidando para não manter contato visual com nenhum dos presentes. Ela percebeu algo que, antes, com os olhos cobertos pelo orgulho, fora impedida de reparar. A mesa estava repleta de estratégias de guerra. O desenho que Sefwark encarava fixamente era o mapa da corte, e os bonecos, aqueles que lutariam em seu nome.

— Está perdoado. Em todos os sentidos. — O rei da bandeira preta acenou, sereno.

— Serei eternamente grato... — O rosto de Leugor virou-se para Cally — pela sua estupidez, menininha tola.

CAPÍTULO XXXII

Ao ouvir tamanho desaforo, a garota sentiu o aperto no coração aumentar. O homem que algumas horas atrás a elogiara e exaltara, agora fazia uma reverência espalhafatosa e irônica em cima de seu trono, a fim de degradá-la ainda mais. Caledrina, usualmente furiosa e impetuosa, buscou dentro de si combustível para transformar sua tristeza em forças para falar algo em voz alta.

— Não sou uma "menininha", muito menos uma tola, como diz. Sou uma guerreira, e destronei um de vocês! — disse ela, por entre os dentes, apontando para os reis. Embora entoasse aquelas palavras, no meio de toda confusão, o que prevalecia era o mais sincero desespero e a sua voz embargada.

— Guerreira? — Como se já esperasse por uma oportunidade, Heros se voltou para a garota. — Você não passa de uma estratégia de guerra.

— Eu também sou rainha! — bradou Cally, ignorando o pai, fazendo as veias do pescoço saltarem, junto às lágrimas que, presas em seus olhos, estavam prestes a explodir por todo o seu rosto.

Sorrindo para ela, Leugor entoou:

— Não, querida. Você nunca foi e nunca será rainha!

— Isso está começando a ficar interessante — disse Anuza, tamborilando as unhas enormes na mesa, entre risinhos eufóricos.

— Ele traiu vocês! — A menina apontou para o rei azul em completo desespero. — Antes de retornar à corte, foi até o acampamento. É um mentiroso! Se minha coroa será arrancada, espero que o mesmo aconteça com a cabeça de Leugor!

Alongando os músculos do pescoço, o homem preparou-se para recuperar a atenção dos reis e líderes da corte.

— Oh, que grande notícia! Teria algo mais a dizer para tentar me difamar, grande Caledrina Cefyr? — Os reis gargalharam pela performance espalhafatosa do responsável pela bandeira das artes. — Não ouviu quando seu pai falou? Deveria apresentar mais respeito à sua figura paterna. Você, querida, é uma estratégia. Todos já sabem que visitei o acampamento... mas há algo, queridos, que vocês não sabem. — Ele abriu os braços, como se estivesse prestes a declamar uma poesia.

Leugor balançou a cabeça em sinal negativo e, como se hesitasse, colocou as mãos sobre a cintura, provocando uma risada ainda mais alta nos presentes.

— Enquanto estive naquele... lugarzinho — continuou ele —, vi coisas extraordinárias... extraordinariamente repugnantes! Mas é fácil nomear a mais repulsiva delas, a que ocupa o primeiríssimo lugar — Leugor encarou Caledrina, fazendo a sua estimada plateia enlouquecer de deleite. — Além disso, lá havia moradores muito... desprezíveis. É o lugar das comidas mais horríveis e das músicas mais tediosas que já ouvi. Ah! Também tinha um ser estranhamente azul.

— Eu preferiria ser poupado dessas informações. — O líder da facção azul puxou uma gargalhada de incentivo ao seu rei.

A menina não tinha forças nem mesmo para fingir, apenas se deixou dominar pela sensação de fracasso e de impotência. Queria tanto ser exaltada e admirada, mas encontrava-se em sua mais profunda humilhação.

Com os burburinhos aumentando veementemente, Caledrina piscou algumas vezes para afastar as lágrimas dos olhos. Ela lembrou-se de algo que Arnalém a ensinara certa vez: o silêncio também era uma resposta. Ao permanecer na incerteza sobre qual reino servir, dividida, ela fizera, em seu coração, uma escolha — antes mesmo daquele jantar. A menina acolheu a dúvida, e, na indecisão, não havia espaço para o Vento, pois, como o próprio dissera antes de partir, ele simplesmente **é**, e, para que seja por inteiro, é necessário um espaço que o permita apenas **ser**.

No início da amizade com o seu criador, recordou-se Cally com um sorriso, ela o havia perguntado se poderia lavar apenas os pés no rio, numa noite fria, questionando se aquilo serviria para deixá-la limpa. Calmamente, Arnalém a instruíra, dizendo: "Se não for por inteiro, de

CAPÍTULO XXXII

nada valerá. Para se limpar por completo, deve se doar por completo. Nas profundezas do rio, verá que há coisas valiosas, mas essas não são para os olhos daqueles que resolvem permanecer na orla, sem limpar mais do que os pés. Os verdadeiros mistérios que as águas reservam são para os que, de forma ousada, mergulham por completo".

Fechando os olhos com força ao lembrar-se do antigo hábito de conversar com o Vento, num sussurro, a menina falou:

— Eu sinto muito.

— O que faremos com ela? — perguntou Prog, após o ataque de riso, encarando Iros, sabendo que, independentemente de qual fosse a decisão, viria de seu dito irmão.

Dando ordem aos seus guardas, o rei da bandeira preta bradou:

— Levem-na para a masmorra!

— Não irá matá-la? Uma traidora merece morrer! — sugeriu Anuza, com um sorriso maquiavélico.

— Não — disse Iros, perigosamente calmo, ao tempo que seus guardas já seguravam a farsante tão fortemente pelos braços, que faziam seus pés descolarem do chão.

— A morte não é o suficiente — continuou ele. — Após derramarmos cada gota de sangue selvagem, Caledrina Cefyr fará parte entre os escravos que limparão a bagunça. Depois disso, servirá a corte, atendendo a todo e qualquer pedido de seu novo senhor. Quem sabe, assim, aprenda a reverenciar aqueles a quem verdadeiramente pertence a coroa.

Agitados, os reis e líderes bradaram. Sefwark encarava a menina com desgosto no olhar, como se desejasse cuspir uma poção venenosa do lado roxo na face da jovem e acabar com a espiã ali mesmo. Cally tentava desesperadamente escapar dos braços fortes, determinados a levá-la ao cárcere. De seu corpo, um líquido quente e frio parecia ser expelido enquanto, com olhos esbugalhados, ela parecia não focar em nada à sua frente, remexendo-se em vão entre as mãos que a apertavam.

CALEDRINA CEFYR E O ARAUTO SUJO

Foi quando, por cima da algazarra dos presentes e dos gritos roucos de Caledrina, um arauto abriu os portões do salão, num estrondo, e, em alta voz, com a tonalidade geralmente firme danificada pelo mais tremendo terror, bradou:

— Meus reis, os selvagens conseguiram derrubar nossos portões!

CAPÍTULO XXXIII

Com as costas no piso gélido da cela, e as mãos entrelaçadas e apoiadas na barriga, Caledrina contava, novamente, as linhas riscadas pelo tempo no teto de pedra lúgubre e escuro. Ela já havia feito aquilo tantas vezes que, se fechasse os olhos, poderia continuar a tarefa.

Ao ouvir uma nova onda de gritos e explosões, Cally sentou-se no chão duro e frio, e, rapidamente, correu até as grades, posicionando o rosto entre as mãos que as seguravam.

— Noswi! — chamou ela pelo carcereiro. — Ei, Noswi!

O homem acordou de seu sono profundo, e, enquanto ajeitava a postura largada e limpava a saliva seca no canto da boca com a manga da camisa de tecido grosseiro, berrou em resposta:

— O que é, infeliz? Estou trabalhando!

— Desculpe incomodá-lo, mas é que... gostaria de saber como estão as coisas lá fora.

— E como **eu** poderia saber?

— Bem, já que o senhor vive dizendo que não é um escravo como eu e que pode passear livremente pela superfície, deve ter visto ou escutado algo sobre a guerra...

Novos gritos se fizeram ouvir, acompanhados de pequenas pedrinhas que, desgrudando-se do teto da masmorra, uniram-se às partículas sujas do chão empoeirado.

— É claro que vi e ouvi! Só não estava lembrando. O seu povinho ainda está acampado próximo aos nossos muros. Fiquei sabendo que atacam todos os dias e que já perdemos muitos homens, assim como eles. Ouso até dizer que... Ei! Eu não preciso contar nada para você, *imundinha*!

Aquilo era o bastante para Cally. A menina sentou-se no chão, encolhida na cela fria. Uma semana. A guerra iniciara há exatos sete dias e ela estava ali, presa! Iros, ao contrário do que dissera à garota, jamais havia planejado atacar o acampamento; fora uma informação dita apenas para testar a espiã. Tudo para apressar Kyrios e testificar se a menina era mesmo uma traidora. Como o rei da bandeira preta apostava todas as fichas em sua intuição, decidiu colocar o melhor farsante da Corte dos Sete para ludibriar a jovem guerreira naquela noite, e, assim, impedi-la de ajudar os selvagens em um possível ataque. Nada fazia Caledrina se arrepender mais do que ter deixado a dúvida entrar em seu coração, impedindo-a de permanecer fiel à sua missão, ao seu povo, e, principalmente, ao seu criador.

Enganar Caledrina não fora a única atitude tomada por Iros. O monarca também havia deixado seus homens prontos, à espera de Kyrios; toda a guerra estava tramada há anos. O mistério que cercava o sumiço do rei azul nunca fora segredo para as coroas. Leugor não havia fugido da corte, apenas operava distante dela. Ele esperava por Caledrina do lado de fora, a fim de garantir que, ainda que a jovem deixasse os limites das muralhas para encontrar o ser que os condenou a viverem como bestas, ela estaria para sempre com a alma presa a eles. Caledrina era posse da maldição. Independentemente de como a menina decidisse trilhar seu caminho, fosse correndo para

CAPÍTULO XXXIII

longe do Vento ou em sua direção, os reis estariam lá, aguardando-a. Em resposta à desobediência de Dunkelheit, o Vento arrancara tudo o que tinham; por isso, o que mais ardentemente desejavam era retribuir o favor.

— Muitos homens... — repetiu Cally, pensando em todo o universo que poderia estar contido naquelas palavras. Inúmeros selvagens já haviam deixado a vida no campo de batalha, e muitos outros haveriam de deixar. "Se eu estivesse entre eles, talvez a quantidade fosse menor", pensou. Antes, possuíam um elemento surpresa, mas ele não funcionara, pois ela não estava lá para abrir os portões, como o esperado.

A garota sabia que a informação que passara a Kyrios, acreditando ser verdadeira — a respeito do, até então, ataque da corte ao acampamento — não havia influenciado na decisão do general de atacar seus inimigos naquele dia. Caledrina passou tempo suficiente com o Vento e seu filho para saber que eles não eram levados pelas circunstâncias. Aquela decisão, certamente, já estava planejada. Mas, ainda assim, a menina sabia que o novo rei dos selvagens contava com ela.

Como forma de punição por suas ações, Caledrina mordia a mão direita, já repleta de marcas de sangue no formato de seus dentes; a garota novamente aborreceu-se por ter sido tão asinina. Ela havia se afogado em seu orgulho, e abandonara sua parte na missão; esquecera-se de servir. Sua mente agora se enchia de pensamentos... Como pôde ignorar um acontecimento tão importante? Justamente no ápice de sua participação, quando todos contavam com sua ajuda, cometera tamanha falta. Se não fosse ela mesma, por certo baniria o soldado que realizasse tal desatino de deixar o seu povo à deriva. Os selvagens contavam com a garota, e, como sempre, havia decepcionado a todos.

Não era boa o suficiente para ser filha do líder de uma facção tão poderosa, nem para cair na cor certa no dia de vertigem, e, muito menos, para ser uma rainha. Sequer era o bastante para fazer parte dos selvagens. Fora criada de forma excepcional e, ainda assim, era excepcionalmente um fracasso. Toda uma vida dedicada a alcançar o topo para, no fim, descobrir que dentro de si só havia vazio, e nada, nada mesmo, para ser escalado. Pés cansados e nenhum destino. Simplesmente não era boa o suficiente para ser digna de nada.

Caledrina não era ninguém.

Deitando-se novamente de costas, já com o corpo acostumado ao clima gélido da masmorra, a jovem respirava de maneira espasmódica. Em seu mais profundo, no cárcere mais obscuro de sua alma, enquanto não tentava lutar contra as lágrimas que escorriam por seus cabelos cinzentos, desejou morrer.

— Onde ela está?

Levantando-se de súbito mais uma vez, Caledrina imediatamente reconheceu a voz que se aproximava. Era Leugor.

Desde o primeiro ataque dos selvagens, quando Cally se encontrava sendo humilhada no salão, com o coração destroçado, ela não havia tido contato com mais ninguém além de Noswi, suas ordens extravagantemente ridículas e prisioneiros pervertidos, embora estes, para a sua felicidade, sempre estivessem em suas próprias celas, impossibilitados de atingirem a garota com qualquer coisa além das palavras torpes.

Para a grande desventura daquele que seria o primeiro visitante em sete dias, segundos atrás, a menina já havia desistido de viver. Junto às suas lágrimas, ela havia lançado fora tudo o que ainda poderia colocar razão em sua cabeça. Caledrina não tinha nada a perder.

Cautelosa, enxugou o rosto. Com os braços alinhados aos ombros, apenas inclinou a cabeça, esperando que o homem que a enchera de esperanças e aspirações se tornasse o foco de seus olhos cansados.

Direcionado por Noswi, as íris de Leugor, azuis como as pedras de sua coroa, encontraram a garota, que buscava, em seu pensamento,

CAPÍTULO XXXIII

uma maneira de causar algum tipo de sofrimento ao rei. Com as mãos juntas frente ao corpo, o visitante fez um biquinho.

— Ah, querida, como está bela! Eles têm cuidado bem de você?

Repleta de sujeira, com vestes de pano grosseiro, cabelos desgrenhados e vários hematomas de socos e tapas que recebia cada vez que não realizava uma função impecavelmente ou tão rápido quanto esperavam, a garota lentamente inclinou o corpo até prestar uma reverência irrepreensível.

— Perfeitamente bem, senhor.

Arqueando as sobrancelhas pela fala e comportamento inesperados, o rei azul se aproximou das grades.

— Assim está muito melhor. Queria que você fosse dessa forma, fácil de lidar, todos os dias.

As vestes finas do homem não eram o suficiente para encobrir a sua podridão interior. Ele sorriu maquiavelicamente para Caledrina. Lutando para não o amaldiçoar até precisar criar palavras novas para isso, a menina sorriu em retorno, mas, se cobrissem seus lábios, deixando apenas os olhos apáticos à vista, ninguém poderia afirmar que se expressava de tal forma. Cuidando para reproduzir a voz mais aveludada que era capaz, a jovem falou:

— Estar aqui me faz sentir tão sozinha. Mesmo acatando as ordens de Noswi a todo o tempo, parece que não falo com ninguém há décadas.

— Ótimo! Assim terá tempo para refletir sobre suas transgressões.

— Ah, tenho feito isso, e muito! Tenho pensado em nós.

— Nós? O que há sobre nós para pensar? — questionou o rei, meramente curioso.

— Eu desejava poder, Leugor, e sei que, no fundo, você também. Cheguei à conclusão de que é melhor servir, com minhas habilidades como guerreira, a um rei audacioso do que a seres perdidos que apenas usam coroas na cabeça. Sei que traí a confiança da corte, mas... eu não trairia a sua.

O homem não resistiu aos elogios da menina e aproximou-se ainda mais da cela; parecia que ela havia aprendido algo sobre atuação, afinal. Sem hesitar, já próxima o suficiente, Caledrina esticou o seu braço para fora das grades, segurando o pescoço do rei azul com as unhas que, há mais de uma semana, não eram aparadas.

Com o rosto grudado no ferro gelado, sentindo as garras de Cally cravadas sobre a pele fina, Leugor, sufocando, conseguiu chamar a atenção dos guardas ao chocar o bracelete de ouro em seu braço contra a cela, produzindo um tilintar contínuo. Alcançando o rei e a selvagem que, presa ao homem, encarava-o com um olhar obstinado, os guardas retiraram o monarca azul do controle da prisioneira, mas não antes que ela conseguisse cuspir na face daquele que a enganara.

Leugor caiu para trás assim que se livrou de Caledrina. A menina gargalhou escarnecida ao vê-lo tossindo, com as mãos em frente ao pescoço roxo repleto de gotas minúsculas de sangue concentrado.

— Ela é louca! — falou o rei, com a voz quebrada. — Prendam-na!

Os guardas se entreolharam, até que um deles comentou:

— Mas já está presa, meu senhor.

— Então amarrem-na de cabeça para baixo, cortem suas mãos com um machado... Tanto faz! Eu não me importo! Apenas façam essa miserável sofrer!

— Sim, Majestade! — responderam, em uníssono.

— Não, não. Esperem! — disse Leugor, enquanto recebia ajuda para se colocar de pé. — Onde está Noswi?

— Aqui, meu rei — respondeu o homem alto e gordo.

— O chicote! Cinquenta chibatadas — ordenou, arquejante.

— Sim, meu senhor. Será feito.

Leugor deixou a masmorra, com suas tosses ecoando cada vez mais fracas devido à distância gradual que o separava da menina encarcerada. Cally esperou até que fosse possível ouvir o som pouco suave da porta de ferro se abrindo, e, então, obedecendo a cada orientação, aceitou ser levada até outra cela, uma nove vezes maior do

CAPÍTULO XXXIII

que a que a abrigara por uma semana. O novo ambiente continuava escuro, úmido, mas com novos itens de decoração: todas as armas de tortura destinadas aos presos.

Caledrina sentiu as mãos suarem quando foram bem amarradas, com cordas novas, ao redor de um pilar de madeira resistente de cor clara e avermelhada. Durante os últimos dias, havia recebido algumas sentenças e punições; nenhuma, porém, a fizera tremer. Como se estivessem trancafiados em algum canto empoeirado de sua mente, seus traumas, ansiosos pela chance de ver a claridade pela primeira vez em tanto tempo, pareceram despertar ao ver a arma fina de pontas de metal. Cally sentiu arrepios percorrerem toda a extensão de seu corpo, feito um dedo gelado na espinha.

Mordendo os lábios até sangrarem, a fim de conter os gritos dentro de si, de joelhos, com as costas dilaceradas e as vestes completamente esfarrapadas, a menina não foi capaz de suportar tamanha dor, e os berros contidos se transformaram em lágrimas fujonas que, intrépidas, atravessaram os portais dos olhos furiosos e cheios de rancor. Com as mãos ainda presas, estendidas de forma que alcançavam o solo e impediam o corpo de sucumbir, obedecendo aos seus impulsos, Caledrina permitiu à sua garganta ecoar um grito, que, atravessando as paredes de pedra, alcançou três celas depois da sua.

CAPÍTULO XXXIV

Ainda que o pequeno talher de prata, o qual acompanhava as escassas refeições que lhe eram dadas a cada um ou dois dias, estivesse oxidado, Cally pôde ver suas olheiras fundas no reflexo. As mãos que as tocavam também não eram mais as mesmas. Com as palmas e os dedos calejados, a prisioneira tremia ao levar a sopa quente até a boca rachada. Desde o incidente com Leugor na cela, ele ordenara que ela fosse a escrava com mais afazeres entre todos na corte. Encarcerada, Caledrina cumpria diversos deveres, desde limpar feridas de outros presos, lavar louças sujas, retirar ratos e outros animais mortos das celas, até levantar pedras mais pesadas que o seu próprio peso, por qualquer que fosse a razão.

Mesmo após quase trinta dias, a menina ainda sentia as costas arderem devido às chicoteadas. As pedras que Caledrina carregava quase diariamente não permitiam sua cicatrização. Por vezes, ao sentir o sangue voltando a verter, ela arqueava as costas pela dor, e, sem aguentar sustentar os pedregulhos por muito tempo, soltava-os acidentalmente.

Com os olhos paralisados e a boca aberta de maneira inconsciente, sentada com os braços envolvendo os joelhos, a garota lembrou-se de sua vida no acampamento, também de sua rebeldia infantil ao desejar trocá-la por qualquer outra coisa. Com a boca seca e os lábios rachados, recordou-se do aroma delicioso de cada manjar, dos sucos frescos e dos bolos de laranja; sentiu saudades do rio, da fonte, de Arnalém e... de Kyrios.

Desejar a luxúria do palácio a levara à miséria, enquanto, nas tendas, já tinha encontrado a maior riqueza existente. Ela teve tempo o suficiente para, verdadeiramente, se arrepender. Não pela rejeição de Leugor ou da corte, mas porque entendera que seu coração não pertencia àquele lugar. Mesmo se a tivessem aceitado, ela não queria mais a Corte dos Sete... desejava voltar para casa, mas sentia que não era digna do acampamento, nem de, ao menos, se desculpar mais uma vez. Caledrina, por fim, aceitara o destino que escolhera: viver longe daquele que a criou.

Seu corpo já mirrado levantou-se com certa dificuldade; de longe, ela ouvia o estardalhaço abafado da guerra, que já soava comum aos seus ouvidos. Enquanto isso, nas celas do palácio, sabia que, em pouco tempo, chegaria a sua hora de lavar, limpar ou carregar o que lhe fosse ordenado, e, em pé, esperou pelo início de mais um dia.

Assim que as grades de ferro se abriram no cômodo escuro e abafado, vigiada pelos guardas, Caledrina foi direcionada a caminhar até um amontoado de pedras, que haviam caído do teto pela agitação caótica da guerra, nos andares superiores. Cobrindo-se de poeira, sua pele vagarosamente igualava-se ao tom de seus cabelos e olhos. Apertando seu nariz para prender a respiração, Cally observou a cena. O pequeno desmoronamento acontecera durante a noite, e caíra bem em cima de um prisioneiro que dormia tranquilamente. Ao ver a estatura e o corpo raquítico que não mais respirava, a jovem teve certeza de que, com pedras ou não, o homem não duraria muito tempo.

— Leve as pedras até aqueles carrinhos e tire o corpo. Depois, limpe a cela para que possamos trazer mais alguém para cá — disse um dos guardas antes de se retirar.

CAPÍTULO XXXIV

A menina sabia que eles não se importavam em levar um novo prisioneiro para uma cela suja de sangue, uma vez que a sua própria continha muitas manchas fedorentas e de textura ainda pegajosa. O comando lhe foi dado apenas para que tivesse alguma atividade a ser realizada.

Geralmente, em funções desagradáveis e fétidas como as que envolviam um falecido, nem os guardas suportavam permanecer no recinto por muito tempo. No início, com o estômago embrulhado, a menina colocava para fora todo o enjoo que, mais tarde, apenas acabava por aumentar o seu serviço de limpeza. Mas, depois de tantas luas, seu estômago já estava habituado.

Na noite anterior, Caledrina havia sonhado. Aquele desenho que passeava em sua mente enquanto dormia viera como um alívio, feito para abstraí-la da realidade. Ela sonhara com um rio. No sonho, havia mergulhado tão profundamente que encontrara uma pedra preciosa na boca de um peixe. Era uma pedra verde, diferente de tudo o que já tinha visto; nem nas coroas dos reis havia algo similar. Por conta desse breve momento durante a madrugada, acordara com os pensamentos tão vividamente presos ao acampamento, como há muito não acontecia. Não se sentia digna sequer de pensar no lugar, como se nem seus pensamentos fossem puros o bastante para viajarem até lá, por isso ela os mantinha sempre consigo; trancafiados na sujeira, sentenciados à vergonha.

Caledrina se recusava a derramar lágrimas para molhar o chão daquela masmorra horrenda — exceto pelo dia das chibatadas —, mas, naquele dia, ao curvar os joelhos para alcançar e levar a primeira pedra do dia até o carrinho, pensou em tudo o que estava acima dela, do outro lado das rochas, e chorou amargamente.

A incerteza de como Kyrios estava se sentindo liderando a sua primeira guerra, sem que ela pudesse permanecer ao seu lado, garantindo-lhe algum suporte, ou pensar na simples possibilidade de o corpo de Dwiok estar estirado pelos gramados sangrentos e secos da corte, causavam calafrios na prisioneira.

Caledrina Cefyr sempre foi um nome associado à grandeza, mesmo antes de a própria garota perceber. Não porque era a promessa da facção preta, um prodígio para a sua idade ou por ter derrotado um dos sete reis e assumido o trono. Ela era grandiosa, pois foi criada por amor, por aquele que tudo o que sempre quis foi amar. Como, então, havia se permitido descer tanto? Como ela, destinada a coisas grandes, encontrava-se em tão miserável situação?

Deixando cair a primeira pedra dentro do carrinho, juntamente a uma gota de suor, com as pernas trêmulas e fracas, Cally abaixou-se para pegar uma nova rocha pequena, e notou que estava manchada de vermelho. A garota estava tão envolvida em sua própria miséria, que não percebeu quando seus cabelos voaram.

— Criação — disse o Vento.

Tamanho foi o espanto da menina que, assustada, largou a pedrinha; não fosse o intenso soprar do Vento, a pequena pedra teria atingido seus pés. Mas esse é um detalhe que Cally não fora capaz de notar, e jamais seria capaz de descobrir — assim como vários outros cuidados atentos que sempre vinham tanto com a brisa quanto com o vendaval.

— Arnalém? — respondeu a garota, em grande pavor.

Alheio à situação, como se a fumaça causada pela poeira que se levantou estivesse encobrindo sua visão, o guarda que vigiava a jovem continuou a olhá-la carregando as pedras.

Caindo de joelhos ao sentir o novo ar entrando vorazmente por suas narinas e correndo vivo por seus pulmões, Cally o percebeu a envolver.

— O que está fazendo aqui embaixo, no escuro, criação? — questionou o Vento, no sussurro de uma brisa.

— Por que pergunta se tem o conhecimento de todas as coisas? — disse a menina, com vergonha e arrependimento.

CAPÍTULO XXXIV

— Se, para fazê-la falar comigo, eu precisar ouvir tudo o que já sei, então isso é o que mais desejo! — continuou Arnalém, em sua notável serenidade. — Abra o seu coração, criança.

Cally não pôde se conter. Suas lágrimas desciam frenéticas, regando um pouco mais a masmorra; seu peito arfava em meio aos soluços. A menina se debruçou no chão, sem saber o que falar ou fazer. A presença do Vento ali, naquele lugar sujo e tão contrastante com sua natureza, constrangeu a garota.

Aquela que estava acostumada a rebater e argumentar, sempre em prol de suas próprias opiniões, agora encontrava-se rendida e profundamente triste. Suas palavras foram entoadas pela melodia de seu choro:

— Sinto que me criou para a servidão! Antes, era escrava no acampamento, agora, sou na corte. Não importa o que eu escolha, esse é o meu destino. Estou sozinha, Arnalém. Completamente solitária.

Caledrina despejou as palavras que guardou por tanto tempo em seu coração, que, agora, parecia esmagado. Era difícil até mesmo expô-lo ao Vento nesse estado... afinal, quem gostaria de receber algo quebrado? Erguendo o queixo para encarar Arnalém, com dor nos olhos, a menina franziu o cenho involuntariamente enquanto ele, ainda em silêncio, apenas sorria para ela.

— Você é bela, obra minha. O que me preocupa é o estado de seu coração.

Ao ouvir a serenidade presente na voz daquele que lhe dirigia tais palavras, a menina permaneceu calada, refletindo se era, de fato, a primeira vez que ouvia um elogio como aquele; e, acreditando que sim, apaziguou um pouco o caos de seus pensamentos.

— Por que continua servindo a eles se agora já reconhece sua crueldade? — continuou ele.

— Eu não tenho escolha.

— Escolha é algo que você sempre terá. Não importa onde, de que forma, com quem esteja ou o que faça, o poder de decisão sempre estará em suas mãos, como dois copos de cristais continuamente disponíveis, um com água e outro com vinho. A grande questão, no entanto, não está em beber dos copos ou não, mas qual deles será o escolhido.

— Eu não escolhi estar aqui...

— Talvez não tenha optado pelas celas, mas foram as suas decisões que a trouxeram até elas.

— É fácil falar, Vento! Nada lhe prende. — A menina parecia suplicar.

— Caledrina... você foi feita de mim.

Expirando, a criação de Arnalém deu uma atenção especial ao guarda em transe, antes de voltar a concentrar-se naquele que movimentava seus cabelos.

— Eu estou sozinha — repetiu ela, mais para si do que para Arnalém.

— Não, você nunca estará.

Como se tais palavras lhe soassem feito gatilhos, quebrando uma represa que ela sequer sabia que existia dentro de si, Caledrina debulhou-se em lágrimas outra vez. A garota as odiava; sentia como se o líquido que vertia de seus olhos pintasse o seu rosto com a tinta mais frágil de todas, expondo a obra para qualquer um que estivesse presente. Cally passou a odiar-se ainda mais por ter sucumbido à fraqueza de ter se tornado próxima da maldita arte de chorar. Com Arnalém, no entanto, estranhamente, suas lágrimas pareciam não lhe trazer a vergonha da sujeira, mas o contrário; pareciam purificá-la. Era como se, além de levarem consigo os tons escuros do pó das bochechas da garota, expulsassem algo obscuro de dentro dela, abrindo espaço para algo leve e claro.

— Como eu poderia pedir desculpas mais uma vez? Não se cansa de ouvi-las?

Com os pulmões renovados por um fôlego vivo, em seu interior, Cally sentiu seu criador falar.

CAPÍTULO XXXIV

— Como poderia o Vento se cansar de algo feito a partir de sua própria natureza? Você acredita que sou onisciente, pequena?

— Sim...

— Então, se verdadeiramente sou o que você acredita que sou, como pode se envergonhar diante de mim, ou achar que me cansaria da minha criação, se eu já sabia de todos os seus atos futuros, e, mesmo assim, decidi criá-la e amá-la intensamente desde o princípio? Não há nada que me surpreenda ou me faça amá-la menos por um instante sequer, nem agora nem pelo resto de sua vida. Em mim, você já era, mesmo antes de ser. Hoje, sinto cada batida de seu coração, até dos dias que ainda não foram vividos. É por isso que não deve temer perder o meu amor com base nos seus erros de amanhã, Caledrina; ontem eu já os conhecia, e decidi amá-la mesmo assim. Você pode escolher rejeitar o que lhe ofereço, mas não pode conquistá-lo, pois **já é seu**.

Interrompidos por novas pedrinhas de barro que caíam nos pés de Cally, unindo-se aos estrondos vindos do lado de fora, consequentes das explosões anteriores, a garota arfou. Ela sentiu um novo peso sobre os ombros, mas não de uma maneira ruim, como uma sobrecarga; era um constrangimento tão grande pelo amor recebido do Vento, que seu corpo parecia ter a necessidade de se curvar. Precisava reconhecer a misericórdia daquele que a criou. Com as lágrimas ainda rolando em seu rosto, pensou em Kyrios, e soube imediatamente de qual copo de cristal beberia por livre e espontânea vontade.

— Eles estão lutando lá em cima — lastimou.

Calmamente, o Vento lhe respondeu:

— Então por que você continua aqui embaixo?

Levantando o olhar e apercebendo-se de que sua única companhia era o guarda em transe, após passar alguns segundos garantindo que não estava delirando, Cally começou a gargalhar euforicamente, incrédula. Embora com passos vacilantes, pois seu corpo estava exausto e seu estômago faminto, a garota correu agitada pelo corredor sem guardas; até que, subitamente, parou.

— Bem, já que é onisciente, pode me falar se iremos ganhar esta guerra, não pode? — questionou a menina ao seu criador.

Caledrina poderia jurar ter escutado o Vento sorrir para ela, mesmo que tal expressão não contasse com o menor dos ruídos.

— As coisas reveladas pertencem aos sopros, e as ocultas, aos homens que os sentem. Não se preocupe com o dia de amanhã, porque há uma porção reservada especificamente para ele. Apenas seja corajosa. Empunhe a espada com bravura e deixe que eu conduza os seus golpes. Eu não preciso que você tenha todas as respostas, mas que seja ousada o bastante para ir ao campo de batalha mesmo em meio às dúvidas. Esteja disponível, e eu lutarei por você.

Com uma nova exultação percorrendo os pulmões, de repente não mais tão fatigados, em direção à luz, Cally subiu os degraus, decidindo, então, deixar a escuridão para trás.

CAPÍTULO XXXV

Temerosa, Cally deixou que seus pés a guiassem, carregados pela corrente de ar do ambiente. Agarrando-se às paredes para buscar sustento e esquivar-se dos guardas em suas rondas, ela alcançou o corredor, destinado aos reis, que a levaria até o salão principal.

Pela distância que ainda a separava de seu destino, ela apenas notou, de relance, que Iros estava assentado em seu trono. Ainda no caminho, concentrando-se para movimentar uma perna após a outra sem tropeços espalhafatosos, receosa de que o barulho chamasse a atenção de alguém, a menina sentiu o sangue congelar, enrijecendo as veias, quando avistou um guarda próximo à entrada do salão.

— O que faz aqui? — bradou Iros, alheio ao que acontecia logo atrás de seu trono naquele mesmo instante.

Ouvindo a voz de seu monarca, que soava quase como uma ordem, fechando os punhos e com passos rápidos, o homem que guardava a porta destinada aos reis adentrou a sala do trono e posicionou-se à disposição de Iros.

Apreensiva, deixando seu esconderijo entre as sombras das paredes, Caledrina caminhou até alcançar a entrada para o grande salão.

Com uma das mãos livres, não mais buscando equilíbrio, a garota tocou o peito numa tentativa frustrada de acalmar o coração acelerado ao ver, bem diante das altas portas de madeira, Kyrios Logos, repleto de sangue e sujeira da batalha.

Colocando-se em pé, impetuoso, Iros repetiu ferozmente:

— O que faz aqui? Onde estão os meus soldados? Deveriam estar guardando a entrada do palácio!

— Estão todos mortos.

— Mande chamar meus irmãos. Agora! — ordenou Iros, aos berros, ao guarda recém-chegado no salão, que rapidamente saiu à procura dos outros reis.

Em frente ao seu trono, o monarca da bandeira preta abriu suas asas. Não intimidado, porém, Kyrios permaneceu encarando firmemente o homem, enquanto caminhava, em direção aos tronos, pelo longo tapete que se desenrolava até o pé da escada. Parados próximos à porta, dois soldados selvagens acompanhavam o jovem general com os olhos.

— Não se preocupe, pretendo ser rápido.

Iros gargalhou.

— Mas é muita petulância! Acha mesmo que sairá daqui com vida? Você acaba de se entregar para mim numa bandeja ornamentada. De maneira alguma recusarei tal refeição.

Kyrios continuava percorrendo o grande salão.

— Se já terminamos de falar sobre comidas, gostaria de conversar a respeito do assunto importante que me trouxe até aqui.

— Comida sempre será o mais importante, meu querido selvagem — exclamou Gudge, em desdém, prenunciando a sua chegada e a daqueles que considerava irmãos.

— Fale logo o que deseja para que possa morrer com a consciência leve — gracejou Anuza, descalça, enquanto suas pernas deslizavam em direção ao trono vermelho, movimentando as camadas finas de seu vestido carmesim.

CAPÍTULO XXXV

— Vocês estão com algo que não lhes pertence — falou o general.

— O que seria esse bem tão valioso a ponto de o rei dos selvagens colocar-se na cova dos leões para resgatá-lo? — perguntou Leugor, encarando o jovem com desinteresse, enquanto brincava com os anéis das mãos e levava ambas as pernas para o encosto de mão do trono azul, a fim de ficar mais confortável.

— O Vento me contou que possuem uma escrava a qual, antes, chamavam de rainha.

— Ah, claro! Está atrás de sua amada Caledrina — ridicularizou Leugor. — Você está certo, ela é escrava da corte agora. Isso significa que a jovenzinha pertence a nós e não irá a lugar algum.

— Sei que, por suas leis, escravos são vendidos e trocados por seus patrões como mercadorias baratas...

— Ela não está à venda! — rangeu Leugor, entre os dentes. — Por que insiste nela, especificamente? Já não tem servos o suficiente?

— Tenho, sim! Eles me servem com amor e, felizmente, também posso chamá-los de amigos, assim como Caledrina. Mas, mais do que isso, a menina é a criação de meu pai.

Levando os pés para o chão novamente, o rei azul endireitou a postura no trono. Encarando Logos com o queixo erguido por alguns segundos, o homem espremeu os lábios antes de encostar o cotovelo direito no joelho, a fim de aproximar a linha de seu olhar ao daquele que, no pé da escada, o encarava.

— Agora entendo ainda mais o motivo pelo qual a garota caiu em meus encantos. Minha performance, por si só, já seria irresistível, é claro... Mas ter um rei que não domina, não aspira a grandeza e ainda os chama de... **amigos**?! — Leugor cuspiu no chão. — Eu me surpreendo que não tenham, entre os seus, outros com sede do verdadeiro poder.

— O "verdadeiro poder" está na escolha de se curvar, não em sua obrigação. Mas não estou aqui para discutir isso com vocês. Na realidade, não estou aqui para discutir coisa alguma, mas para realizar algo que tenho toda a autoridade para fazer.

— Como foi dito pelo meu irmão — Iros recolheu as asas, como se estivesse com a causa ganha —, Caledrina não está à venda.

Kyrios deu mais alguns passos, e só parou quando alcançou o primeiro degrau da escada que levava aos tronos.

— Não irei comprá-la, eu já fiz isso — disse ele, pausadamente, para que todos o entendessem.

— Impossível! — gritou Anuza, ficando em pé.

— Nenhum acordo foi feito nas últimas luas. Como ousa vir até aqui e mentir bem na nossa cara?

— A falta de conhecimento os limita, mas é a verdade que os destrói.

— A verdade é que Caledrina é uma prisioneira da corte e assim permanecerá! — exclamou Iros.

— Não. Essa é a sua realidade, mas não quer dizer que seja verídico. O sacrifício foi consumado há mais luas do que podem imaginar.

As partes de Dunkelheit permaneceram tensas em seus tronos, com exceção de Iros, que, ainda em pé, encarava Kyrios. Daquela distância, o rei dos selvagens pôde reparar que, por trás de toda a fúria, o sempre inabalável monarca aparentava, ainda que de forma quase imperceptível, certa fadiga pela guerra.

— Está parecendo um louco, filho do Vento — disse Prog, desleixado em seu trono.

— A verdade parece loucura para aqueles que não a conhecem.

— Basta! — vociferou Iros, novamente. — Pare de falar por enigmas! Caso contrário, perderei minha paciência, e você, sua cabeça.

— Não há enigma algum, nem estou aqui para comprar Caledrina, pois já paguei o preço pela sua vida. Há anos, no acampamento, sua antiga rainha roxa, Saturn, afirmou que a menina havia

CAPÍTULO XXXV

sido criada no território da Corte dos Sete. Em sua justiça, meu pai aceitou que eu me entregasse no lugar da criação, para cumprir com a lei, e, assim, resgatar Caledrina de seus domínios. Vocês têm, em suas terras, uma selvagem encarcerada injustamente. Ela jamais será serva da corte, porque pertence a mim.

A eloquência e determinação com que Kyrios proferiu tais palavras atingiu os reis como uma espada. Leugor e Anuza se uniram a Iros e ficaram em pé. Até mesmo Ince, que era um pouco mais tímido, endireitou-se em seu trono. Antes de deixar que os monarcas rebatessem sua fala, o rei dos selvagens continuou, sereno como seu pai:

— Caledrina é minha por direito. Apesar disso, não pretendo levá-la contra a sua vontade; caso a menina deseje permanecer aqui, assim será.

Mais uma vez, os reis se agitaram em seus lugares, com exceção de Anuza, que andou até Iros, pousando a mão em seu braço enquanto sussurrava algo em seu ouvido.

A rainha vermelha voltou-se aos seus supostos irmãos num giro teatral.

— Queridos, acalmem-se. Se o reizinho compareceu até nosso salão tão cordialmente e pediu que a justiça fosse feita, como lhe negaríamos tão solene pedido?

— Anuza... — disse Leugor, confuso.

— Como senhor sobre Caledrina, — A rainha voltou-se para Kyrios — acreditamos que tenha o direito de saber que sua serva não foi tão fiel assim...

Um sorriso se abriu no rosto de Leugor.

— Realmente... seria bom se soubesse que a garotinha não hesitou em abandoná-lo. E isso falo com propriedade. Eu estava lá quando a sede pelo poder entrou em seus olhos; o desejo era tão grande quanto o seu orgulho. Vi o momento em que a menina decidiu abandonar sua missão para cumprir uma nova, uma em que seu próprio nome seria engrandecido. A falsa rainha, imersa em seus desejos, sequer pensou em seu nome, rei dos selvagens.

Anuza soltou uma gargalhada que pôde ser ouvida de fora do palácio. Iros sorriu, e assentou-se em seu trono. Já Leugor, permaneceu encarando Kyrios do topo das escadas.

— Ela escolheu se afastar. Cedo ou tarde seus pés a trariam até aqui, ainda que cumpríssemos tal justiça — disse Anuza, com desdém, checando suas enormes unhas. — Por certo, a menina nem o olharia. Não seria capaz de convencê-la. Por que espera que ela o ame tanto assim? O amor dela por você não é limpo como seus campos.

Diante dos curtos degraus, Kyrios Logos mantinha o olhar firme como sua postura, com a expressão inabalável.

— Eu não estou aqui esperando que Caledrina me ame ou me sirva. Minha presença é para lembrá-la de que meu pai e eu a amamos. Preciso recordá-la de que o caminho para casa sempre estará aberto, e ela é livre para trilhá-lo, se assim desejar.

CAPÍTULO XXXVI

Cally ofegava ao observar a cena. Estática, viu o filho do Vento deixar claro que, independentemente dos erros que ela pudesse ter cometido, o caminho de volta sempre estaria disponível. Aquilo envolveu a menina como o cobertor quentinho que usava nas noites mais frias ao redor da fogueira. Seus olhos marejaram mais uma vez naquele dia tão atípico. Ao mesmo tempo, alguma voz em seu interior ainda gritava por atenção, dizendo à menina que não deveria se curvar a mais ninguém; ela estava, e sempre estaria, sozinha neste mundo.

Apesar do silêncio dos monarcas, Kyrios permaneceu com a postura firme. Ele carregava a verdade e a justiça; sabia que não havia motivo para temer.

— Agora, tragam-na até mim — voltou a falar. — Caso contrário, meus homens têm ordem para espalhar a notícia de que os reis da Corte dos Sete não cumprem com sua palavra. Tenho certeza de que aqueles que ainda permanecem ao seu lado na guerra não gostarão de ouvir tal notícia. Talvez, nós, selvagens, possamos voltar para o acampamento e deixar que seu próprio povo os destrone.

— Guardas! — chamou Iros, aos berros.

— Os meus homens estão mais próximos à porta, e aqueles que permanecem do lado de fora sabem o que vim fazer aqui. Se eu não sair vivo, espalharão a notícia, e isso trará mais fúria ao meu exército.

Descrentes do espetáculo que presenciavam, inundando-se num mar de fúria, os seis reis praguejavam contra o selvagem de modo que as palavras já quase lhes faltavam.

Em meio às suas próprias emoções, Caledrina avistou algo totalmente inesperado. Atrás dos tronos havia um enorme relógio de madeira. A menina o reconheceu imediatamente, e, sem hesitação, abaixada para não ser vista, caminhou até o objeto e, engatinhando, entrou nele.

◆

Assentado sobre Gehosaler, o ser azulado exalava toda a sua magnitude abrilhantada. O cavalo repousava as patas graciosamente sobre uma enorme pedra de gelo, próxima a um lago congelado, enquanto sua dona deliciava-se de uma xícara de chá. Abraçando o próprio corpo ao sentir o vento frio, Caledrina aproximou-se da mulher alta que, utilizando um vestido cheio, buscava alento na bebida quente. Os longos cabelos da criatura uniam-se ao rabo também branco do animal. A garota notou que eles pareciam se camuflar em meio à neve alta.

Apercebendo-se da presença da jovem à sua frente, com leves gritinhos surpresos, Isi ofereceu a sua xícara cor-salmão, harmonizada com o tom do longo vestido de mangas bufantes.

— Chá, querida?

Meandrosa, Cally franziu o cenho.

— Hum... não, obrigada.

Notando a calmaria de Isi que, sem preocupação ou mesmo ciência de todo o resto do mundo, voltou a tomar a bebida quente enquanto apreciava a neve em suas variadas formas, Cally continuou:

CAPÍTULO XXXVI

— O que faz aqui?

— Eu? O que **você** faz aqui?

Conhecendo o ser que repousava sobre o animal falante, bem como os seus gracejos infindáveis, a garota sentou-se com os braços e pernas cruzados sobre a imensidão branca abaixo de si, sabendo que, pelo menos ali, o tempo não passaria, e Kyrios deixaria de insistir por ela... nem que fosse por apenas alguns segundos fora da realidade.

— Abaixe, Gehosaler! — ordenou Isi, repentinamente, jogando a xícara de porcelana em direção ao horizonte gélido e esbranquiçado. Cally acompanhou o caminho que a louça fez até que desaparecesse na neve. Encarando a menina de forma terrivelmente dramática, o ser azulado apenas a olhou de cima a baixo, e, em seguida, caiu na gargalhada. — Eu estava apenas brincando! Devia ver a sua cara de "será que estou ficando caduca das ideias?". Não que você realmente não esteja, mas foi tão hilário que...

— Isi! Concentre-se! — disse Cally, batendo os queixos.

Limpando a garganta, o ser azulado retirou um de seus três cachecóis azuis e o enrolou em volta do pescoço e dos braços da menina que tremia.

— Pois bem. Por certo, seus pensamentos iriam delirar com ideias miraculosas se, diante de minha inigualável presença, eu não lhe explicasse a razão de tamanho privilégio dado subitamente a você. Embora, muito provavelmente, se de fato ousasse ter devaneios irreais, como um coelho sem mente, poderia se aproximar da realidade concreta, descobrindo que, sem mente, na verdade, são todos aqueles além do coelho brilhante. — Pausando sua fala pela primeira vez, mesmo que por menos de um único segundo, Isi fez um biquinho. — Estou aqui para que pense um pouco.

— Pensar no quê?

— Sabe que não posso lhe oferecer as perguntas, coisinha teimosa e irrefreavelmente ingênua! Pense naquelas que desejar, e eu as responderei do meu jeito e no meu tempo.

Lambendo os lábios rachados pela fatiga e frio, que imitavam o tom esbranquiçado da neve que a cercava, evidenciando ainda mais sua tez pálida, Caledrina pensou em suas perguntas — ou na falta delas.

— Eu não sei! Não faço ideia do que perguntar.

Virando-se para a garota tão rapidamente que a assustou, Isi segurou o rosto pálido entre as mãos firmes e azuis, fazendo a menina olhar firme em seus olhos amarelados e animalescos.

— Cally, concentre-se — disse ela, imitando o tom há pouco usado pela própria jovem à sua frente. — Não pense em palavras bonitas, apenas pergunte o que está em seu coração. Lembre-se do coelho. Às vezes, a coisa mais inteligente a se dizer vem à nossa mente quando, para os outros, você perdeu a cabeça. Nem sempre a verdade faz sentido. Combine suas perguntas ao que é real ou sempre vagueará na ilusão de uma mentira bonita e respeitada. Não tenha medo daquilo que pensa ser verdadeiro. Quais são os devaneios que a perturbam em momentos inoportunos? O que tira o seu sono? Qual é a coisa ou situação que observa até se incomodar? Não tente falar apenas de coisas que são confortáveis. Para purificar um machucado na perna, não adianta passar unguento no braço. Para limpar uma ferida, você deve tocá-la, e isso dói. Quais são os seus incômodos hoje, discípula do coelho? O que a tem perturbado, garotinha tempestuosa?

— Eu não fui feita para ser uma escrava! — explodiu a menina, livrando-se das mãos azuis, com a tagarelice de Isi ainda perfurando seus ouvidos. — Sei que deveria ser grata a Kyrios por ter morrido em meu lugar, por insistir em mim... mas ele me comprou!

— Com preço de sangue.

— Mesmo assim, fui comprada! — Ela vomitou seus pensamentos mais profundos. — Sou grata a ele e ao Vento. Eu me arrependo de tê-los traído, mas não sou escrava de ninguém! Jamais me curvarei ou chamarei alguém de senhor novamente. Sou minha

CAPÍTULO XXXVI

própria senhora! De que vale o amor se, para estar com ele, devo servi-lo? Sem ele, quem prevalece sou eu; com ele, torno-me apenas mais uma que o obedece.

Deixando a inércia para dar espaço a mais outra gargalhada exageradamente dramática, Isi batia os pés no chão com a mão direita na barriga, enquanto a esquerda dava leves tapinhas em Gehosaler que, acompanhando-a, ria intensamente com sua dona. Tão forte eram os coices do equino e o riso do ser azulado, que, pouco distante dali, uma coluna de gelo desprendia-se de uma montanha de neve, incentivada por tal movimentação do solo. Quebrando a camada de água congelada que encobria o lago, o pilar imergiu.

— "Sou minha própria senhora!" — repetiu Gehosaler, ocasionando uma nova onda de gargalhadas.

— Sou minha própria senhora! — copiou Isi, rindo ainda mais alto, entre tentativas frustradas de resgatar o ar.

Com o nariz arrebitado, Caledrina sentiu o furor ardendo dentro de si feito ferro quente na pele. Após alguns minutos de risos, enquanto a garota mantinha uma carranca sinuosa e embaralhada, Isi secou as lágrimas, acalmando-se, por fim.

— Ora, ora, pequena desconfiada, estulta e insensata criancinha inocente. Todos somos escravos de algo. Todos temos nossos senhores. O fato de não aceitar isso não a isenta da regra, apenas a deixa néscia em sua ilusão. Não pergunte como um coelho **com** mente, faça o oposto. Vamos, pense em alguma coisa mais... real.

Torcendo o nariz pela forma descortês com que fora chamada, ainda sentada, Cally cruzou os braços mais uma vez.

— Eu, não.

— Até os mortos servem ao senhor da morte, ou da vida!

— Que asneiras está falando?!

CALEDRINA CEFYR E O ARAUTO SUJO

Cobrindo os risinhos com a mão de dedos compridos, Isi sentou-se em frente à jovem ignorantemente revoltosa, igualando seu olhar ao dela. Tão perto, Caledrina pôde observar a textura da pele da criatura. Ela lembrava uma escultura de gesso do palácio. Em vez das minúsculas circunferências formando poros, possuía finos risquinhos desordenados.

— A chave da sabedoria da vida não está em descobrir uma forma de não ser um escravo, mas em decidir a qual senhor servir; não está em tentar ser livre por si só, mas em entender que a real liberdade se encontra dentro da mais sublime servidão. Você se torna escravo daquilo que obedece. Todos vivem para algo, e esse algo se torna seu senhor.

— Mas... não quero me curvar.

— O homem nasce curvado, jovenzinha, e é uma honra inenarrável reconhecer e direcionar-se àquilo que deseja reverenciar. Se há algo na vida que jamais alcançará é o nível de não servir a nada. Repito: a questão é perante a **quem** deseja se curvar. A mais miserável e baixa posição que o homem pode chegar é, justamente, achar ter alcançado o posto de seu próprio senhor, porque quem assim pensa ainda se dobra, mas sequer sabe para qual figura grotesca leva a boca ao pó, em reverência.

Mesmo atenta a cada movimento do ser azulado, Cally não poderia dizer de onde surgira a nova xícara de chá nas mãos de Isi. Ela bebericou o líquido que, sem olhar a confusão daquela que a encarava, expulsava fumacinhas.

Enquanto isso, a jovem de cabelos cinzentos teve algumas frações de segundos para refletir. Pensou em cada decisão que havia tomado longe do Vento e de seu filho, e em como as consequências a escravizaram de diversas formas. A menina suspirou ao sentir o peso das algemas que sua tão almejada liberdade havia colocado em seus pulsos.

— Kyrios está insistindo em mim lá fora... outra vez. Por que faz isso? Por que eu só o faço sofrer?

CAPÍTULO XXXVI

— Tudo o que ele fez foi por amor. Primeiro, amou-a se entregando por você, de forma que pudesse viver, e, agora, ama-a deixando claro que pode voltar quando quiser. Tão grande é o amor de Logos por você, Caledrina, que, continuamente, ele lhe dá a oportunidade de servi-lo. Mas, como já disse, a escolha é sua.

Um vento impetuoso e inesperado foi um forte obstáculo para Caledrina responder qualquer coisa em voz alta. Levando as mãos até o rosto para impedir que a nevasca repentina obstruísse sua visão, a garota apenas sentiu as mãos de Isi correndo por suas costas feridas, fazendo com que seu cérebro desejasse ignorar a dor, antes de ser expulsa pelos ponteiros, ouvindo a voz suave e aguda tornear seu corpo junto do vendaval, dizendo:

— Fez boas perguntas, garotinha tempestuosa. Perguntou como um elefante sem mente, o mais sábio de todos.

Caindo para trás, com um baque no chão, Caledrina voltou à sala dos tronos, bem em frente onde, anteriormente, estava o relógio. Vagarosamente, a menina pôs-se em pé, e dirigiu-se ao centro do salão, para a surpresa dos monarcas.

Calada, Cally apenas olhou para o rosto do rei dos selvagens que, tão perto dela, sorriu, cheio de compaixão. As lágrimas nos olhos da garota eram de quem, finalmente, conseguia contemplar uma verdade que estivera sempre ali, porém, entre um segundo e outro, sua expressão se contorcia espontaneamente, pela dor que sentia nas costas após Isi ter, literalmente, colocado o dedo em suas feridas.

Ao perceber o desconforto de Caledrina, Kyrios estendeu sua mão, para a selvagem se apoiar.

— Não se preocupe. Elas não me incomodam mais — garantiu, referindo-se às cicatrizes, apesar da dor exposta em seu rosto.

— Deixe-me levá-la a um lugar onde possa cuidar de você. Se desejar, Cally, pode voltar para casa.

Respirando profundamente, ela sussurrou com tanta veemência, que até mesmo as vozes contrárias que habitavam em sua mente puderam ouvir, para, finalmente, aquietarem-se:

— Eu o deixarei me guiar pela mão por onde quiser, porque aprendi a dobrar os joelhos.

Cuspindo de seu trono negro, Iros pôs-se em pé e, feroz, voltou-se para aqueles que considerava irmãos.

— Meu maior inimigo diante de mim e não pude matá-lo — Arrancando os fios de cabelo, voltou-se para os irmãos —, e tudo por conta dos imbecis ao meu lado! Maldita Saturn, que, cega por seus arranjos egoístas, aceitou o sacrifício. Como se já não soubesse que Arnalém faria qualquer coisa por essa... criatura. Vamos! Façam algo, imbecis!! Andem! — berrava o rei preto. — Peguem a garota!

Abrindo as asas, Anuza voou até uma das portas, enquanto os outros reis moviam-se em direção às outras entradas do salão, a fim de bloquear a passagem. Alguns selvagens se adiantaram com os berros iniciais de Iros e chegaram ao salão em tempo.

— Por ali! — gritou Caledrina, apontando para uma das portas, onde outros dois selvagens lutavam contra Leugor e Iros. Kyrios seguiu seu direcionamento e, segurando a criação de seu pai firmemente em seus braços, escapou, com a mais pura alacridade, por uma das portas do salão rumo aos demais selvagens.

CAPÍTULO XXXVII

Encostada em travesseiros confortáveis, Caledrina sentia o antebraço gelar a cada nova camada de unguento aplicada cuidadosamente por Kyrios. Ela ainda achava desconfortável ser servida por um rei. Logos também possuía machucados, mas era um guerreiro acostumado a eles, e os superaria como sempre fizera. A menina tentou explicar-lhe que também estava acostumada a tais ferimentos, mas não adiantou. O filho do Vento fazia questão de servir.

Lalinda, a homenzinho que, assim como Cally, estava infiltrada na corte, ajudara os selvagens desde o começo da invasão. Quando a menina se juntou novamente ao povo do acampamento, a mulher, gentilmente, encarregou-se de cuidar dela, como já havia feito tantas outras vezes nos aposentos roxos; desta vez, porém, era auxiliada por Kyrios, que lhe levava novos panos limpos a cada minuto. Após a senhora homenzinho finalizar a limpeza das feridas das costas da jovem guerreira, o rei fez questão de dar-lhe um descanso, assumindo, então, os cuidados dos braços e pés de Cally.

A maior parte do exército de Logos passava a noite em tendas, mas, como já haviam conquistado certas áreas do território da corte, alguns selvagens dormiam em casas. Sendo rei, Kyrios contava com o abrigo de uma delas; contudo, oferecia sua cama para um soldado diferente a cada noite, escolhendo dormir com os outros ao relento.

Desta vez, Cally era quem ocupava a cama, e ali, assentada, ouviu o pano ser torcido novamente, para que uma nova parte de seu corpo pudesse ser limpa.

— Talvez doa um pouquinho aqui.

Sentindo o tecido molhado ser esfregado sobre a pele árida, Caledrina cerrou os punhos para tentar conter a dor. Limpar causava tanto sofrimento quanto tratar, ou talvez mais.

— Deixe. Está bom assim — suplicou.

— Se eu não tirar a sujeira, pode infeccionar. Permita-me cuidar para que seus ferimentos possam sarar mais depressa.

Mordendo os lábios rachados, hesitante, Cally assentiu, fechando os olhos para sentir, desta vez, o pano roçando as solas dos pés. Os machucados estavam em todo lugar, e nenhum passava despercebido.

Com o tronco de Kyrios virando-se para lavar o tecido velho outra vez, Caledrina tomou coragem para dizer o que estava em sua mente:

— Acho que estamos evitando o assunto óbvio aqui.

Voltando-se para ela, o rei inclinou a cabeça para ouvi-la.

— Qual seria esse assunto? — perguntou, abaixado próximo à cama, passando uma última camada do unguento gelado nos pés da garota.

— Sou sua escrava agora — disse Caledrina, sem rodeios.

Endireitando a postura ao expirar o ar, Kyrios devolveu o pano ao seu recipiente, indicando que havia finalizado o trabalho, e encarou profundamente a garota, olhando bem no fundo de seus olhos.

— Eu desejo impetuosamente que permaneça aqui, mas também espero que fique apenas se isso for o que seu coração quer. Paguei o preço por você, e, como já lhe disse, o caminho de volta para casa estará sempre aberto; mas não desejo estar ao lado de alguém que não anseia pela minha companhia. — Kyrios fez uma pausa em sua fala, e suspirou. — Não apreciarei a sua presença por inteiro se não

CAPÍTULO XXXVII

desejar dá-la a mim completamente. A demonstração de meu cuidado é intensa, mas minha forma de receber ofertas, sensível. Então, por favor, entenda que estar comigo com o coração longe de mim é perda de tempo. E... bem, eu não gostaria de fazê-la desperdiçar os seus dias. Você está livre para partir, embora, silenciosamente, sempre desejarei que volte.

Após levantar-se, apoiando as mãos sujas do sangue da garota nos joelhos, Kyrios deixou a casa de madeira.

Perplexa e pensativa, Caledrina apenas encarou o chão levemente manchado de magenta. Ela não saberia dizer se as gotas vermelhas lhe pertenciam ou se eram do rei que, tão avidamente, havia salvado sua vida e, gentilmente, tratara cada uma das suas chagas.

Cally assemelhava-se à sua sombra; além de nunca permanecer por muito tempo no mesmo lugar, desaparecia repentinamente, e, indecisa, voltava no outro dia. A menina detestava isso, odiava não poder negar sua inconstância. Sabia que não merecia a benevolência com que era tratada, mas, por alguma razão misteriosa, que desistiu de tentar compreender, ela podia sempre contar com um amor inesgotável.

Respirando fundo, sentindo cada parte dolorida de seu corpo prantear dentro de si, a garota desejou ficar. Com os olhos transbordando tudo aquilo que tinha em seu cerne, de forma vívida em sua memória, a jovem sentiu algo desmoronar dentro de si. Mas tal desmoronamento, em vez de levantar poeira duvidosa, revelou outra coisa: um novo espaço em seu coração, onde o Vento poderia correr vivo e refrescante em seus sentimentos.

Não bastava dobrar os joelhos. Acima de tudo, naquele momento, Caledrina ansiou **mostrar** para Logos que desejava ficar. Mas como ela poderia demonstrar para aquele que a resgatara — da morte e das celas — que escolhera, com o seu coração, permanecer com ele, sem direito a retorno aos antigos caminhos? Depois de tantas vezes, o que poderia entregar que já não houvesse sido entregue? O que poderia deixar as palavras mais fortes?

Como demonstraria o sentimento que sequer conhecia? Aquele que ainda estranhava cada vez que pronunciava, embora soasse viciante: **amor**. Se fosse apenas uma peregrina, queimaria suas carroças. Se fosse uma ave, cortaria suas asas. Mas não era apenas uma viajante à procura de uma casa na cidade de Kyrios, tampouco um pássaro que pudesse voar. Como, então, mostraria que, de uma vez por todas, havia decidido ficar?

Ao virar o rosto para o outro lado, por sentir os músculos do pescoço tencionados pelo tempo excessivo na mesma posição, manteve os olhos fixos em algo. Boquiaberta, vagarosamente se levantou. Caminhando até a mesa de madeira que sustentava o unguento, panos e outros objetos, Caledrina sorriu ao avistar, próximo a um pequeno baú, uma sovela.

Correndo a ponta dos dedos sobre a superfície afiada da agulha, Cally segurou firme o pequeno cabo de madeira. Parada, não pela hesitação, mas pelo frescor da certeza sublime causada pelo Vento que soprava em seu interior, a garota tomou uma decisão. E, pondo-se de joelhos ao lado da porta, ela respirou fundo, encontrando dentro de si um poço de coragem que nem sabia existir. Segurando firmemente o instrumento que os sapateiros e correeiros usavam para costurar o couro, ela colocou a cabeça junto ao batente e posicionou a agulha sobre o lóbulo da orelha. Fechando os olhos, num só movimento, a menina fez o objeto alcançar a madeira do outro lado.

Num gemido de dor, Caledrina encontrou o mais puro deleite, o qual jamais havia sentido, e, inquieta e eufórica demais para limpar o sangue que já tingia sua orelha, correu para fora da casa. Abrindo a porta, ela encontrou o seu rei ao lado de Hosmayrus, um soldado alto, exímio no manejo de arco e flecha. De joelhos, Kyrios tratava os ferimentos do homem.

CAPÍTULO XXXVII

Após admirá-lo por alguns instantes, sorrindo despercebida enquanto o fazia, ela pigarreou e chamou a atenção do jovem general.

— Meu senhor? — Vendo-o olhar firmemente para ela, como sempre fazia, garantiu que era o alvo da atenção de Logos, o que a motivou a falar ainda mais vividamente. — Eu desejo ficar. Sei que estou toda quebrada, mas desejo permanecer ao seu lado, porque sei que o senhor aceitaria me ajudar a encontrar cada uma das minhas peças, mesmo se estivessem chafurdadas na lama. Desejo ficar, porque, em seu coração, encontrei algo que fez o meu querer bater de novo. — Cally sentiu as palavras rompendo de si feito água de uma represa, e não se preocupou em reprimi-las. Ela já estava encharcada. — Eu desejo ficar, porque o senhor é o único que nunca abrirá feridas em mim, mas me ajudará a tratar cada uma delas. Quero permanecer ao seu lado, porque, por aquilo que corajosamente chama de "amor", o senhor me fez desejar queimar carroças e cortar asas, apenas para garantir que não há mais volta. Se, antes, servi-lo me parecia loucura, agora, quero que este seja o meu maior desatino. Quero curvar-me totalmente, mesmo que eu ainda não saiba direito o que isso significa ou como fazê-lo. Será que pode me ensinar?

Colocando-se em pé, ainda olhando para ela, Kyrios sentiu o seu coração derreter, ao mesmo tempo com fogo e gelo, quando viu as orelhas furadas da menina... e ela o havia feito por ele. Movido por um frenesi violentamente jubiloso, ele se aproximou dela.

— Quero que se junte a mim em alto cargo em meu exército. Quero que lutemos juntos em nome de Arnalém.

Espantada pela fala inesperada, Cally arfou ao tempo que uma lágrima sua escorreu por um caminho tortuoso, molhando a bochecha corada. Kyrios sempre teve planos de deixá-la lutar, sempre fora o sonho dele e de seu pai; mas, antes que a guerreira carregasse um escudo, permitiram que ela forjasse em si um coração de pedras finas.

— O que acontecerá se eu não souber servi-lo direito? E se, porventura, trair a mim mesma e decepcionar a todos outra vez? — A menina foi tomada por um desespero genuíno. — E se eu nunca entender, de fato, o que significa esse amor que o Vento afirma ter por mim em cada linha de todas aquelas páginas do grande livro que escreveu? E se eu não puder devolver ao seu coração o amor que me oferece?

— Bem, não se preocupe... permanecerá sendo todo seu. Completa e inteiramente seu. E nós continuaremos esperando ansiosamente.

— Pelo quê?

— Por você. Apenas venha até os campos de batalha comigo, Caledrina Cefyr. O meu coração arde por não poder ter ao meu lado a criação pela qual, tão perdidamente, encantei-me; com quem pude construir uma bela amizade. A guerra será diferente se saquearmos a corte com você ao nosso lado. Lute conosco, assim, passaremos a vida descobrindo e desfrutando juntos disso que tão corajosamente decidiu experimentar; disso que eu e meu pai chamamos de "**amor**".

Sorrindo para ele, entre lágrimas, a menina de cabelos cinzentos sussurrou:

— Sim! Até que meu coração bata pela última vez e além. Sim! A cada segundo de cada dia ensolarado ou cinzento, em meio à guerra ou à paz, nos palácios ou no mais nebuloso deserto... SIM!

Kyrios sorriu mais uma vez, cheio de ternura em seus olhos.

— O que fazemos agora? — perguntou a menina.

— Lutamos. Juntos.

CAPÍTULO XXXVIII

Cally estreitava os olhos buscando entender como Isi conseguia permanecer tão bela e limpa mesmo em meio à guerra. Penteando os longos fios brancos da peruca com as pontas dos dedos compridos, o ser azulado ria sozinho, relembrando de um dos contos engraçados mencionados por Gehosaler em sua última aventura, absorta à observação excessiva da garota.

Caledrina apenas permaneceu ali, à espreita por trás de uma fresta no tecido que, em poucos minutos, trataria de cobrir a figura saltitante que cantarolava, vivendo em seu próprio universo, junto aos seus milhares de pássaros e relógios. Isi possuía a maior tenda de todas, pois precisava abrigar os seus pertences que, embora não fossem tantos — como em sua casa —, eram, em sua maioria, terrivelmente grandes. Olhando para os seis relógios remanescentes, os quais a criatura gostava de deixar sempre em evidência, independentemente de onde estava, a jovem guerreira lembrou-se da profecia.

Algumas luas já haviam se passado desde que deixara o palácio e rendera-se de vez ao rei dos selvagens. Sorrindo docemente, de forma atípica em comparação aos seus velhos hábitos, a garota relembrou sua decisão. Ajeitando o corpo na armadura pesada, pensou em como chegaria às coroas novamente.

— Cally? — chamou Kyrios, correndo ofegante até ela.

— Hora de ir?

— Preciso de você nos campos.

A menina assentiu e, logo depois, reverenciou o rapaz com a mão no peito e o tronco baixo. Cally correu ao tempo que, puxando sua espada do cinturão, empunhou-a. Seus passos foram tão rápidos, que não ouviu quando, de dentro da tenda de Isi, dois dos relógios soaram ao mesmo tempo.

Alcançando o ponto mais intenso da batalha, num salto, Caledrina enfiou a espada no espaço intercostal de um soldado da corte, atingindo o meio entre a costela falsa e a flutuante. Sem ficar para ver a cena, a menina só percebeu que o homem havia caído com a face no chão empoeirado após ouvir o gemido exprimido por ele; mas, a essa altura, ela já saltava em cima de outro, e mais outro guerreiro, repetindo o processo.

Correndo, já coberta pelas manchas vermelhas dos corpos alheios, percebeu que a luta a havia levado às portas do palácio. Paralisada, Cally desencostou os lábios, num impulso inconsciente, ao perceber que os soldados que guardavam as escadas do castelo estavam estirados ao chão. Olhando para trás, conferindo se não havia nenhum inimigo para apunhalá-la pelas costas, a garota subiu apressadamente.

Ao alcançar a superfície e entrar na sala dos tronos, Caledrina estava tão afoita por encontrar o ambiente vazio, que não se deu conta da presença de um guarda bem ao seu lado. O homem que lutava pela corte tentou atacar a menina, mas, quando o fez, perdeu o equilíbrio ao resvalar numa poça de vinho derramado; ao escorregar, passou a lâmina de raspão no braço da garota.

Para Cally, o incômodo do corte não fora nada perto da felicidade ao perceber que se tratava de algo pequeno e superficial. Em pé sobre aquele que, espichando-se no chão, buscava recuperar sua arma, a selvagem atravessou o peito do homem com a espada afiada de dois gumes; ele pareceu petrificar instantaneamente.

CAPÍTULO XXXVIII

Conhecendo bem cada canto daquele palácio, Caledrina voltou a correr incansavelmente, percorrendo os cômodos de forma que os segundos pareciam deslizar devido à alta adrenalina que dominava vorazmente todo o seu corpo. Ao passar próximo aos aposentos de Leugor, risinhos a fizeram parar, subitamente.

Com cuidado, a guerreira empurrou, lentamente, a porta que já estava entreaberta; ainda escondendo-se atrás dela, Cally colocou a orelha direita o mais perto possível dos sussurros. Atônita, tentando captar as palavras, conseguiu entender não apenas o assunto, mas com quem o rei azul conversava. A voz de Anuza era inconfundível em meio ao tilintar de suas joias. Não podendo conter o sentimento de repulsa, com a garganta queimando, ela contraiu o estômago, a fim de conter o líquido quente. Na tentativa de abafar o som emitido por seu corpo, a menina deu apenas alguns passos para longe do quarto. Profunda era a aversão àquilo que tão amargamente ouviu.

Voltando novamente ao seu posto atrás da porta, Cally percebeu que as mesmas palavras utilizadas por Leugor para enganá-la no terraço do palácio estavam, agora, sendo proferidas para a rainha vermelha. Era como um roteiro decorado pelo melhor dos atores. "Uma atitude típica de um manipulador que não pensa em nada além de si", refletiu a menina. Como podiam ignorar a batalha que acontecia do lado de fora do palácio? Enquanto as tropas da corte lutavam em nome dos reis, eles se preocupavam apenas com o poder que poderiam exercer, o ouro que poderiam vestir e o vinho que poderia descer quente em suas gargantas monstruosas. A selvagem lamentou já ter se curvado diante de seres tão baixos.

Em meio aos risos que Leugor e Anuza davam enquanto arquitetavam possibilidades para suas vidas, a garota respirou fundo antes de, rapidamente, espiar os irmãos pela fresta aberta. Eles estavam de costas para a porta, olhando por uma janela, com garrafas e mais garrafas de vinho sem mistura jogadas no chão.

Erguendo-se, a menina se encheu de coragem, e sentiu ainda mais forte o Vento soprando em seu coração. Segurando com ainda mais força a espada ensanguentada, alegrou-se por estar empunhando a arma em nome de um rei bom, enquanto servia à causa certa. Prudentemente, Caledrina caminhou com passos ponderados até entrar nos aposentos do rei azul, com cuidado para não pisar nas variadas garrafas e joias espalhadas pelo chão. Nada daquilo fazia seus olhos brilharem; em sua nova identidade, havia encontrado satisfação maior do que todo o ouro já a fizera sentir. Com passos leves, aproximou-se dos monarcas, desapercebidos de qualquer coisa além deles mesmos, seu egoísmo e suas risadas embriagadas.

Aproveitando-se da completa distração dos reis, a garota sequer fez questão de avisar-lhes o que os atingiria antes de feri-los. Monarcas que não lutavam em nome de seu próprio povo, mas se divertiam às custas das mortes, não mereciam explicação antes de terem seus tronos quebrados e suas coroas estilhaçadas. Então, num só golpe, bradando seu mais alto grito a plenos pulmões, a selvagem cortou as cabeças de Leugor e Anuza. Enquanto planejavam o futuro, não contavam que o presente pertencia à lâmina de Caledrina Cefyr.

Sentindo as veias do pescoço saltando da pele e a garganta queimando pelo esforço, a criação de Arnalém não se preocupou em retomar o fôlego antes de deixar o cômodo, abandonando os olhos sem vida das cabeças coroadas que rolavam pelo chão. A menina correu em direção aos campos, sentindo a liberdade ecoar uma nova nota da melodia que ouvia desde que escolhera Kyrios como seu senhor.

Caledrina estava livre para servir.

Enquanto isso, movida pela mais assombrosa exultação ao ouvir continuamente o alarde de seus relógios, percebendo que a profecia estava cada vez mais próxima de seu cumprimento, Isi correu até o campo de batalha. Ao lado de Kyrios, a criatura berrou tão alto, que fez a terra estremecer.

CAPÍTULO XXXVIII

No palácio, ao sentir o solo se mover abaixo de seus pés e as colunas dançarem até que do teto caísse poeira, Cally entendeu o prenúncio.

— Ainda não é o fim. A guerra ainda não acabou — sussurrou ela para si mesma.

Sabia que, para cumprir a profecia, ainda teria mais monstros para matar. Sabia que muitos passos a esperavam; mas sabia, também, que os que já havia trilhado eram vistos por seu rei. Com o ritmo de sua caminhada acompanhando a velocidade de seus pensamentos, encheu-se de coragem e alegria, mesmo sem saber o paradeiro das outras partes de Dunkelheit ou uma estimativa do fim da guerra. Talvez, durasse até o fim de seus dias...

Em meio ao caos de sangue e gritos, com a espada em mãos, Cally chegou ao campo de batalha e sentiu uma brisa suave mover delicadamente os fios soltos de seu cabelo cinzento. Sorrindo, destoando de tudo ao seu redor, teve a certeza de que não lutava sozinha.

Levantando o rosto, seus olhos encontraram os do jovem rei. Coberto de sangue, ofegante pelo combate, Kyrios também sorria para a menina.

Com as mãos furadas, ele lutava por ela. Com a orelha furada, ela lutava por ele.

Cally sabia que, enquanto estivesse atenta ao soprar do Vento, mesmo em meio à agitação da batalha, sua espada se moveria na direção certa; ela estaria segura.

Este livro foi produzido em Adobe Garamond Pro 12 e impresso
pela Gráfica Ipsis sobre papel Pólen Natural 70g
para a Editora Quatro Ventos em dezembro de 2023.